Arnon Grünberg

Amour fou

Roman

Mit einem Vorwort von
Daniel Kehlmann
Aus dem Niederländischen von
Rainer Kersten

Diogenes

Titel der 2000 unter dem
Pseudonym Marek van der Jagt
bei Uitgeverij De Geus, Amsterdam,
erschienenen Originalausgabe:
›De geschiedenis van mijn kaalheid‹
Die deutsche Erstausgabe erschien 2007 unter
dem Pseudonym Marek van der Jagt
im Diogenes Verlag

Umschlagfoto von Craig McDean (Ausschnitt)

www.diogenes.ch
60/13/8/1
ISBN 978 3 257 30012 3

Inhalt

Grünberg, van der Jagt und meine Vermutungen

Ich habe vor Arnon Grünberg Angst. Ich versuche dagegen anzukämpfen, aber vergeblich. Mehrere Jahre schon sind wir befreundet, und nie habe ich ihn anders erlebt als liebenswürdig, zuvorkommend und herzlich. Aber gerade das macht mich besorgt, denn ich kenne auch seine Bücher.

Diese handeln von höflichen Leuten. Doch hinter ihrer Höflichkeit verbirgt sich der Schrecken – bei manchen die blanke Wut, bei anderen Vorsicht und Angst. Deduktiv, ja abstrakt leiten sie ab, wie man sich verhalten soll, in welchen Situationen man lächeln oder ernst sein muß und was man wann zu sagen hat, um nicht ungünstig aufzufallen. Ob es um einen Diplomaten geht *(Gnadenfrist)*, um einen mittelständischen Familienvater *(Tirza)*, einen überkorrekten Offizier *(Mitgenommen)* oder einen Philosophiestudenten *(Amour fou)*, sie alle haben gemeinsam, daß hinter ihrer gesitteten Fassade das Entsetzen wohnt. Eine Weile scheint alles bei ihnen mit rechten Dingen zuzugehen, aber plötzlich geschieht es, daß der Major aus dem Wunsch, seiner Frau eine respektable Familie zu schenken, ein Kind stiehlt, daß der Diplomat zum Terroristen und der Familienvater zum Gewalttäter wird. Am harmlosesten von ihnen scheint zunächst Philosophiestudent Marek, der Held dieses Buches, das eigentlich *Die Geschichte meiner Kahlheit* heißt. Der deutschsprachige Verlag wollte aber einen anderen Titel, und Grünberg, höflich wie er ist, erhob keine Einwände.

Jeder gute Schriftsteller hat einen beschränkten Kreis von Motiven, die ihm gehören und die er Buch für Buch umkreist, erforscht, erzählend durchdenkt. Eines von Grünbergs Hauptthemen ist die Zweifelhaftigkeit des Unterfangens, höflich zu sein. Wie soll man sich also nicht fürchten, wenn man sieht, wie höflich Grünberg selbst ist? Seine Hauptfiguren sind zu Dingen imstande, vor denen so mancher wilde Kerl zurückschrecken würde, aber äußerlich sind sie leise, liebenswürdig und gut darin, sich chamäleonhaft anzupassen. Bis sie den Moment erreichen, da ihnen das plötzlich nicht mehr gelingt.

Wie viel hat Grünberg eigentlich geschrieben? Es ist schwer zu sagen, denn da sind nicht nur die Romane, von denen längst nicht alle übersetzt sind (*Der jüdische Messias,* vielleicht sein Hauptwerk, erscheint jetzt auf Deutsch), da sind auch Kurzgeschichten, Reportagen, Theaterstücke und Unmengen Zeitungsartikel, darunter eine tägliche, jawohl *tägliche* Kolumne in Hollands größter Tageszeitung. Wie macht er es, so viel zu arbeiten, in so kurzer Zeit, ohne daß man ihn je als von Schaffensqualen gepeinigtes Genie erleben müßte? Wie schafft er das, wo er doch ständig irgendwohin reist, manchmal als Reporter, manchmal als Vorleser eigener Werke und manchmal einfach so, niemals überarbeitet zu wirken, sondern stets entspannt, gelassen und im Einklang mit sich?

Seine Produktivität ist so groß, daß er nebenbei noch Bücher für andere Autoren schreiben könnte. Und manchmal tut er das auch. Zum Beispiel für Marek van der Jagt; so heißt das Pseudonym, unter dem *Amour fou* zunächst erschien. Noch einmal zu debütieren, ein zweites Mal als Neuling aufzutreten ist ein Wunschtraum vieler Autoren, aber Grünberg hat ihn tatsächlich auch in die Tat umgesetzt. Erst als technisch versierte Journalisten – so etwas gibt es offenbar in Holland – entdeckten, daß die E-Mails des mysteriösen Marek van der Jagt eigentlich aus New York kamen, wo Arnon Grünberg lebt, und als ein italienischer Linguist durch Computeranalyse festgestellt hatte, daß die »grammatische Signatur« (was auch immer das ist, aber es ist offenbar etwas) von Marek van der Jagt mit jener Grünbergs übereinstimmte, ließ dieser das Pseudonym fallen.

Daß dieser Roman voll Witz ist, mindert nicht seine Traurigkeit, sein Humor ist keiner, der lachen macht; es ist ein Humor der Qual, der Düsternis und Entblößung. Es ist wohl auch kein Zufall, daß er in Wien spielt, der Hauptstadt einer furchterregenden Bürgerlichkeit und dem Geburtsort der Psychoanalyse. Er enthält zwei der erschütterndsten und zugleich brillantesten Szenen des erotischen Scheiterns, die vorführen, wie Sex aussieht, wenn gar nichts mehr gutgeht; er enthält außerdem – und das ist natürlich kein Zufall – die glaubhafteste groteske Mutterfigur der neueren europäischen Literatur, ein Mama-Monster voller Witz, Charme und Grausamkeit. Und auch an die zwei vergnügungsbereiten Mädchen aus Luxemburg, an Mareks traurigen Vater, wie sein Sohn erstarrt in Höflichkeit und innerem Rückzug, an die sanft nymphomanische Bine Oertel mit ihrer ständig Essen zubereitenden Mutter oder an den hilflosen Psychotherapeuten Hirschfeld muß man nach dem Lesen noch lange zurückdenken. Wirklich unvergeßlich ist aber die Figur des Erzählers, Autors und Protagonisten Marek: geistreich und begriffsstutzig, scharf im Beobachten, geübt im Verdrängen, liebeskrank, kränker noch vor Schüchternheit, ein Meister des Selbsthasses wie der sanften Melancholie. Und natürlich der Höflichkeit.

Manchmal frage ich mich, ob es sich womöglich genau umgekehrt verhält. Vielleicht ist der Autor Grünberg eigentlich eine Schöpfung des im Verborgenen lebenden Genies Marek van der Jagt. Tatsächlich könnte man sich Grünberg auch gut als Romanfigur erklären: die überwältigende Produktivität, seine Fähigkeit, zur gleichen Zeit scheinbar an mehreren Orten zu sein, seine unangestrengte Aufmerksamkeit für die Menschen um ihn, seine genialische Begabung – das alles ergäbe endlich Sinn. Der scheue Dichter Marek aus Wien, der sich einen kosmopolitischen holländischen Autor ausdenkt, der irgendwann als Experiment den wunderlichen Träumer Marek van der Jagt erfindet – das ist eine Hypothese, die mir gefallen könnte.

Aber nein, da ist kein Marek, es gibt nur Grünberg, den ich fürchte, bewundere und nie durchschauen werde. Einen wie ihn könnte weder van der Jagt noch ein anderer Kollege erfinden. Das könnte, wenn überhaupt, nur Arnon Grünberg.

Wie alte Frauen reich werden können

Ich bin früh kahl geworden. Daß es irgendwann dazu kommen könnte, war nicht ausgeschlossen, aber daß es so schnell gehen würde, war doch eine Überraschung.

Dies ist die Geschichte meiner Kahlheit, und ich habe nicht vor, nach diesem Buch auch nur ein einziges weiteres Wort zu Papier zu bringen.

Es gibt Schriftsteller, die nur eine einzige Geschichte in sich tragen; sie schreiben über den Krieg, eine fürchterliche Krankheit oder eine verschwundene Tochter, die nach vier Jahren in einem Brunnen entdeckt wird. Im Vergleich dazu nimmt sich die Geschichte meiner Kahlheit eher bescheiden aus. Doch auch kleine Geschichten können bedeutsam sein.

Mama war eine kühle Frau von Welt, die armen Leuten viel Gutes tat, jedoch niemals ohne ihren Koffer mit Diamanten verreisen konnte.

Sie starb genau drei Wochen nach meinem achtzehnten Geburtstag.

Kaum ein Jahr danach war mein Papa wieder verheiratet; seine neue Frau hieß Eleonore.

Papa war nicht so von Welt. Er aß wie ein Schwein, auch bei offiziellen Anlässen, was Mama ihm nie verzeihen konnte. Vielleicht verdächtigte sie ihn heimlich, daß er sie vor allem wegen des guten Rufs ihrer Familie geheiratet hatte und auch ein wenig wegen ihres Geldes. Papa hat jahrelang geschuftet, um diesen Verdacht zu zerstreuen, doch Mama sagte: »Wenn ich deinen Vater sehe, rieche ich die Armut.«

Eleonore hatte schon zwei Männer verloren, den ersten bei einem Autounfall, den zweiten durch Krebs. Nach dem Tod ihres zweiten Mannes war sie vom Schmerz so überwältigt, daß sie beschloß, viel Geld zu machen. Das tat sie auch. Und darüber, wie sie das viele Geld gemacht hatte, schrieb sie ein Buch mit dem Titel: *Wie alte Frauen reich werden können.*

Es wurde ein sagenhafter Erfolg. Nicht nur in Deutschland, der Schweiz und in Österreich, auch in vielen anderen Ländern.

Mindestens dreimal im Monat sagte sie: »Es gibt schon wieder eine neue Auflage, was für ein Erfolg, Marek, was für ein wahnsinniger Erfolg!« Damit rief sie mir meine eigenen, gescheiterten Schreibambitionen in Erinnerung.

Papas Freunde sahen in Eleonores Reichtum den Beweis, daß er nur reiche Frauen lieben konnte, doch in Wahrheit hatte er sich selbst schon ein ordentliches Vermögen zusammenverdient, als er sie kennenlernte.

An dem Tag, als er zum zweiten Mal heiratete, tanzte er mit Eleonore Walzer und flüsterte mir ins Ohr: »Die besten Ehen sind Vernunftehen, Marek. Leidenschaft ist was für hysterische Frauen.«

Mama hatte nicht nur viel für arme Leute und hilfsbedürftige Künstler getan, sie hatte auch ihre leidenschaftlichen Anwandlungen. Zahllose arme Künstler waren ihre Liebhaber gewesen, auch wenn ich hier unterstreichen möchte, daß zwischen der Liebe meiner Mutter und der

Armut der Künstler keinerlei Zusammenhang bestand. »Je ärmer, desto lieber« war jedenfalls nicht ihr Grundsatz. Gewisse Liebhaber waren so eifersüchtig, daß sich Mama am Ende eine elegante Damenpistole kaufte und eines Abends bei uns zu Hause den Kronleuchter in Stücke schoß.

Einmal, als Papa und Eleonore mich an einem Sonntag nachmittag nach Eisenstadt mitgenommen hatten, weil sie dort so ein nettes kleines Restaurant kannten und außerdem meinten, daß ich als Jüngster am meisten unter Mamas Tod zu leiden hatte, fragte ich: »Eleonore, müßtest du nicht eigentlich auch das Gegenstück zu deinem Buch schreiben: *Wie junge Frauen reich werden können*?« Doch sie tat, als würde sie mich nicht hören, und sagte: »Ist dieses Restaurant nicht romantisch, Fer?«

Sie war ganz anders als Mama, sie haßte Hilfsbedürftige wie die Pest, und mit Waffen durfte man ihr schon gar nicht kommen.

Bis ein unglücklicher Sturz Mama von diesem Leben erlöste, schrieb ich Gedichte in der Tradition Paul Celans. Daß ich mit dem Dichten aufgehört habe, hat mit dem Sturz nichts zu tun, ich schrieb sowieso kaum noch, der Sturz war gewissermaßen nur der Gnadenstoß.

Mit vierzehn jedoch hielt ich mich für einen Künstler. Ich veranstaltete literarische Salons in unserem Wohnzimmer, und wenn Mama guter Laune war, gesellte sie sich zu uns und sang. Mama war in jungen Jahren Opernsängerin gewesen, eine recht vielversprechende sogar, doch dann bekam sie ihr erstes Kind.

Zu meinen literarischen Salons lud ich vor allem Klassenkameraden und Nachbarskinder ein. Mama hatte eine riesige Hütesammlung. Wir durften uns alle einen Hut aussuchen und ihn uns aufsetzen. Die Mädchen kramten in Mamas Kosmetikfächern und schminkten sich vor dem großen Toilettenspiegel. Die Jungen rauchten Zigarren, denn Mama hatte nichts gegen Tabak, selbst rauchte sie lange, dünne Zigaretten, und ab und zu forderte sie ein Kind auf, etwas von seinem Vater zu erzählen.

So thronte ich in meinem Salon, in meiner Samtrobe mit meinen alkoholfreien Cocktails, meinen Pistazien und meinem Lachstoast – neben meiner Mama in ihrem Abendkleid, die für uns etwas aus dem heiteren Repertoire vortrug und, wenn wir ein wenig bettelten, auch ein Gedicht von Rilke. Mit »wir« meine ich ehrlichkeitshalber nur mich, die anderen interessierten sich vor allem für die Hüte und die Zigarren, auch wenn natürlich immer ein paar dabei waren, die sich auf den Lachs stürzten, als hätten sie schon seit drei Wochen nichts mehr gegessen.

Manche Eltern beschwerten sich bei meiner Mutter: »Finden Sie nicht, daß Kinder in diesem Alter keine Zigarren rauchen sollten?« Doch dann sagte sie: »Sie haben Ihre Meinung, ich habe meine. Ich habe nichts gegen Tabak.« So war Mama.

Helmuth, ein leicht autistischer und zurückgebliebener Junge, mit dem sonst niemand etwas zu tun haben wollte, wurde auch immer eingeladen.

Mama hatte einen Narren an ihm gefressen. In unbeobachteten Momenten kaufte sie Kleidung für ihn, die er jedoch nie trug, weil ihr Geschmack und der seiner Eltern nicht übereinstimmten.

Papas Kollegen fanden Mama ein wenig exzentrisch, doch wenn man so viel Geld hatte wie sie, war das eine fast unvermeidliche Begleiterscheinung. Niemand hat je gesagt: »Geht denn das?« oder »Ist das nicht etwas übertrieben?« Im Grunde hat ihr nie jemand widersprochen, denn Widerspruch vertrug sie nicht.

Mama hatte nicht viel von der Welt erobert, es war bei einem kleinen Stück Boden geblieben. Doch über dieses Stück regierte sie wie eine Fürstin. Sie hieß Constanza, doch sie konnte ihren Namen nicht ausstehen.

Mit Mamas Hüten auf dem Kopf sprangen wir durch den Garten. Mama hatte den Bedienten aufgetragen, reichlich Sorbeteis zu machen, und wenn wir das Eis vertilgt hatten, die Lieder gesungen und die Zigaretten aufgeraucht waren, sammelte sie die Hüte wieder ein und sagte: »Jetzt müßt ihr mich allein lassen.«

Mama konnte stundenlang auf ihre Hutsammlung starren. Manchmal stellte ich mich neben sie, dann legte sie ihren Arm um mich und sagte: »Wenn diese Hüte sprechen könnten.«

Ich habe zwei Brüder. Daniel, der älteste, fiel mindestens zwanzigmal im Jahr in Ohnmacht. Angeblich litt er an Blutarmut. Mittlerweile ist er ein ziemlich berühmter Dirigent.

Pavel, der mittlere, ist heute ein genialer Wirtschaftswissenschaftler. Er ruft mich oft an und sagt, daß ich lernen müsse, praktischer zu werden und zu denken. Er arbeitet für die Weltbank, in manchen Flugzeugen hat er ein eigenes Schlafzimmer.

Sechs Jahre nach meiner Geburt erwartete meine Mama noch ein viertes Kind. Es sollte ein Mädchen werden, doch es wurde kein Mädchen, es wurde eine Fehlgeburt.

Es fiel in die Toilette.

»Es ist mir entglitten«, sagte sie.

Beim Abendessen sagte Papa zu ihr: »Du kannst aber auch gar nichts.«

Dann wendete er sich an uns und sagte: »Eure Mutter kann überhaupt nichts mehr. Nicht mal ein Kind kriegen.«

Dennoch hörte ich ihn an jenem Abend weinen, im Badezimmer, und ich bin mir ganz sicher, daß er nicht heulte, weil Mama nichts konnte, sondern weil seine Tochter leblos in die Kloschüssel gefallen war.

»Es war noch kein Mensch, es war ein Haufen Blut«, sagte Mama, die alles immer gern plastisch beschrieb und selbst von einer Fehlgeburt erzählte, als handle es sich um einen Tierfilm. »Und ich hatte Magenschmerzen, als hätte ich eine verdorbene Muschel gegessen.«

»Jetzt reicht's«, brüllte Papa.

Ich selbst habe, wie gesagt, schon mit vierzehn angefangen, hermetische Gedichte zu schreiben, zur großen Enttäuschung meiner Mama, die es gerne gesehen hätte, wenn ich Ballettänzer geworden wäre, und zum ebenso großen Ärger meines Vaters, weil Gedichte nichts mit Erfolg zu tun hatten.

Mein zweiter Gedichtband, den ich – genau wie den ersten – eigenhändig zusammengeheftet hatte, hieß *Tote Sprachen.*

Ich schickte ihn an alle Verlage, auch an vierundzwanzig obskure. Niemand wollte den Band herausgeben. Einer hat sogar unter einem der Standardablehnungsbriefe hinzugefügt: »Ihre Sprache ist in der Tat tot.«

Als ich den fünfzehnten Ablehnungsbrief bekommen hatte, kaufte ich der Ordnung halber einen Fotoapparat. Fotografieren war zwar nicht dichten, aber viele hielten es doch für einen kreativen Beruf.

Von da an versteckte ich mich in Parks hinter den Büschen und fotografierte die Spezies Mensch.

Ich tat alles der guten Ordnung halber: Ich lebte ein geordnetes Leben. Bis mir die Haare ausgingen.

Die Geschichte meiner Kahlheit beginnt mit Blondie – der Sängerin, und um ganz genau zu sein: mit ihrem Lied *Call me*.

Ich saß in einem der vielen Wiener Kaffeehäuser. Vor mir auf dem Tisch lag ein Schnellhefter, ein Seminarreader mit Zusammenfassungen wichtiger philosophischer Werke.

Mama war seit drei Jahren tot, doch ich muß zugeben, daß der Tod meines Gedichtbands mir mehr zu Herzen gegangen war als der Tod meiner Mutter.

Eine Frau, die mir gegenübersaß und an einem Irish Coffee nippte, beugte sich plötzlich zu mir und sagte: »Gefällt Ihnen das auch so?«

Es kommt öfter vor, daß Leute mich ansprechen. Ich bin mit einem Äußeren gesegnet, das die Leute offenbar gerne ansehen. Ich bin von durchschnittlicher Größe, habe breite Schultern, braunes, glänzendes und leicht gewelltes Haar, und meine Haut ist makellos und olivfarben. Viele halten mich für einen Brasilianer. Soweit ich es überprüfen konnte, habe ich nichts Brasilianisches im Blut.

Ich gebe zu, daß die Aufmerksamkeit für meine Person meist nachließ, sobald ich über meine *Toten Sprachen* zu reden begann, doch solange ich nur schweigend nickte, konnte ich ganze Abende in Gesellschaft der schönsten Männer und Frauen verbringen.

Ich verstand nicht, was die Dame mit dem Irish Coffee von mir wollte. Darum lächelte ich. Flegelhaftigkeit lehne ich ab. Es mag ja Leute geben, die Höflichkeit als eine leere Form betrachten, aber selbst leere Formen sind der Formlosigkeit bei weitem vorzuziehen.

»Das Lied«, sagte sie, »schön, nicht? *Call me,* wissen Sie, was das bedeutet?«

Ich habe mich nie als einen Charmeur betrachtet, trotz meines Äußeren. Im Gegenteil: Leute – ob es sich nun um Männer, Frauen oder Kinder handelte – interessierten mich nicht besonders. Nicht mehr jedenfalls. Ich hatte mich für sie interessiert, das schon, doch auch Interesse muß auf Gegenseitigkeit beruhen. Ich wollte immer noch Tote zum Leben erwecken. Das Interesse des Charmeurs jedoch gilt nicht den Toten, sondern dem Lachen der Lebenden.

Die Dame am anderen Ende des Tisches trug einen Pelzmantel, ich schätzte sie auf Anfang Fünfzig. Ich bin nicht gut im Alterschätzen bei Damen. Auf dem Tisch lag ihre Sonnenbrille. An einem der Bügel konnte man den Namen des Designers erkennen.

»Mögen Sie die Musik nicht?«

»Ich mag eher klassische Musik«, sagte ich, »ich bin so erzogen worden.«

Sie nahm einen Schluck von ihrem Irish Coffee und lachte.

»Wird es dann nicht langsam Zeit, Ihre Erziehung selbst in die Hand zu nehmen?«

»Ich studiere Philosophie«, sagte ich.

Sie spitzte die Lippen, als wolle sie damit sagen, daß sie meine Antwort recht bedenklich fand. Es kann natürlich auch sein, daß sie mir ihre Lippen zeigen wollte.

»Und ich gebe Nachhilfeunterricht«, sagte ich.

»Und wem?« fragte sie.

»Leuten eben.«

»Jung, alt?«

»Vor allem jungen Leuten«, sagte ich, »Leuten mit...« Ich suchte das richtige Wort und entschied mich schließlich für »Lernstörungen«. Das deckte viel ab.

Die Farbe ihrer Lippen weckte Gedanken an Wintersport. Papa war verrückt auf Skifahren. Wenn es so etwas wie Glück gab – etwas, woran er im höchsten Grade zweifelte –, aber dennoch: Wenn es also so etwas wie Glück gab, bestand es für ihn darin, mit immer schneller werdender Geschwindigkeit einen verschneiten Berghang hinabzusausen.

»Lernstörungen«, sagte sie spöttisch.

»Eigentlich habe ich momentan nur einen Schüler«, sagte ich, »Max. Seine Lernstörungen sind ziemlich außergewöhnlich.«

»Interessieren Sie sich für Lernstörungen?« fragte sie, und wieder hörte ich Spott heraus.

Bis vor kurzem hatte ich mich für einen Künstler gehalten und geglaubt, daß Isolation und Künstlertum unzertrennlich zusammengehörten. Bis ich merkte, daß ich in diesem Wahn vollkommen allein war. Seitdem studierte ich

Philosophie und verdiente mein Geld als Nachhilfelehrer. Ich war ein Nachhilfelehrer.

Vielleicht hatte ich mich nie in Beziehungen zu anderen Menschen verloren, weil ich glaubte, daß die Isolation meinen Gedichten zugute käme. Verloren hatte ich mich in Gedanken an tote Sprachen, Papier, Bücher, Theorien über die Liebe, Pistazienschalen, Mamas Hüte. Meine Naivität, auf die meine Umgebung mich gelegentlich hinwies, betrachtete ich als eine Tugend. Nach wie vor sehe ich ein gewisses Maß an Naivität als eine positive Eigenschaft an, Zynismus ist die Waffe der Geschlagenen. Natürlich hatte es ein paar flüchtige Romanzen in meinem Leben gegeben, doch von ihnen ist mir vor allem die Erleichterung im Gedächtnis geblieben, die mich überkam, wenn eine solche Verstrickung wieder zu Ende war, wenn mein Fleisch sich wieder vom Fleisch der anderen gelöst hatte und man wieder von zwei Körpern reden konnte. Eine Romanze war doch in erster Linie eine wortlose Angelegenheit, etwas, dem man sprachlos gegenüberstand, auf der Suche nach dem einen Wort, das nicht alles wieder zerstören würde.

Ich war verlassen, und man hatte mich verlassen, einmal hatte man mich gegen einen genialen Cellisten eingetauscht, doch es war ein Gefühl, als habe es nicht wirklich mit mir zu tun, als betreffe es eine andere Person. Körperliche Liebe durfte einfach keine emotionale Angelegenheit werden.

»Gefällt Ihnen mein Studium nicht?« fragte ich höflichkeitshalber. »Hatten Sie etwas anderes erwartet? Ab und zu hält man mich für einen Studenten am Konservatorium.«

»Philosophie«, sagte die Dame, »ach ja. Haben Sie vielleicht auch einen Lieblingsphilosophen?«

Ich wollte eine wohlüberlegte Antwort geben, eine Antwort, die von der Fähigkeit zeugte, Wissen anzuwenden, wie man sie eben von einem Philosophen *in spe* erwartete, doch die fremde Frau war schon aufgestanden und verließ den Tisch.

Ihre Sonnenbrille und ihr Handtäschchen hatte sie liegenlassen.

Ich las weiter in meinem Reader. Ich habe die elegante Erscheinung meiner Mutter geerbt, aber auch die Schüchternheit von meinem Papa.

Schon bei der ersten Begegnung quält mich der Gedanke, den anderen zu enttäuschen – eine Qual von der Art, daß es meist bei ersten Begegnungen bleibt. Wenn ich schon begehre, begehre ich heimlich. Am liebsten auf tausend Kilometer Entfernung, oder fünfundzwanzig Jahre später. Oder noch besser: mit dem Tod dazwischen.

Nach fünf Minuten kam sie zurück. Sie setzte sich nicht mehr hin.

»Auf der Damentoilette«, sagte sie, »unter den Handtüchern, liegt eine Streichholzschachtel. Wenn Sie sich die holen, wissen Sie, wo ich Sie morgen um vier Uhr erwarte.«

Sie trank noch einen Schluck im Stehen, spitzte die Lippen zum x-ten Male und setzte die Sonnenbrille auf.

Wieder mußte ich an unsere Wintersporturlaube denken. Papa, der einen Hang nach dem anderen hinabsauste, und Mama, die im Mantel in der Hotellounge auf ihn wartete. Wenn sie mit jemandem redete, war es immer das Personal. Bisweilen sagte sie zu einem vorübereilenden Ober: Leiste mir doch ein wenig Gesellschaft.

»Wie soll ich denn auf die Damentoilette kommen?« fragte ich.

Die Frage schien sie zu amüsieren.

»Na, aber«, sagte sie, »Sie werden doch wissen, wie Sie auf eine Damentoilette kommen?«

Sie streichelte noch einmal über ihren Pelzmantel, so wie manche Hundeliebhaber ihr Tierchen streicheln.

»Ihr Haar«, sagte sie.

»Was ist damit?« fragte ich.

»Fahren Sie mit der Hand mal kurz da durch.«

Ich fuhr mit der Hand durch mein Haar.

»So«, sagte sie, »das sieht schon viel besser aus.«

Ich sah die seltsame Frau an. Wien hat viele seltsame Bewohner, und viele dieser seltsamen Bewohner, reich oder arm, hatte meine Mama zu uns ins Haus geholt. Sie hatte so ihre Launen, und dann holte sie Leute ins Haus.

In der Vergangenheit hatte ich mich eine Weile intensiv mit der *Amour fou* beschäftigt, und wenn ich dieser Frau mit fünfzehn begegnet wäre, hätte ich sie wahrscheinlich für die *Amour fou* persönlich gehalten. Streichholzschachteln auf Damentoiletten unter einem Stapel Handtücher, so hatte ich es mir vorgestellt, so hatte ich die Surrealisten, jedenfalls einige von ihnen, verstanden, aber nun ja, Interpretationen sagen vor allem etwas über den Interpreten.

Jetzt war sie nur eine der vielen älteren Damen, die sich von meinem brasilianischen Äußeren betören ließen.

Die Frau ging fort, ohne mich zu grüßen. Was ich als Herausforderung auffaßte, nicht als ein Zeichen von Unhöflichkeit oder krankhafter Scheu.

Noch immer sang Blondie; ich hätte schwören können, es war schon zum dritten Mal dasselbe Lied.

Ich zögerte und versuchte, die Zusammenfassung von Kants *Grundlegung zur Metaphysik der Sitten* in mich aufzunehmen, doch vergeblich. Ich las Sätze, ohne sie zu verstehen, und wenn ich beim Nebensatz angekommen war, hatte ich den Hauptsatz schon wieder vergessen.

Wenn Mama nicht gestürzt wäre – es geschah bei einem Urlaub in den Bergen –, wäre ich nie auf den Gedanken verfallen, Streichholzschachteln auf Damentoiletten zu suchen und auf kuriose Anträge von Damen in Pelzmänteln einzugehen. Doch plötzlich fühlte ich sie mir so nah wie eine Taube, die auf meinem Kopf saß und Körner aus meinen Haaren pickte.

Mama, die auf ihre Weise eine schweigsame Frau war, hatte solche Dinge bestimmt auch getan. Fremde in Cafés ansprechen und dann Nachrichten auf Streichholzschachteln auf der Damentoilette hinterlassen. Irgendwo muß sie die armen Künstler doch kennengelernt haben?

Drei Viertel der Leute, die zu ihrer Einäscherung kamen, hatten mein Vater, meine Brüder und ich noch nie gesehen. »Wer ist das?« fragte ich Papa die ganze Zeit. »Kenne ich den Herrn?« Und er antwortete: »Wir können niemanden hinauswerfen.«

Mama lebte, als würde die Welt ihr gehören, und sie tat alles dafür, diese Illusion aufrechtzuerhalten.

Zu guter Letzt ging ich auf die Damentoilette. Die Taube auf meinem Kopf pickte immer noch.

Vor der Tür der Damentoilette zögerte ich erneut.

Ich sah mich um, sah niemanden, fühlte mich trotzdem lächerlich und schuldbewußt und ging auf die Herrentoilette, wo ich mir die Hände wusch. Dort war gerade ein Mann und pinkelte, und ich wollte nicht den Eindruck erwecken, die Herrentoilette ohne Grund betreten zu haben. Der Gedanke, ständig unter Beobachtung zu stehen, auch auf der Toilette, klebte dank meiner Erziehung an mir wie eine Klette.

Mein Vater hieß Ferdinand, und mehr als einmal hatte er gesagt: »Auch auf der Toilette ist man nicht allein.« An guten Tagen nannte er sich selbst Ferdi, und Eleonore hatte sich den Kosenamen »Fer« für ihn ausgedacht.

Der Mann stellte sich neben mich und wusch sich die Hände.

Er lachte mich im Spiegel an.

Mein Äußeres löst bei den Leuten die unterschiedlichsten Dinge aus, meist Positives, doch immer noch habe ich nicht gelernt, daraus Kapital zu schlagen. Vielleicht schrecke ich vor den Konsequenzen zurück. Mama war eine schöne Frau, und in einem seiner mitteilsamen Momente sagte Papa einmal, daß sie mit ihrer Schönheit die Menschen ins Unglück stürzte.

Ich ging zum zweiten Mal zur Damentoilette und riß die Tür auf.

Ich konnte ja immer noch sagen: »Oh, Entschuldigung, ich hab mich geirrt.«

Die Damentoilette war leer.

Links vom Waschbecken durchsuchte ich einen Stapel Handtücher. Ich kam mir vor wie ein Voyeur und Schmutzfink. Gleichzeitig wußte ich, daß Mama schrecklich über mich hätte lachen müssen. Sie mochte Schmutzfinken lieber als Tauben. Wenn Tote sprechen könnten, hätte sie jetzt gesagt: »Marek, gut so, endlich fängst du an zu leben, endlich.« Vielleicht hätte sie mich sogar geliebt, einen klitzekleinen Moment lang. Mama war großzügig mit Geld, aber um so geiziger mit Liebe.

Und genau wie Hüte sind auch Tote von Natur aus schweigsam.

Ich fand tatsächlich eine Streichholzschachtel. Es stand nicht viel darauf. Ich hatte auf eine Nachricht gehofft, eine Schachtel, vollgekritzelt mit Plänen für einen ganzen Sommer und noch einen Teil des Herbstes, endend mit der Frage: »Kommst du auch?«

Doch es war einfach so eine Schachtel, wie sie in besseren Restaurants und Hotels an der Bar liegen. Darauf standen der Name und die Adresse eines Lokals, das ich nicht kannte. Es war eine Cocktailbar namens ›Die Vier Rosen‹.

Ich kannte wenige Cocktailbars. Abends blieb ich lieber zu Hause.

Als Mama noch lebte, konnte man bei uns zu Hause abends genug erleben, mehr als in jeder Cocktailbar. Und in letzter Zeit hatte ich immer mehr das Bedürfnis, mich zurückzuziehen, auch wenn ich nicht genau wußte, wovon.

Ich ging wieder zu meinem Tisch. Die Streichholzschachtel hatte ich mir in die Tasche gesteckt. Dort bewahrte ich alle wichtigen Dinge auf, denn ich hatte Angst, daß Papa und Eleonore mein Zimmer während meiner Abwesenheit durchsuchten.

Mama war auf eigenen Wunsch verbrannt worden, obwohl dem Rest der Familie ein Begräbnis lieber gewesen wäre. Sie hatte einen Brief hinterlassen, den ich vorlesen sollte. Einen Brief, den sie lange vor ihrem Tod geschrieben hatte.

Es hatte eine kurze Trauerfeier in einer Kapelle gegeben.

Ein uns allen völlig unbekannter Herr streute Rosenblätter über ihrem Sarg aus.

Rolf Szlapka, Mamas Blumenhändler, schluchzte herzzerreißend.

Papa saß regungslos auf einem Stuhl, den Hut im Schoß.

Leute traten heran, um ihm die Hand zu schütteln, doch als sie Papas wütenden Blick sahen, wichen sie erschrocken zurück.

Der Sonderling streute weiter seine Rosenblätter. Eine Rose nach der anderen zerpflückte er über Mamas Sarg. Er fing an, mir auf die Nerven zu gehen.

Dann kam ein Herr vom Begräbnisunternehmen und flüsterte: »Wir müssen langsam los.«

Papa nickte, und immer noch stand dieser Sonderling an Mamas Sarg und zerpflückte seine Rosen. Papa hatte beschlossen, daß meine Brüder und ich den Sarg hinaustragen sollten, doch plötzlich hatte ich Angst, daß der Sarg uns zu schwer würde, daß ich hinfallen, mir der Sarg aus den Händen gleiten und Mama in ihrem schönen Kleid auf der Straße landen würde. Es hatte die ganze Nacht geregnet, und überall waren Pfützen.

»Papa«, flüsterte ich, »ich fühl mich nicht gut, ich hab Angst, daß der Sarg mir zu schwer wird, ist es dir recht, wenn jemand anders das für mich übernimmt?«

Zuerst sagte Papa nichts; der Hut lag noch immer auf seinem Schoß, er warf einen kurzen Blick darauf, dann flüsterte er: »Wenn du es nicht kannst, darfst du es nicht machen, dann frage ich jemand anderen.«

»Ich kann schon«, sagte ich, »das ist es nicht.«

»Nein, Marek«, sagte er, jetzt etwas lauter, »du darfst nichts tun, was du nicht kannst.«

Alle sahen mich an, selbst Herr Szlapka hörte kurz auf zu schluchzen. Dann erhob Papa sich langsam und sagte: »Gehen wir.«

Der Mann einer Großtante aus Feldkirch nahm meinen Platz am Sarg ein, ich lief hinterher, den Blick auf meine Schuhe gerichtet, die ich für diese Gelegenheit extra blank geputzt hatte. Man redete ohnehin schon viel über uns, wir brauchten nicht noch mehr Anlaß zu Gerede zu geben.

Die Einäscherung selbst fand erst zwei Tage später statt, und bei jener Gelegenheit mußte ich den Brief vorlesen, den Mama geschrieben hatte.

»Wie oft habe ich mich während des Frühstücks nach diesem Moment gesehnt«, schrieb sie.

Mama war nicht immer nur eine sprühende Persönlichkeit, sie hatte auch ihre tief depressiven Momente. Manchmal spielte sie tagelang immer nur Klavier. Dann vergaß sie sogar, daß sie Kinder hatte, und wenn wir in den ersten Stock zu ihr ins Musikzimmer kamen, fragte sie: »Was wollt ihr von mir?«

Daniel, der Dirigent, hat Mama das immer sehr übelgenommen. Ich nicht. Mama war eine Frau, die manchmal vergaß, daß sie Kinder hatte, doch wenn man das einmal als gegeben hinnahm, war sie eine sehr gute Mutter.

Böse Zungen haben mehr als einmal üble Gerüchte über Mama verbreitet, doch die muß ich alle dementieren. Manchmal sah sie eben Dinge, die anderen Menschen verborgen blieben, das ist alles. So sah sie in Helmuth ein großes Talent; sie nannte ihn »eine alte Seele«. Die meisten anderen hielten ihn für einen alten Schwätzer, der die Neigung hatte, ohne jeden erkennbaren Grund zu sabbern. Doch Mama sah in ihm nun mal ein großes Talent und eine alte Seele, und sie zweifelte nie an der Richtigkeit ihrer Eindrücke.

Ich blätterte weiter in meinem Seminarreader, der von vorn bis hinten von Kant handelte. Die meisten Philosophen habe ich vor allem in Zusammenfassungen gelesen.

Ich schlüpfte in meinen Wintermantel und legte ein großzügiges Trinkgeld auf den Tisch. Papa und Eleonore wußten es sehr zu schätzen, wenn ich pünktlich zum Abendessen kam, und obwohl Daniel mir oft genug geraten hatte, irgendwo ein Dachzimmer zu mieten, war es mir immer noch nicht gelungen, Papa und Eleonore zu verlassen. Eleonore sagte immer: »In Italien verlassen die Jungen das Haus erst, wenn sie heiraten.« Und an ihrem Blick konnte ich sehen, daß sie glaubte, noch mindestens fünf Jahre zu brauchen, bis sie mich soweit hatte.

Ein Kellner, der mir schon früher aufgefallen war, weil er ein nervöses Zucken am linken Auge hatte, kam auf mich zu.

»Sind Sie Marek van der Jagt?«

Ich nickte.

»Da ist ein Anruf für Sie.«

»Für mich?«

»Sind Sie nun Marek van der Jagt oder nicht? Wenn Sie es sind, ist ein Anruf für Sie gekommen.«

Der Kellner sprach meinen Nachnamen auf ganz seltsame Weise aus.

Ich folgte ihm.

Im Café erklang jetzt Klaviermusik. Die Lichter wurden heruntergedreht. Man bereitete sich auf den Abend vor.

Der Kellner gab mir den Hörer.

»Und, sind Sie auf der Damentoilette gewesen?« fragte eine Frauenstimme.

»Ich bin dort gewesen«, sagte ich.

Der Kellner mit dem nervösen Zucken blieb neben mir stehen, als hätte er Angst, ich könnte das Telefon zu lange in Beschlag nehmen.

»Sehe ich Sie morgen nachmittag um vier Uhr?«

Ich betrachtete meine Fingernägel. Mama hatte mich jede Woche zur Maniküre geschickt, doch seit ihrem Tod war ich nicht wieder hingegangen.

»Eigentlich habe ich ein Seminar, aber ich komme gern, wenn ich Ihnen damit einen Gefallen tue.«

»Es wird Ihnen nicht leid tun.«

»Das hoffe ich«, sagte ich.

Nach Mama konnte mich nichts mehr überraschen.

Ich war an Menschen gewöhnt, die die Realität anderer Leute durcheinanderbringen wollten, wahrscheinlich, weil die Realität ohne ein wenig Verwirrung unerträglich für sie war, auf jeden Fall kein Ort, an dem sie sich lange aufhalten wollten.

Für Mama war die Realität eine Bahnhofshalle, die sie notgedrungen auf dem schnellsten Wege durchqueren mußte.

»Wie heißen Sie eigentlich, wenn ich fragen darf?«

»Mica«, sagte die Stimme, »M-I-C-A.«

War das ihr Vorname oder ihr Nachname? Es konnte beides sein.

»Es ist mein Vorname«, antwortete sie auf meine Frage, noch bevor ich sie stellen konnte.

Der Kellner mit dem nervösen Tick schlich langsam näher, bereit, mir den Hörer jeden Moment aus der Hand zu reißen.

»Ich sehe Sie morgen«, sagte ich. Auf eine Leinenserviette notierte ich mir: »Mica, 4 Uhr.«

Wir aßen an dem Abend Fasan. Eleonore erzählte, daß sich ein chinesischer Verleger für ihr Buch interessiere, und fragte mich nach den Fortschritten in meinem Studium; Papa schwieg. Das Dienstmädchen war stark erkältet und fragte, ob wir das Dessert ausnahmsweise einmal selbst aus der Küche holen könnten.

Eleonore sagte: »Natürlich, Bettina, leg dich schön ins Bett und tu dir einen Schal um.«

Daß Mica meinen Namen kannte, hatte mich nicht überrascht. Dank meiner Mama war unser Name bekannt in ganz Wien.

Der Fasan sah ausgesprochen appetitlich aus, doch ich schmeckte nichts und ließ Eleonores Fragen unbeantwortet, denn das tat Papa auch.

Um halb elf gab Eleonore mir einen Kuß, und Papa sagte: »In der Abteilung Kreditversicherung arbeitet ein nettes Mädchen, das ich dir bald mal vorstellen werde.«

Ich legte mich ins Bett und dachte an Blondie, Kant,

Mama und Mica, noch ohne zu wissen, daß es Streichholzschachteln gibt, die ein Leben so durcheinanderwirbeln können, daß man sich im eigenen Leben wie ein Fremder fühlt, wie ein Besucher, ein Gast.

Ich glaube, auch Mama fühlte sich als ein Gast in ihrem Leben. Sie tat immer so, als ginge das Leben sie nichts an, als sei es nicht ihr eigenes. Als sei sie eher zufällig dort gelandet, so wie man aus Versehen in ein Haus spaziert, weil man sich in der Adresse geirrt hat, und dann doch dort hängenbleibt. Draußen schüttet es wie verrückt, und man hat keinen Schirm dabei.

Wenn Papa genug von Mamas tagelangem Musizieren hatte – außer am Klavier vergriff sie sich auch regelmäßig am Cello –, zwang er sie, nach unten ins Eßzimmer zu kommen und sich zu uns an den Abendbrottisch zu setzen. Oft fuhr sie dann auf, einfach so, zwischen zwei Bissen. Sie lief zur Anrichte und übergab sich in eine der vielen silbernen Schalen, die dort standen, das Gesicht von uns abgewendet.

Wir mußten tun, als sei nichts geschehen, und einfach weiteressen. Das Dienstmädchen rannte mit der Schale in die Küche, Papa löffelte seine Suppe und sagte: »Es war ein schöner Tag im Büro, das Geschäft mit Lebensversicherungen blüht, das ist ein echter Wachstumsmarkt.«

Papa war ein großer Mann im Versicherungswesen. Er sah Mama nicht an, er blickte starr geradeaus.

Mama wischte sich entschlossen den Mund ab, setzte sich wieder an den Tisch und sagte: »Wo ist mein Klavier?«

»Auch in Asien«, sagte Papa, »sehen sie langsam ein, wie wichtig eine gute Lebensversicherung für eine Familie ist.«

Papa kam schließlich zu der Erkenntnis, daß Mama vom vielen Musizieren krank wurde, darum schloß er das Musikzimmer ab und bewachte den Schlüssel wie einen Schatz.

»Zuviel Musik«, sagte er, »ist nicht gut für eure liebe Mutter, sie ist eine sensible Frau, und für sensible Menschen kann manche Musik verheerende Folgen haben.«

Wenn ich aus der Schule kam, stand Mama oft am Wohnzimmerfenster, und wenn sie mich sah, nahm sie meine Hand und sagte: »Marek, wo ist mein Klavier, was haben sie mit meinem Klavier gemacht? Und mein Cello, wo ist das hin?«

Ich biß mir auf die Lippen, denn ich durfte nicht sagen, daß Papa das Cello versteckt und das Klavier hatte einschließen lassen. Zuviel Musik war schädlich für sensible Menschen, wenn Mama zuviel Musik hörte, würde sie Visionen bekommen.

Auch Zeitungen mußten vor ihr verborgen gehalten werden, denn das Leid der Welt konnte sie sich auf die wahnwitzigste Weise zu Herzen nehmen. An den seltenen Tagen, an denen sie das Klavier und das Cello vergaß – so wie sie vergessen konnte, daß sie Kinder hatte –, ging sie vollkommen in ihren Wohltätigkeitsaktivitäten auf.

»Joachim Tschudel«, sagte sie dann zum Beispiel, »verplempert seine Zeit in der Redaktion dieser blöden Zeitung, dabei muß er sein Meisterwerk über die Mongolei zu Ende schreiben, er hat mir ein paar Kapitel davon gezeigt. Es ist brillant, fast schon beängstigend brillant. Aber er hat kein Geld, darum vertut er seine Zeit bei diesem Käseblatt.«

Tagelang redete sie über nichts anderes als über Joachim

Tschudel. Manchmal konnten auch wir einen flüchtigen Blick auf Joachim Tschudel werfen, doch es blieb bei einem flüchtigen Blick. Papa tolerierte Mamas Künstler, doch sie durften das Wohnzimmer nicht betreten, sie mußten in der Küche bleiben oder in den Dienstbotenzimmern.

Papa sagte dann: »Mama ißt heute in der Küche mit dem bärtigen Herrn.«

Mehr Worte verlor er darüber nie.

Wer jetzt glaubt, Papa hätte sich nicht amüsieren können, der irrt sich. Wenn er einen guten Tag hatte, sagte er manchmal gleich nach dem Abendessen: »So, Kinder, jetzt wird getanzt.« Denn er liebte es, durchs Haus zu tanzen. Wir hatten ein sehr großes Haus mit vier Etagen.

Er zog seinen Hausmantel an, und meine Brüder und ich mußten vorausrennen, während er tanzend hinter uns herlief, und dann jauchzte er vor Vergnügen wie ein Kind, denn auch Papa kannte seine glücklichen Augenblicke.

Ungefähr einmal pro Monat schlug er uns. Nicht, weil wir frech gewesen wären oder er getrunken hatte, nein, einfach, wie er sagte, um uns auf die Prügel vorzubereiten, die auch das Leben uns verabreichen würde.

Ich habe das Schlagen nie als etwas Negatives erfahren; neben dem gemeinsamen Tanzen waren es eigentlich die einzigen wenigen Momente der Intimität zwischen Papa und seinen Söhnen.

Während des Osterfrühstücks fragte Mama einmal: »Wie viele Kinder habe ich eigentlich?«

»Drei«, antwortete ich.

Papa starrte auf das Osterbrot und sagte: »Das Osterbrot wird jedes Jahr leckerer.«

»Nein«, sagte Mama, »ich habe vier! Wo ist das vierte?«

Papa sagte: »Ihr dürft Mama nicht zuviel Beachtung schenken, das schadet ihrer Gesundheit. Tut einfach so, als wäre sie nicht da.«

Daniel sagte: »Ich mach dieses Affentheater nicht mehr mit.« Er warf seine Serviette auf den Boden und verschwand. Zwei Tage lang kam er nicht nach Hause, doch Pavel und ich blieben sitzen.

So saßen wir beim Osterfrühstück und taten, als sei Mama nicht anwesend.

Papa sagte: »Das Osterbrot wird jedes Jahr leckerer, Jungs, ist euch das auch aufgefallen? Wir wollen ein paar Scheiben für Herrn Edwin aufheben.«

An Feiertagen bekam Papas Chauffeur Edwin Essen und Spielzeug von uns geschenkt, manchmal auch an anderen Tagen.

Sollte Papa je von etwas anderem geträumt haben als von Lebensversicherungen? Ich kann es mir nicht vorstellen. Und doch weiß ich, daß es so ist: Er hat von anderen Dingen geträumt, lange vor meiner Geburt.

Um halb zwölf hörte ich Eleonore durch den Flur schlurfen. Von Fasan bekam sie immer Magendrücken, doch auch ohne Fasan fand sie leicht einen Grund, mitten in der Nacht ein paar Gläser warme Milch mit Baldriantropfen zu trinken.

Ich stand auf, zog die Pantoffeln an, die ich zu meinem achtzehnten Geburtstag von Papa bekommen hatte, und ging in den ersten Stock, wo immer noch Mamas Klavier stand.

Ich setzte mich davor und dachte über mein Leben nach.

Ich wollte mich im Leben nicht bloß als Gast fühlen, nicht so wie Mama jedenfalls, für die das Leben am ehesten ein Stehempfang gewesen war, auf dem es gerade mal eine Handvoll attraktiver Männer gab, die sie alle schon einmal gehabt hatte.

Die Vier Rosen

Am nächsten Tag war ich pünktlich auf die Minute im ›Vier Rosen‹.

Die Bar lag im Untergeschoß, ich mußte fünf Stufen hinabsteigen. In einer dunklen Ecke spielte eine Frau Akkordeon.

Es war eines jener Lokale, die ich immer zu meiden versucht hatte. Zu dunkel, zu eng, und es roch zu sehr nach nassen Regenmänteln, die langsam vor sich hin trocknen.

Mica konnte ich nirgends entdecken, darum setzte ich mich an die Bar, und weil ich nicht wußte, was ich bestellen sollte, bestellte ich ein Mineralwasser. Die Bar hatte nicht viele Gäste, es waren ungefähr zehn. Es war noch früh, die Kunden, die nach Geschäftsschluß hierher einen trinken gingen, mußten noch kommen.

Ich wartete eine Viertelstunde und begann schon zu vermuten, daß sie überhaupt nicht kommen würde, als die Barfrau ein Glas Irish Coffee vor mich hinstellte und sagte: »Von der Dame dort in der Ecke.«

Sie zeigte auf die Akkordeonspielerin.

Erst jetzt erkannte ich sie: Sie trug keinen Pelzmantel, dafür eine Perücke. Auch war sie anders geschminkt.

Mica spielte Akkordeon. Als das Lied vorbei war, hielt sie ein kleines Glas in die Höhe und sah in meine Richtung. Ich nickte.

»Geh zu ihr«, sagte die Barfrau.

Ich ging an Micas Tisch, das Glas Irish Coffee in der zitternden Hand, und setzte mich neben sie. Ich wartete, daß sie das Wort an mich richten würde, doch sie sagte nichts. Mica spielte Akkordeon und trank Wodka, als ob ihr beides in Kürze für immer verboten würde.

Nachdem Mica noch eine Nummer gespielt hatte und leiser Applaus erklang, legte sie ihr Akkordeon neben sich auf den Stuhl und sagte: »Marek, du verstehst dich auf Pünktlichkeit.«

Ich lächelte, denn wenn ich mich auf irgend etwas verstehe, dann auf Pünktlichkeit.

Sie hatte eine helle Haut und forschende Augen, und sie roch wie ein Schwimmbad, ein Freibad an einem Sommertag.

»Bietest du mir nichts an?«

»Ich dachte, Sie hätten noch«, sagte ich.

»Der Irish Coffee war für dich.«

Ich warf einen Blick auf den Irish Coffee, dann auf das kleine Glas auf dem Stuhl neben ihr. Es war halb voll.

»Man kann einer Dame immer etwas anbieten«, sagte sie, »auch wenn sie noch etwas im Glas hat, außerdem laß uns doch du sagen, das macht alles viel einfacher.«

Was sollte denn hier alles so viel einfacher werden?

Ich gab ihr die Hand.

»Marek«, sagte ich, »sehr erfreut.«

Ich stieß ein kleines Lachen aus. Ein bißchen Peinlichkeit war unvermeidlich, wenn man fühlen wollte, daß man lebt.

»Mica«, sagte sie. »Kannst du den Stuhl etwas näher ranrücken, dann kann ich mein Bein darauf legen. Es tut ein bißchen weh. Scheint an der Feuchtigkeit zu liegen.«

Ich schob den Stuhl näher heran, und Mica legte ihr rechtes Bein darauf.

Ich betrachtete das Bein, es war ein gewöhnliches Bein in einer gewöhnlichen schwarzen Strumpfhose.

»Ja, es ist wieder ein feuchter Tag heute«, sagte ich.

Von Feuchtigkeit hatte ich zwar nichts gemerkt, doch offensichtlich sprach ich mit jemandem, der sich damit besser auskannte.

»Ist das Ihr Beruf?« fragte ich und zeigte auf das Akkordeon.

Sie warf den Kopf in den Nacken und lachte los.

»Mein Beruf?! Ja, nennen wir es mal so. Aber wir wollten doch du zueinander sagen, Marek?«

Am Tag zuvor war mir nicht aufgefallen, wie dick sie war. Erst jetzt wurde mir das so richtig bewußt. »Stark in den Hüften« klingt netter.

In meiner Familie sind alle spindeldürr.

Mama hatte einen schwellenden Busen, doch selbst der Busen konnte ihre Magerkeit nicht verbergen. Papa sagte einmal: »Sie hat keine Hüften, wie sie ihre Kinder zur Welt gebracht hat, ist mir ein Rätsel.«

Ich finde dick lebenslustig und gemütlich, vor allem bei Frauen.

»Hol mal was zu trinken«, sagte Mica.

Sie betrachtete mich vom Scheitel bis zur Sohle und schien sich schon wieder zu amüsieren.

Ich trug an dem Tag halbhohe Stiefel.

»Was möchtest du trinken?«

»Sie weiß das«, sagte Mica und zeigte auf die Barfrau.

Einen Moment lang fragte ich mich, wie es kam, daß ich mich von einer ältlichen Akkordeonspielerin mit wetterfühligen Beinen herumkommandieren ließ, doch plötzlich wurde mir klar, daß ich nicht soviel fragen und nicht soviel denken durfte, daß ich es nehmen mußte, wie es kam.

Gegen Ende ihres Lebens hatte Mamas Bein auch weh getan. Alles tat weh. Und einige ihrer Verehrer wollten mit mir ins Bett. Doch sie haben sich nie aufgedrängt. Mama mochte Sonderlinge mit Manieren.

»Das Kamel ist das Schiff der Wüste«, sagte Mama oft zu mir, »doch mein Schiff ist die Liebe.« Das war die Lüge des Jahrhunderts. Mamas Schiff war die Eifersucht. Sie war imstande, jeden eifersüchtig zu machen, selbst den Postboten, weil sie von einem Moment zum anderen vergessen konnte, daß man da war. Während man ihr die Hand gab, um sie zu begrüßen, war sie schon dabei, sich von einem zu verabschieden, und in Gedanken ganz woanders.

Die Barfrau trug Ohrringe, die wie Fliegen aussahen.

»Es ist für Mica«, sagte ich und zeigte hinüber, als befürchtete ich, nicht jeder würde sie unter diesem Namen kennen.

Meine Stimme klang heiser, wie das eine Mal, als ich einen Verleger traf, der mir zwei Wochen zuvor einen Ablehnungsbrief geschrieben hatte. Doch das wußte er nicht mehr. Er hatte es vollkommen vergessen. Als ich ihn am Ende des Gesprächs dezent daran erinnerte, sagte er: »Ach, junger Mann, daß mein Name unter dem Brief steht, hat gar nichts zu bedeuten, all diese Briefe sehe ich doch kaum noch.«

Danach bin ich nie wieder einem Verleger begegnet, nicht einmal aus Versehen.

»Noch einen Irish Coffee?« fragte die Barfrau, während sie Wodka in ein kleines Glas schenkte. Ohne Eis.

»Nein, einfach normalen Kaffee«, sagte ich.

»Bist du sicher? Möchtest du nicht doch einen Schuß irgendwas hineinhaben?«

Wie seltsam, dachte ich, daß jemand Ohrringe trug, die wie Fliegen aussahen. Wie übergroße Fliegen.

»Nein, ohne alles, einen ganz normalen Kaffee.«

»Du bist neu hier.« Sie legte einen Keks neben die Tasse.

Es war keine Frage, nicht einmal eine Bemerkung, sondern ein Urteil; die Beschreibung eines Zustands. Ich war schon seit über zwanzig Jahren neu, mein Neusein schien überhaupt kein Ende zu nehmen; wenn ich nicht aufpaßte, würde ich funkelnagelneu sterben.

Eines Abends, nicht lange vor ihrem Tod, hatte Mama zu mir gesagt: »Marek, sieh zu, daß du nicht ungenutzt stirbst.«

»Wie meinst du das, Mama?« hatte ich gefragt.

»Menschen«, sagte sie, »müssen in Gebrauch genommen werden, sonst haben sie umsonst gelebt. Sie dürfen nicht leer stehen, verstehst du?«

Häuser konnten leer stehen, aber Menschen?

»Stehe ich denn leer?« hatte ich gefragt.

Am Morgen darauf waren wir mit acht Koffern verreist, in die Berge, und mir wurde klar, daß Mama ihr Leben lang alles darangesetzt hatte, nicht ungenutzt zu sterben, und daß jetzt ich an der Reihe war, dafür zu sorgen, einmal mit dem Gedanken sterben zu können: »Ich bin genutzt, und das nicht zu knapp.«

Als Papa zum ersten Mal hörte, daß Mama einen Liebhaber hatte, hatte er ein paar Minuten regungslos in seinem Sessel gesessen, als habe er ein Problem mit einer Lebensversicherung, das er nicht knacken konnte. Wie alt war ich wohl? Elf, zwölf? Etwas in der Richtung. Dann sagte er plötzlich: »Hat er dich auch nackt gesehen?«

Mama hatte zu lachen begonnen, noch nie hatten wir sie so lachen sehen; Pavel, Daniel und ich sahen sie an, als seien wir Zeugen einer Aufführung.

»Ob er mich nackt gesehen hat«, rief sie. Es muß einer der fröhlichsten Momente in ihrem Leben gewesen sein.

Dann rief Papa: »Nach oben mit euch, auf eure Zimmer!« Und er jagte uns hinaus. Noch im Laufen öffnete er seinen Gürtel. Darin war er unglaublich geschickt. Dann sauste der Gürtel durch die Luft.

In Tippelschritten ging ich zu Micas Tisch zurück.

Der Kaffee schwappte über auf die Untertasse, und meine Hände begannen noch mehr zu zittern.

Sie trank ihren Wodka wie ein Mann, während ich an meinem Kaffee nippte. Ich wartete auf ihre Worte, ungeduldig, neugierig und mit einem unklaren Vorgefühl, daß ich ihr nicht gewachsen sein würde.

Als ihr Glas fast leer war, kitzelte sie mich unterm Kinn und sagte: »Niemand will dich fressen.«

Das hätte sie nicht sagen sollen.

Zum neunzehnten Geburtstag bekam ich von Papa eine Heckenschere geschenkt, ein riesiges Ungetüm. Wir haben zwar einen großen Garten, aber keine Hecke, außerdem hatten wir einen Gärtner, der zweimal die Woche kam, und wenn er Geld brauchte, noch öfter. Ich wollte Papa fragen: »Warum hast du mir die Heckenschere geschenkt?« Doch ich habe diese Frage nie gestellt, weil ich doch keine Antwort darauf bekommen würde. Die Heckenschere habe ich auf mein Zimmer gelegt. Unter den Schreibtisch. Wenn jemand bei uns einbricht, bin ich jedenfalls bewaffnet.

»Mica«, sagte ich, als sie ihr Glas gründlich geleert hatte, »ich möchte nicht übermäßig unhöflich sein, aber warum hast du mich eigentlich kommen lassen?«

Es ist verrückt, wie alle immer wieder denken, jemand anderen nötig zu haben, um etwas aus ihrem Leben zu machen, und mich durchzuckte der Gedanke, daß Mica mich vielleicht nur hatte kommen lassen, weil sie sich langweilte, weil sie sich amüsieren wollte. Manche älteren Damen haben nun mal eine Schwäche für die Jugend.

Sie begann zu lachen, so wie in dem Moment, als ich sie gefragt hatte, ob das Akkordeonspielen ihr Beruf sei.

Sie langte nach einem Koffer, der hinter ihr stand. Ich dachte schon, sie wolle das Akkordeon hineintun, doch stattdessen gab sie mir den Koffer und sagte: »Hier.«

Es war ein brauner Koffer, ein altmodisches Modell. Mit vielen Schrammen und Kratzern.

Auf einmal hatte ich Angst, Papa könnte plötzlich mit einem Geschäftsfreund die Bar betreten. Er würde mir zunicken, fast unmerklich, und mich dann ignorieren. Erst drei Tage später würde er völlig unvermittelt fragen: »Was hast du eigentlich im ›Vier Rosen‹ gemacht?«

Es ist nicht schlimm, zwei erfolgreiche Brüder zu haben, einen erfolgreichen Vater und eine erfolgreiche Stiefmutter, bloß unangenehm, weil jeder Vergleich immer zu deinem

Nachteil ausfällt und die Leute nach und nach das Gefühl bekommen, daß sie Nachsicht mit dir haben müssen, so wie man einen Todkranken schont, indem man den Namen der Krankheit in seiner Anwesenheit sorgfältig vermeidet.

Bei Familientreffen wurde mein Name ebenfalls vermieden, so daß man gut denken konnte, daß auch ich eine solche tödliche Krankheit war.

Meinem Vater zufolge war Erfolg durch nichts zu ersetzen, und Eleonore sagte: »Mit einem Diplom in Maschineschreiben hab ich angefangen, Marek. Und schau, wie weit ich es gebracht habe.« Und dann zeigte sie auf den Bücherschrank mit all den Übersetzungen von *Wie alte Frauen reich werden können.*

Jetzt saß ich hier neben Mica, mit einem Koffer auf dem Schoß.

»Du siehst so unschuldig aus«, sagte Mica, »als wärst du gerade geboren.«

Ich stellte den Koffer auf den Boden.

Gerade geboren, was sollte das jetzt wieder heißen? Fand sie, ich hätte ein Babyface, weil ich zufällig mit einer gesunden Haut und glänzenden Haaren gesegnet bin?

»Ich muß gehen«, sagte ich.

Mica führte ihr Glas zum Mund, doch es war nichts mehr drin.

Im Hintergrund erklang jetzt ein französisches Chanson, und ich versuchte, auf den Namen des Sängers zu kommen. Früher im Französischunterricht hatten wir immer seine Chansons gehört und die Lieder dann analysiert. Ich ging auf eine internationale Schule, wir analysierten alles, inklusive Chansons.

»Nimm den Koffer mit«, sagte sie, »ich hab ihn nicht umsonst bis hierher geschleppt.«

Plötzlich klang ihre Stimme streng, und obwohl es dunkel war, konnte ich die Poren in ihrer Nase genau erkennen. So dicht hatte sie ihr Gesicht vor meins gebracht.

Ich warf einen Blick zur Barfrau, sie lehnte an der Theke und starrte vor sich hin, dann dachte ich an Papas vieles Geld und das von Eleonore, und an Menschen, die ungenutzt gestorben waren.

»Es tut mir leid«, sagte ich, »aber ich kann deine Geschenke nicht annehmen.«

Ich rührte sinnlos in meinem Kaffee herum. Ich hatte weder Milch noch Zucker darin, und der Kaffee war nur noch lauwarm.

»Ach, mein Junge«, sagte sie, »das sind doch überhaupt keine Geschenke.«

In dem Moment ging die Tür auf, und zwei Herren kamen herein.

»Nimm den Koffer mit«, sagte Mica, »es sind keine Geschenke, es sind Sachen von deiner Mutter.«

Die zwei Männer hatten sich an einen Tisch gesetzt. Der eine hatte eine Mappe mit Papieren dabei, und ich versuchte, ihre Socken genauer zu erkennen. Beide trugen Socken mit Figuren drauf.

»Und bestell mir noch was zu trinken«, sagte Mica.

Die Dame mit den Fliegen in den Ohren hatte schon ein Glas Wodka eingeschenkt, bevor ich noch etwas sagen konnte.

Ich wollte das Glas nehmen und zum Tisch zurückgehen, doch sie legte ihre Hand auf meine.

Ihre Hand war fest und warm. Nicht so feucht, wie meine Hände oft sind. Papas Hände sind auch oft feucht.

»Mica ist unglaublich«, sagte sie.

»Ja«, sagte ich, »unglaublich.« Meine Stimme klang heiser.

»Für dich noch einen Kaffee?«

Ich nickte. Ihre Fragen waren Befehle.

Eine Untertasse landete geräuschvoll auf der Theke.

Ich folgte ihren Bewegungen.

Die Barfrau bewegte sich wie eine Frau, die keinen Zweifel kannte.

Als ich zahlen wollte, sagte sie: »Heiße Schokolade mit Rum, hast du das schon mal probiert?« Und sie lachte, als würde ich nie begreifen, was sie damit meinte.

Otto vermietet auch Zimmer

Ein älterer Mann hatte sich neben Mica gesetzt. Er war klein und trug einen Hut. Ein englisches Modell. Niemand in Wien trägt solche Hüte.

Er hatte eingefallene Wangen. Sein Mund war ein Strich.

»Marek«, sagte Mica, »das ist Otto.«

Ich stellte die Gläser auf den Tisch und schüttelte ihm die Hand.

Er trug Schmuck am Handgelenk.

Er trug auch Schmuck um den Hals.

Ich blieb stehen, doch Mica sagte: »Setz dich, Marek, wir schauen nicht gern zu jemandem auf.«

Ich lieh mir einen Stuhl von einem anderen Tisch.

»Otto macht Skulpturen«, sagte Mica.

Ich nickte.

Otto selbst sagte nichts. Er sah mich aufmerksam an.

Er hatte eine Plastiktüte dabei, voller Obst und Gemüse.

Ich würde nie mit einer Plastiktüte voll Obst und Gemüse in eine Cocktailbar gehen. Scham hieß der Korken, auf dem mein Körper trieb. Mama fand es lustig, wenn Männer sich für nichts schämten, besonders, wenn sie arme Künstler waren. Nur reiche Künstler mußten sich sehr wohl schämen, denn Geld erzeugt nun mal Scham.

Als ich auf das Gemüse schaute, fiel mir ein, daß ich nach Hause mußte. Papa und Eleonore saßen bestimmt schon beim Essen, und Eleonore würde sagen: »Der Junge ist unglücklich, das sieht man sofort, hat er schon eine Freundin?«

Papa würde schweigen, weil er Unglück als eine unheilbare Krankheit betrachtete. Und über Unglück reden war so etwas wie den Teufel rufen.

Mit einer langsamen Bewegung holte Otto eine Packung Zigaretten aus seiner Brusttasche.

»Otto vermietet auch Zimmer«, sagte Mica.

Und wieder nickte ich.

Otto machte Skulpturen, Otto vermietete Zimmer, alles Informationen, auf die man nur mit einem Nicken reagieren konnte. Jedes Wort, das ich hierauf noch sagen könnte, würde doch falsch verstanden werden.

Einer der Männer, deren Socken ich mir so genau angesehen hatte, fluchte ein paarmal hintereinander, und ich betrachtete den Koffer, der kein Akkordeonkoffer war.

»Ich muß gleich los«, sagte ich.

Otto inhalierte. Meine Augen folgten dem Rauch, den er langsam aus seinem Mund strömen ließ.

An seinem Pullover steckte eine Brosche. Ein Segelflugzeug aus Silber mit kleinen Diamanten am Heck.

»Die Ehe ist ein Gefängnis«, sagte Otto langsam.

»Sie warten mit dem Essen auf ihn«, erklärte Mica.

»Was machst du so?« fragte Otto. »Zum Leben, meine ich?«

»Ich studiere«, sagte ich, »und ich gebe Nachhilfestunden.«

Otto lächelte. Das Wort »Nachhilfestunden« schien ihm zu gefallen.

Auch an seinen Ohren hing Schmuck, wie ich jetzt sah.

Seine Lippen waren ein verschwindend dünner Strich. Er sah mich an, als ob er etwas von mir erwartete. Mica sagte: »Otto, mach dem Jungen keine Angst.«

Ich stand auf und wollte zur Theke gehen, doch Otto sagte: »Nicht zahlen, Marek, das geht auf meine Rechnung.«

Er hatte einen leichten Akzent, den ich nicht einordnen konnte. Seine Stimme klang rauh. Das Sprechen schien ihm Mühe zu bereiten.

Ich schob meinen Stuhl unter den Tisch, eine Gewohnheit, Überbleibsel meiner Erziehung. Die Einkaufstüte fiel um. Im nächsten Moment hockte ich auf dem Boden und versuchte fieberhaft, die Zitronen, Birnen, Pflaumen und jungen Zwiebeln wieder einzusammeln.

Mica lachte.

Die anderen Bargäste sahen mich an.

Selbst der Mann, der eben so laut geflucht hatte, war jetzt still.

»Es tut mir leid«, sagte ich, »es tut mir leid.«

»Macht nichts«, sagte Mica, »Otto wäscht immer alles sehr sorgfältig.«

Ein paar Pflaumen waren bis ans andere Ende der Bar gerollt und völlig zerdrückt. Ich bot an, Otto den Schaden zu bezahlen, und Mica sagte: »Was bist du doch anständig.«

»Was ist eigentlich in dem Koffer?« fragte ich, als ich alles wieder in Ottos Tüte verstaut hatte.

Otto hatte keinerlei Anstrengung unternommen, mir zu helfen. Mica auch nicht. Doch sie waren alt und hatten vielleicht beide schmerzende Beine.

»Kleidung«, sagte sie.

Ich grinste – das hätte ich mir denken können. In Koffern

war nun mal Kleidung, von unbedeutenden Ausnahmen einmal abgesehen. In manchen Koffern waren Leichen.

»Frisch gebügelt und gewaschen«, sagte Mica.

Ich hörte mich selbst sagen: »Wie nett von Ihnen, daß Sie sie gebügelt haben.«

Ich schlucke häufig Fragen herunter, aus Angst vor den Antworten, und auch, um nicht unhöflich zu sein. Vielleicht hatte Mama bei einem ihrer armen Künstler die Hälfte ihrer Garderobe liegenlassen, und sie hatten nach ein paar Jahren beschlossen, die Kleider lieber doch noch zurückzugeben. Oder hatten sie nie aufgeräumt und die Kleider erst jetzt gefunden?

»Wir wollten doch du sagen, Marek. Jedesmal wenn du Sie sagst, fühle ich mich so schrecklich alt. Wenn du willst, kann ich sie ja für dich verkaufen.«

»Was?«

»Die Kleider.«

»Nein, danke«, sagte ich, »das ist nicht nötig.«

Ein Telefon läutete, die Barfrau nahm ab. Ich hörte, wie sie den Anrufer anschnauzte. Sie hatte einen Beruf, in dem man viele Leute anschnauzen mußte. So ein Beruf war vielleicht was für mich, denn Pavel sagte immer, ich müsse lernen, Leute anzuraunzen und mich meiner Haut zu wehren.

»Otto wollte dich gern kennenlernen«, sagte Mica. »Jetzt hat er dich kennengelernt.«

Zuerst gab ich Mica die Hand, dann Otto; dann nahm ich den Koffer und verließ das ›Vier Rosen‹.

Inge aus Innsbruck

Die Tomatensuppe war schon aufgetragen.

Dreimal pro Woche gab es Tomatensuppe, denn die aß Papa für sein Leben gern.

Im Flur begegnete ich dem Dienstmädchen.

Sie hielt einen Brotkorb in der Hand und lachte.

Irgend jemand hatte ihr mal beigebracht zu lachen, und seitdem war sie nicht mehr davon abzubringen. Wenn sie Leute sah, fing sie automatisch an zu lachen.

»Sag, daß ich gleich komme«, sagte ich.

»Soll ich dir was abnehmen?«

»Nein, danke«, sagte ich.

Ich rannte mit dem Koffer auf mein Zimmer, versuchte ihn in einem meiner Schränke unterzubringen, und als das nicht klappte, schob ich ihn unters Bett.

Ich warf noch einen flüchtigen Blick in den Spiegel, dann ging ich in aller Ruhe hinunter ins Eßzimmer.

Papa sah mich verärgert an, doch ich ignorierte ihn und löffelte schnell meine Suppe.

»Wir müssen ihr sagen, daß sie nächstes Mal weniger Peperoni hineintun soll«, sagte Eleonore.

Papa löffelte fast lautlos einen letzten Rest Suppe von seinem Teller, schloß kurz die Augen, legte den Löffel neben sich und sagte: »Ich schmecke nichts.«

»In Tomatensuppe gehören nun mal keine Peperoni«, sagte Eleonore entschieden.

Das Dienstmädchen deckte die Teller ab und sagte: »Wie gut Herr Marek heute aussieht.«

Ich dachte an den Koffer unter meinem Bett, wie ein Verbrecher an schlecht beseitigte Spuren seines Verbrechens.

Ich lächelte. Und Eleonore sagte: »Ja, besser als gestern.«

Das Dienstmädchen war eine Quelle des Frohsinns, die von Papa und Eleonore geduldet wurde, weil sie bestimmte Grenzen nie überschritt.

Sie sah alles, unser Dienstmädchen, den kleinsten Fleck auf einer Hose, einen Krümel auf dem Sofa, doch Ursache und Wirkung existierten nicht in ihrer Welt, und wenn sie existierten, interessierte sie sich nicht dafür.

Sie entzog sich Papas Gesetz, wonach es für Erfolg keinen Ersatz gab, oder Papa legte andere Maßstäbe für Erfolg an, wenn es um Dienstmädchen ging.

Papa, der alle in seiner Umgebung dazu aufstachelte, ihr Letztes zu geben, Papa, der immer sagte: »Warte nicht auf eine Belohnung im Jenseits, wer belohnt werden will, muß seine Belohnung sofort einfordern«, Papa, der ständig darauf drängte, daß man noch höher hinaufkommen müsse, niemals nachlassen dürfe, Papa ließ sie in Ruhe. Sie konnte sein, wie sie wollte, sie durfte bleiben, wer sie war und wo sie war.

Sie war schon fast fünfundzwanzig Jahre bei uns, hatte keine Kinder und keinen Mann, dafür aber eine alljährliche Lohnerhöhung und ein großzügiges Weihnachtsgeld. Sie schien zufrieden so. An ihrem freien Tag wurde sie ab und zu in gewissen Kneipen mit Männern gesehen, doch bezüglich ihres eigenen Lebens war sie womöglich noch diskreter als in bezug auf unseres.

Irgendwann einmal, als ich noch ein Kind war, schien etwas mit ihr geschehen zu sein, das bei uns zu Hause »der tragische Vorfall« genannt wurde. Man schwieg darüber, und ich habe nie danach gefragt, weil das ihrem für mich fast gottgleichen Status Abbruch getan hätte.

Papa und das Dienstmädchen wechselten oft kaum zehn Worte am Tag, und doch war im Laufe der Zeit eine seltsame Harmonie zwischen ihnen entstanden. Wenn sie ihm morgens seinen Mantel reichte oder sagte: »Nicht so schnell, Herr van der Jagt, an heißem Kaffee kann man sich den Schlund verbrennen«, mußte ich irgendwie an eine Mutter denken, eine von der Sorte, wie sie bisweilen in Filmen oder Büchern vorkommen.

Es wurde Lamm serviert.

»Möchten Sie es tranchieren, oder soll ich es tun?« fragte das Dienstmädchen.

Papa sagte: »Danke, Bettina, das übernehme ich.«

»Ha, Lammfleisch«, sagte Eleonore.

Sie sah mich vergnügt an, vielleicht in der Hoffnung, daß ich ihr zustimmen würde: Daß dieses Lammfleisch auch für mich die Krönung eines erfolgreichen Tages war.

Papa tranchierte langsam, während ich auf das große Porträt von Mama starrte, das sie kurz vor ihrem vierundzwanzigsten Geburtstag zeigte. Ich hatte schon ein paarmal vorgeschlagen, es aus dem Eßzimmer zu entfernen. »Wir brauchen es uns doch nicht bei jedem Essen anzusehen«, hatte ich gesagt. Doch für Papa war das Thema tabu.

»Als Kunstwerk ist es mißlungen«, sagte ich.

»Das ist kein Kunstwerk«, antwortete Papa, »das ist deine Mutter.«

Auch Eleonore fand es respektlos, das Bild abzuhängen. »Mich stört es absolut nicht«, sagte sie, »ich finde es ein sehr schönes Gemälde, ich denke überhaupt nicht an deine Mutter, wenn ich es ansehe.«

Sie verstummte abrupt, als sei sie selbst erschrocken vor ihrer Ehrlichkeit.

»Mir nur eine Scheibe«, sagte ich, »das langt.«

Papa sah mich kurz an, dann konzentrierte er sich wieder auf das Fleisch, das er zwischen Gabel und Löffel hielt; er zuckte kurz mit den Schultern, als fände er es überflüssig, darüber einen Streit vom Zaun zu brechen.

Appetitmangel war ihm ein Dorn im Auge.

Eleonore und Papa nahmen jeder zwei Scheiben.

»Eleonores Buch«, sagte Papa, »ist heute nach Rumänien verkauft worden – es ist unglaublich, vor allem, wenn man bedenkt, daß die Verleger erst alle so skeptisch waren.«

Ich beugte mich über meinen Teller. Eleonore strahlte. »Ich habe einen Nerv getroffen«, sagte sie, »ohne es darauf anzulegen, es ging wie von selbst.«

Ich dachte an alte Frauen, die jetzt überall auf der Welt wütende Versuche unternahmen, reich zu werden, und dabei Eleonores Buch als Bibel auf dem Nachtschränkchen liegen hatten.

Eleonore schluckte, wischte sich den Mund ab und sagte: »Und wenn man dann noch bedenkt, daß ich bis vor ein paar Jahren überhaupt nicht wußte, daß ich schreiben konnte.«

Ich beugte mich noch tiefer über den Teller, Papa schenkte Mineralwasser nach.

»Aber der Verlagsdirektor hat gesagt«, fuhr sie aufgedreht fort: »Eleonore, du schreibst besser als all die sogenannten literarischen Autoren, deine Grammatik ist tadellos.«

Tiefer konnte ich mich nicht beugen. »Eleonore«, sagte ich, während sich mein Blick in mein Lamm bohrte, »Literatur ist doch keine Frage der Grammatik!«

Mit der Serviette wischte sich Eleonore den Mund ab und betrachtete diese, als wollte sie nachsehen, was für Flecken sie darauf hinterlassen hatte.

»Ich wiederhole nur, was der Verlagsdirektor zu mir gesagt hat, und der wird ja wohl wissen, wovon er spricht. Er hat gesagt, ich bin das Sprachrohr einer vergessenen Generation.«

Papa stand auf und stellte Musik an. Das Requiem von Mozart. Mozart war in Papas Welt der fleischgewordene Erfolg, der Erlöser für jene, deren Religion das Reüssieren war, wo andere gescheitert waren.

»Fer, wie findest du das?« fragte Eleonore. »Das Sprachrohr einer vergessenen Generation?«

Papa antwortete nicht. Er hatte die Augen geschlossen.

»Welche Generation denn?« fragte ich, ohne den Kopf zu heben, obwohl ich wußte, daß Papa das haßte. Mindestens fünfmal am Abend konnte er zu mir sagen: »Laß deinen Kopf nicht so hängen, Marek, das ist doch kein Sack Mehl. Sieh den Leuten stolz in die Augen, wenn du mit ihnen sprichst.«

»Ein Sprachrohr für ältere alleinstehende Frauen«, sagte Eleonore und sah zu Papa. Doch der hielt seine Augen immer noch geschlossen. Er hörte Musik. Papa mochte keine Diskussionen, oder besser, er mochte keine fruchtlosen Diskussionen, die er für eine besonders perfide Form sinnloser Gewalt hielt, vor allem, wenn sie im Familienkreis stattfanden.

»Aber du bist doch gar nicht alleinstehend«, sagte ich.

»Als ich anfing zu schreiben, war ich alleinstehend, im fortgeschrittenen Alter und eine Frau; die Gesellschaft behandelte mich wie eine Aussätzige. Du müßtest die Briefe lesen, die ich bekomme, alles Frauen, die mir schreiben: Durch Sie habe ich mein Selbstvertrauen wiedergewonnen.«

Papa öffnete die Augen und schloß sie sofort wieder. Er mochte solche Worte nicht – Gesellschaft, Selbstvertrauen, Aussätzige. Eleonores Teller war jetzt leer. Niemand sagte etwas, darum ergriff eben sie wieder das Wort. »Der Direktor hat gesagt: Eleonore, du bist am besten, wenn du persönlich schreibst.«

Noch ein Schlag in meinen Magen. Der Direktor war Eleonores Idol. Ein Mann in Cowboystiefeln, der Geld mit Büchern verdiente, wie Eleonore sie schrieb, und ab und zu auch noch etwas herausbrachte, das in den Feuilletons der angesehenen Zeitungen positiv besprochen wurde, sich aber kaum verkaufte. Er behauptete, Eleonore entdeckt zu haben.

»Ja«, sagte Eleonore, »der Direktor hat gesagt: Schreib doch mal eine Geschichte.«

So wie manche Leute gegen die Wand Tennis spielen, so führte Eleonore Gespräche. Wirkliche Reaktion war unnötig, das Echo ihrer eigenen Worte genügte ihr vollkommen.

Früher erinnerte alles in diesem Haus mich an Mama, jetzt konnte ich keinen Schritt mehr tun, ohne mit Eleonores

Alten Frauen konfrontiert zu werden. Und bei dem einen Buch würde es bestimmt nicht bleiben. Weiß der Kuckuck, wie viele Bücher Eleonore noch absondern würde, wenn niemand dem einen Riegel vorschob.

Das Dienstmädchen kam herein.

»Herr Marek«, sagte sie, »Entschuldigung, daß ich störe, aber da ist ein Anruf für Sie.«

Papa öffnete die Augen. Der Anruf hatte seine zerbrechliche Harmonie gestört.

Papa haßte Anrufe ganz allgemein, doch Anrufe nach sechs Uhr abends fand er rundweg barbarisch.

Wenn Menschen Bücher waren, dann war Papa ein Knigge in mindestens sieben Bänden.

»Entschuldigt mich«, sagte ich.

Ich ging ins andere Zimmer, was mir sofort leid tat. Ich wäre besser in die Küche gegangen, denn die Schiebetüren zwischen den beiden Zimmern standen offen, und das Gespräch zwischen Papa und Eleonore war nicht so angeregt, daß sie mich nicht verstehen konnten.

»Marek van der Jagt am Apparat«, sagte ich.

»Ich störe doch nicht beim Essen?«

»Nicht richtig.«

»Ich hab ganz vergessen zu sagen, daß ich den Koffer gern zurückhätte.«

Ich schwieg einen Moment.

»Willst du alles wiederhaben?«

»Nein, nur den Koffer. Es eilt nicht«, fuhr Mica fort.

»Gut«, sagte ich, »das scheint mir kein Problem.«

»Vielleicht kannst du diese Woche noch mal ins ›Vier Rosen‹ kommen, morgen zum Beispiel, um vier Uhr?«

»Morgen kannst du das Buch wiederhaben«, sagte ich, »dann bin ich auch mit meinen Notizen fertig.«

»Hört jemand mit?« fragte Mica.

»Nein«, sagte ich, »das Thema fällt mir überhaupt nicht schwer.«

»Dann seh ich dich morgen«, sagte Mica.

»Ja, bis morgen.«

Ich kehrte zum Tisch zurück und legte die Serviette wieder auf meinen Schoß.

Niemand stellte eine Frage.

Papa wischte sich sorgfältig den Mund ab und sagte: »Das Mädchen, von dem ich dir erzählt habe – die von den Kreditversicherungen –, sie kommt nachher um neun auf eine Tasse Kaffee vorbei. Ich wüßte deine Anwesenheit zu schätzen. Sie heißt Inge.«

»Ein schöner Name«, sagte Eleonore, »so ein weicher Klang.«

Ich schaute auf das Gemälde. Mama sah darauf aus wie eine Kurtisane.

Um sie herum waren lauter Federn gemalt.

Das Dienstmädchen servierte Ananas.

»Und so intelligent«, sagte Eleonore.

»Was?« fragte ich.

»Inge, der Name«, sagte Eleonore, »manche Namen klingen viel intelligenter als andere.«

Papa hob die Augenbrauen. Er ließ die Finger knacken, was er öfter tat, wenn er sich beherrschen mußte. Mama hatte das auf den Tod nicht ausstehen können.

»Das ist Unsinn, Eleonore, Namen können nicht intelligent sein. Menschen vielleicht, wenn's hochkommt.« Papa lachte sein eigenartiges Lachen. Ein Lachen, das stark an ein Husten erinnerte, als ob jemand erstickte.

Plötzlich fiel mir ein, daß ich am nächsten Tag um vier eine Verabredung mit Max hatte. Max war sechzehn. Gegen bescheidene Bezahlung kam ich dreimal pro Woche zu ihm nach Hause, manchmal auch öfter.

Ich machte nie doppelte Verabredungen. Da war ich sehr pingelig. Ein Nachhilfelehrer muß pingelig sein. Kleine Irrtümer konnten große Panik verursachen. Ich konnte Max nicht im Stich lassen. Max und seine Mutter zählten auf mich, vielleicht waren sie die letzten auf der Welt, die das taten. Daß auf einen gezählt wird, daß jemand einen braucht, hatte ich am Anfang als etwas betrachtet, das mir ein blindes und instinktives Vertrauen ins Leben vermitteln könnte. Bis dieses Gebrauchtwerden, das erst ein so angenehmes Gefühl gewesen war, ein Druck wurde, eine Belastung, ein Versprechen, an das ich mich nicht erinnern konnte, das ich aber offenbar doch gegeben hatte und das meine moralische Integrität langsam korrumpierte.

Professor Hirschfeld hatte von der Notwendigkeit gesprochen, ein blindes und instinktives Vertrauen zum Leben zu haben, und was alles geschehen konnte, wenn dieses Vertrauen fehlte. Mit Professor Hirschfeld redete ich oft über Kriminelle und über Philosophie.

»Woran denkst du, Marek?« fragte Eleonore.

Doch ich konnte auch Mica nicht im Stich lassen: Jemand, der Kleider meiner Mama in einem Koffer aufgehoben hatte, hatte ein Recht darauf, den Koffer auch wieder zurückzubekommen.

Papa stand auf, die Mahlzeit war beendet, und wir folgten ihm. Obwohl es noch nicht neun Uhr war, setzte er sich schon ins Wohnzimmer.

Auf Besuch bereitete er sich immer gern in aller Ruhe vor; Eleonore saß dann neben ihm und meditierte – oder schwieg, was letztlich vielleicht auch eine Form der Meditation ist.

Papa hatte mir schon viele Frauen vorgestellt, insgesamt so an die acht. Fast alle arbeiteten sie für seine Versicherung. Papa betrachtete das Leben als eine bei näherem Hinsehen nutzlose Erfindung, für die man sowohl Erfindung als auch Erfinder am besten mit Schweigen strafte, doch alles, was nach diesem Leben kam, war wahrscheinlich noch nutzloser. Darum mußte man sich verrückterweise doch wieder beeilen. Man durfte nicht nachlassen, solange man an der nutzlosen Erfindung teilhatte, die Leben hieß.

»Ich mach mich noch ein bißchen frisch«, sagte ich.

Zuerst ging ich auf die Toilette, wusch mir die Hände und kämmte mir die Haare; dann holte ich den Koffer unter dem Bett hervor.

Am Koffer hingen Anhänger mit unleserlicher Aufschrift.

Ich hörte das Dienstmädchen die Treppe heraufkommen. Sie bereitete die Schlafzimmer für die Nacht vor.

Der Koffer war dreckig, als habe er tagelang auf einem Feldweg im Regen gestanden.

Für einen Moment kam mir der Gedanke, daß in dem Koffer vielleicht überhaupt keine Kleider vom Mama drin waren. Daß es sich – so wie ich Mica mittlerweile kannte – um einen Irrtum handelte, einen mutwilligen Irrtum.

Der Koffer hatte drei Schlösser.

Jemand klopfte an die Tür.

»Marek«, sagte das Dienstmädchen.

»Jetzt nicht«, sagte ich, »ich bin nackt.«

Sie entfernte sich, ohne etwas zu sagen.

Alle drei Schlösser ließen sich problemlos öffnen.

Das Kleid, das zuoberst lag, war ein Abendkleid, das tatsächlich Mama gehört hatte. Ich erkannte es am Stoff.

Es gab nicht viele Leute, die solche Kleider trugen.

Die meisten anderen Kleider erkannte ich auch. Sie waren ordentlich gefaltet und gebügelt, genau wie Mica gesagt hatte.

Ich schnupperte an den Kleidern, doch ich konnte keinen Geruch entdecken. Wie tief ich meine Nase auch in den Stoff drückte: nichts, nur ganz schwach irgend etwas Chemisches, doch das konnte auch Einbildung sein.

Einen Moment lang erwog ich, die Kleider aus dem Koffer zu holen, doch dann dachte ich mir, daß ich sie nie wieder so schön zusammenfalten könnte. Als sei der Zustand der Kleider von alles entscheidender Bedeutung.

Dann läutete es an der Tür, und ich rannte ins Erdgeschoß, um rechtzeitig im Wohnzimmer zu sein und Inge zu begrüßen.

Inge war groß. Sie trug Schuhe, die sie noch größer machten. Auch hätte wohl niemand ihr Magerkeit vorgeworfen.

Wir saßen zu viert im Wohnzimmer, und Inge redete viel.

Sie hatte blondes Haar, doch sie hatte etwas Rotes hineingetan, so daß einige Strähnen jetzt rosa schimmerten und andere violett.

Ihr Gesicht war bäurisch-derb, doch nicht unattraktiv.

»Ich wohne noch nicht so lange in Wien«, sagte Inge, »ich komme aus Innsbruck.«

»Innsbruck, da sind wir schon oft gewesen«, sagte Eleonore.

Papa hielt ihr eine Schale Pralinen hin und sagte: »Greifen Sie zu, Inge, das sind die besten Pralinen von Wien. Vielleicht die besten von ganz Österreich.«

Sie nahm eine Praline, legte sie auf eine Serviette und sagte: »Und Sie, Sie studieren also Philosophie?«

Sie legte die Beine übereinander. Ich bewundere jeden, der auf solchen Pfennigabsätzen laufen kann wie sie.

Eleonore antwortete für mich. »Er ist brillant! Was er über Schopenhauer geschrieben hat, haben wir alle gelesen.«

»Es handelte von Hegel«, sagte ich. »Eine Zusammenfassung einer Zusammenfassung seiner *Einleitung zur Phänomenologie des Geistes,* nichts Besonderes.«

Irgendwo im Haus schlug eine Uhr.

Papa beugte sich vor und nahm seine Tasse Kaffee vom Salontisch.

»Eleonore schreibt auch«, sagte er mit einer Grimasse, als bereite die Mitteilung ihm Schmerzen. Doch alle anderen Mitteilungen bereiteten ihm vermutlich noch mehr Schmerzen.

Ich starrte konzentriert auf Inges Pfennigabsätze und sah sie im Geist plötzlich mit der Heckenschere hantieren, die Papa mir geschenkt hatte. Sie schnitt Rosensträucher, und dabei sang sie ein Lied.

»Singen Sie ab und zu?« fragte ich unvermittelt.

Sie kicherte kurz.

Papa räusperte sich.

»Nur in der Kirche«, sagte Inge, »aber auch da nicht oft.«

»Wir singen auch nicht oft«, sagte Eleonore. Und Papa fügte hinzu: »Wir gehen auch nicht oft in die Kirche.«

Er stand der Kirche feindlich gegenüber.

Inge beugte sich vor. Sie sah mich an. Ich fühlte mich wie bei der Musterung.

Dann stellte ich mir vor, wie wir beide über die Straße gingen und wie sie stolpern, sich an mir festhalten und mich mitreißen würde, bis wir auf dem Boden lägen, irgendwo in einem Außenbezirk von Wien. Ich kannte die Gegend nicht. Sie kicherte kurz, so wie sie gekichert hatte, als ich sie fragte, ob sie manchmal sang. Sie drückte ihren Mund auf meinen, und ich bekam Atemnot.

»Sieht er mehr seiner Mutter ähnlich oder Ihnen?« fragte Inge.

Alle drei starrten mich an.

Man suchte nach einer Ähnlichkeit zwischen mir und meinen Eltern, doch Papa und meine Stiefmutter schwiegen. Vor allem Eleonore sah mich mit einer für ihre Verhältnisse bemerkenswerten Intensität an. »Marek«, sagte sie plötzlich, »du zupfst dir doch nicht die Augenbrauen?«

Wie tief muß ein Mensch den Kopf beugen, um unsichtbar zu werden?

»Marek?«

»Ein bißchen«, flüsterte ich.

»Aber weißt du denn nicht, daß die Haare davon nur noch schneller wachsen? Von dem Gezupfe fangen sie erst richtig an zu wuchern!«

Ich bin mir ganz sicher, daß in der Stille, die nun eintrat

und die mindestens eine Minute dauerte, alle Anwesenden über Augenbrauen nachdachten, und ganz besonders über meine.

»Ich würde sagen, Ihrer Frau«, sagte Inge, »obwohl ich sie natürlich nie gekannt habe. Die hatte auch so schönes Haar.«

Ich sah, wie sie Papa ansah, und an ihrem Blick konnte ich erkennen, daß sie Papa viel interessanter fand als mich. Es war schon öfter vorgekommen, daß die Mädchen, die Papa zu uns ins Haus holte, um sie mir vorzustellen, sich mehr zu ihm als zu mir hingezogen fühlten. Wahrscheinlich, weil sie jene Welt so anziehend fanden, in der es für Erfolg keinen Ersatz gab. Diese Welt muß knistern vor Erotik.

»Ich leide an Schlaflosigkeit«, sagte Inge. Und nach einer kurzen Pause: »Darum glaube ich, daß ich jetzt besser gehe.«

Doch sie stand nicht auf. Sie setzte sich nur anders hin, und die Übriggebliebenen der Familie van der Jagt starrten sie an, voll Erstaunen über diese plötzliche Enthüllung, nebenbei, zwischen dritter und vierter Praline.

Sie litt nicht nur an Schlaflosigkeit, sie litt auch an einer Krankheit, die sie nicht still sitzen ließ.

Eleonore ließ den Blick durchs Zimmer wandern, und angesichts des Schweigens, das auf uns allen lastete, sagte ich schließlich: »Sie haben schöne Schuhe an.«

Wieder wurden Beine in eine andere Position gebracht.

»Frisch gekauft«, sagte sie.

Sie machte ein Hohlkreuz, streckte ihre Brüste heraus, und plötzlich erinnerte sie mich an ein Standbild in einem Skulpturenpark, einem verwilderten Garten. Auf den Skulpturen wuchs Moos, und einige waren voller Vogelscheiße.

»Und Sie schreiben also«, sagte Inge. Einen Moment lang dachte ich, sie rede mit mir.

Eleonore federte hoch. »Richtig!«

»Und was, wenn ich fragen darf?«

»*Wie alte Frauen reich werden können.* Ich kann Ihnen ein Exemplar davon geben. Sie können es mitnehmen. Das wird Ihren Eltern gefallen. Das kann man doch sagen, Fer, oder?«

»Du darfst alles sagen, Eleonore«, sagte Papa.

Ohne weiter darauf einzugehen, lief Eleonore resolut aus dem Zimmer.

»Meine Eltern lesen nicht viel«, sagte Inge.

»Nein«, sagte Papa.

»Meine Mutter leidet an Migräne.«

»Viel Ruhe«, sagte Papa, »und abgedunkelte Zimmer.«

»Kennen Sie das?«

Papa lachte. Oder hustete. Oder beides gleichzeitig. Er machte abwehrende Bewegungen mit den Händen, die bedeuten konnten: »Schlagt mir nicht auf den Rücken«, aber auch: »Ach ja, über Migräne, da braucht ihr mir nichts zu erzählen.«

Wenn es so etwas wie Reinkarnation gab, würde Papa als Taubstummer wiedergeboren werden.

Eleonore kam mit einem Exemplar von *Wie alte Frauen reich werden können* ins Zimmer zurück.

»Hier«, sagte sie zu Inge, »geben Sie das Ihren Eltern, ich hab es schon signiert.« Zum ersten Mal fiel mir der entschlossene Zug in Eleonores Gesicht auf, jemand der reich und alt war und ganz fest vorhatte, sich weder das Leben noch den Reichtum wieder abnehmen zu lassen. Zum ersten

Mal sah ich den Mann in Eleonore. Es war kein angenehmer Mann.

Inge blätterte. Eleonore wartete, Papa starrte Inge an, und in der Tür erschien das Dienstmädchen mit einer Schale Pralinen.

Als Papa das sah, gab er ihr ein Zeichen, und sie verschwand diskret wieder. Um kurz darauf mit Inges Mantel zurückzukommen

Wir standen alle vier auf.

Ich dachte wieder an den Koffer mit Mamas gebügelten Kleidern und an Mica und die doppelte Verabredung, die ich ganz gegen meine Gewohnheit gemacht hatte. Ich würde Mica absagen müssen, doch ich wußte nicht wie. Wie konnte ich sie erreichen?

Auf einmal stand Inge mit ausgestrecktem Arm vor mir.

»Auf Wiedersehen, Marek«, sagte sie, »es war schön, Sie kennenzulernen, hoffentlich sehen wir uns bald wieder. Auf jeden Fall haben wir den gleichen Geschmack, was Schuhe angeht.«

Automatisch sah ich nach unten. Ihre Schuhe waren ganz nah.

»Es gibt noch mehr auf der Welt als Schuhe«, sagte Papa.

Dann hüstelte Papa dreimal, und das Dienstmädchen begriff, daß sie Inge jetzt schnell hinausbringen mußte.

Ein interessanter Mann

Maxens Mutter öffnete die Tür.

Ich war fünf Minuten zu früh, so wie immer. Sie nahm mich mit in die Küche und machte Tee.

»Ich muß heute etwas früher weg«, sagte ich.

Ihr Gesicht verfinsterte sich.

»Nächste Woche komm ich dafür einmal mehr.«

Der Küchenschrank wurde geräuschvoll aufgerissen. Ein Geruch nach Zimt verbreitete sich.

»Umsonst natürlich.« Ich lächelte.

»Es geht ihm nicht so gut in letzter Zeit«, sagte Maxens Mutter, die ich nie Frau Blumenthal nennen durfte, obwohl das ihr Name war.

Ich sollte Trude sagen.

Doch das tat ich nicht.

»In letzter Zeit?« sagte ich nachdenklich. »Ich finde, daß wir gerade große Fortschritte machen.«

Ich sah aus dem Fenster auf einen kahlen Baum.

Viele Küchen sind dunkel, doch diese war die dunkelste, die ich je gesehen hatte. Wenn es in ihr nicht nach Zimt roch, roch es nach Knackwürsten.

»Ich weiß es nicht«, sagte sie, »ich weiß es nicht. Es geht ihm in letzter Zeit nicht so gut.«

Sie trug ihr Haar heute offen.

An schlechten Tagen rochen auch ihre Haare nach Knackwürsten.

Heute war kein schlechter Tag.

Heute war Donnerstag, und mittwochs ging sie immer zum Frisör. Darum war Donnerstag nie ein schlechter Tag. Dienstag war ein schlechter Tag.

»Sieh selbst nach«, sagte sie.

Ich war über eine Anzeige an der Universität zu Frau Blumenthal gekommen.

Am schwarzen Brett hatte ein Zettel gehangen: »Freundlicher und geduldiger Nachhilfelehrer gesucht, für schwierigen, aber intelligenten jungen Mann.«

Freundlich und geduldig, das wollte ich gern sein. Und es schien mir keine schlechte Idee, selbst etwas zu verdienen, und wenn es nur für das Gefühl war, daß ich das konnte, selbst Geld verdienen. Geld erzeugte vielleicht nicht nur Scham, sondern auch Selbstvertrauen. Zuerst Selbstvertrauen, dann Scham, das war wahrscheinlich die Reihenfolge.

Wie Frau Blumenthal sagte, hatten sich gut und gern zwanzig Leute auf ihre Anzeige gemeldet, doch sie habe sofort gewußt, daß ich der Richtige war, wegen meiner Augen.

Von anderen Studenten, die sich auf die Anzeige gemeldet hatten, hörte ich später, daß sie ihre Bewerbung bei näherer Betrachtung doch lieber zurückgezogen hatten.

Frau Blumenthals Mann arbeitete in einem Hotel als Portier. Ich habe ihn nur einmal gesehen, in seiner Portiersuniform. Er hatte mich mit dumpfem Blick angesehen, und seine Frau hatte dreimal sagen müssen: »Das ist der Nachhilfelehrer, Marek van der Jagt.«

Darauf hatte er mir die Hand geschüttelt, ohne mich richtig anzusehen. Er schaute an mir vorbei.

»Er hat heute nacht wieder geschrien«, sagte Maxens Mutter.

Sie schenkte mir Tee ein.

»Das tun wir doch alle mal«, sagte ich und legte ihr meine Hand auf die Schulter.

Bevor ich Max kennenlernte, hatte ich schon verschiedene Sorten Opfer kennengelernt, aber noch nie ein Unfallopfer.

Seine Mutter hatte zwar gesagt, daß mit ihm nicht alles in Ordnung sei, aber ich hatte mehr an eine frühpubertäre Depression gedacht.

Nach dem zweiten Gespräch sagte sie: »Versuchen wir's mal für ein paar Monate zusammen.« Und gleich darauf: »Dann ist es jetzt Zeit, dich Max vorzustellen.« Denn meinen Schüler hatte ich bis zu dem Zeitpunkt noch nicht kennenlernen dürfen.

Wir gingen in Maxens Zimmer. Sie vorneweg, ich hinterdrein.

Die Frau, die ich Trude nennen sollte, hatte dicke Waden.

Das Zimmer war abgedunkelt.

Am Schreibtisch saß ein Junge in einem Rollstuhl. Er starrte auf eine Wand, an der ein Geburtstagskalender hing. Links von ihm stand ein Computer. Fische schwammen über den Bildschirm.

»Max«, sagte seine Mutter, »hier ist der Mann, der dir Nachhilfeunterricht geben soll.«

Der Junge hatte hellblondes Haar und trug einen grünen Pullover.

Doch es kam kein Leben in ihn, ebensowenig wie in den Rollstuhl.

Ich konzentrierte mich auf die Fische, die über den Bildschirm schwammen.

»Max«, sagte die Mutter noch einmal, »das ist Marek van der Jagt, von dem ich dir erzählt habe.«

»Das Schweigen Gottes«, hatte jemand mal zu mir gesagt, »ist auch eine Antwort.« Doch dieses Schweigen schien mir überhaupt keine Antwort, dieses Schweigen war eine Frage.

»Max!« rief die Mutter.

Ich versuchte, an meine eigene Pubertät zu denken. Eine Folge von Samenergüssen und Gedichten zog an meinem inneren Auge vorüber, und meine Mama, die mir die Zukunft weissagt, die Zigarette zur Abwechslung mal in einer schwarzen Zigarettenspitze.

Mama, als Zigeunerin verkleidet.

Mama, die mir einen ihrer Hüte aufsetzt.

Und schließlich: Mama, die auf den Kronleuchter schießt.

Jetzt, da meine Pubertät einer sorgfältig umzäunten Vergangenheit angehörte, hatte ich eingesehen, daß ich die Schönheit meiner Gedichte überschätzt, die Schönheit meiner Samenergüsse dagegen unterschätzt hatte. Die Gedichte waren immer besser geworden, zwar nicht gut genug, aber doch immer besser, und die Samenergüsse immer weniger.

Ich hatte Samen und Gefühle miteinander verwechselt, und das hatte hin und wieder zu Schönheit geführt, und manchmal sogar zu Glück. Doch viel öfter zu Jammer und Elend.

»Max«, brüllte die Mutter, »ich rufe dich jetzt noch *einmal*.«

Wer rief hier wen, fragte ich mich. Und was würde wohl nach dem »*ein*mal« geschehen?

»Max«, kreischte die Frau, die ich Trude nennen sollte.

Langsam kam Bewegung in den Rollstuhl.

Es war ein Rollstuhl mit einem elektrischen Motor.

Der Rollstuhl machte eine halbe Drehung. Ich lauschte angestrengt dem Summen des Motors und starrte auf den Linoleumfußboden und meine Schuhe, bis ich die Mutter rufen hörte: »Max, stell den Motor ab, bleib stehen.«

Ich blickte hoch.

Maxens Gesicht sah aus, als sei es auseinandergerissen und dann von irgendeinem Stümper wieder zusammengesetzt worden, dem sich endlich einmal die Chance geboten hatte, jemanden nach seinem eigenen Bildnis zu schaffen.

»Stell dich vor«, sagte die Mutter.

Es schien mir besser, selbst die Initiative zu ergreifen.

Ich trat auf meinen Schüler zu.

Als ich vor ihm stand, bewegte ein linker Arm sich langsam in meine Richtung.

Die Hand ließ sich nicht mehr richtig öffnen, wie es manchmal bei alten Männern der Fall ist.

Der andere Arm lag leblos auf einer Holzschiene.

Ich zwängte drei Finger in diese linke Hand. Einen Moment lang drückte ich sie.

Weil ich fürchtete, mein Blick könne etwas verraten, Angst oder Abscheu zum Beispiel oder sonst etwas, das ich selbst nicht sehen wollte und das auch mein Schüler nicht bemerken durfte, starrte ich über ihn hinweg auf den Geburtstagskalender.

Dann riß ich meine drei Finger wieder los und eilte zur Tür.

Dort sagte ich: »Tschau, Max, schön, dich kennenzulernen, ich glaube, wir werden gut miteinander klarkommen.«

Die einzige Antwort kam vom Rollstuhl, der wieder eine halbe Drehung machte.

Dann saß Max wieder genauso da, wie wir ihn vorgefunden hatten, den Blick starr auf den lustigen Geburtstagskalender gerichtet, doch vielleicht sah er den Kalender schon nicht mehr, vielleicht sah er ganz andere Dinge, so wie ich während meiner Pubertät Dinge gesehen hatte, die nicht da waren, die auf Irrtümern beruhten, und so wie meine Mutter ihr ganzes Leben lang Dinge gesehen hatte, die nicht existierten.

»So«, sagte die Mutter von Max, »das ist genug für heute.«

Als ich mich an der Tür noch einmal umdrehte, wirkte das Zimmer vollkommen leblos. Nun ja, mit ein wenig gutem Willen konnte man die Fische auf dem Bildschirm für Leben halten.

Trude machte die Tür sorgfältig wieder zu. Danach flüsterte sie: »Geistig ist er vollkommen in Ordnung.«

»Ja, ja, natürlich«, sagte ich, »selbstverständlich.«

»Du möchtest bestimmt was trinken?«

»Ja, gern.«

Aus dem Kühlschrank holte sie eine Flasche Weißwein.

»Nebel in den Bergen«, murmelte sie beim Entkorken. »Er war mit den Eltern eines Freundes unterwegs. Nicht angeschnallt natürlich. Die anderen hat es noch schlimmer erwischt.«

Schließlich war der Korken draußen.

Noch schlimmer erwischt. Wie konnte das aussehen? Nach gar nichts mehr wahrscheinlich. Vielleicht wie ein genmanipulierter Regenwurm in zehntausendfacher Vergrößerung.

Zwei Gläser wurden eingeschenkt.

»Natürlich braucht es noch ein bißchen plastische Chirurgie, aber das ist uns nicht so dringend. Gehen wir ins Wohnzimmer.«

Als wir dort ankamen, prostete mir die Mutter von Max zu und lächelte.

»Prost«, sagte ich, »ästhetische Fragen sind selten von lebenswichtiger Bedeutung.«

Sie kam näher, ich spürte ihren Atem, und sie flüsterte mir ins Ohr: »Die Versicherung stellt sich quer wegen der plastischen Operationen. Sie wollen nicht alles bezahlen. Sie sagen, so schlimm sieht es nicht aus. Sie sagen, früher waren Männer stolz auf ihre Narben.«

Sie stieß mit mir an, und ihr Atem roch nach altem Wein.

»Setzen wir uns«, sagte sie. »Ich treffe nicht so oft interessante Leute, vor allem seit dem Unglück.«

Wir setzten uns.

Offenbar war ich ein interessanter Mann.

Im Zimmer standen viele Pflanzen. Sie sah, wie ich sie betrachtete, und die Frau, die ich Trude nennen sollte, bemerkte: »Ich habe einen grünen Daumen.«

Die Stille, die auf diese Aussage folgte, dauerte nicht lange, denn aus Maxens Zimmer kam ein Schreien, das nicht mehr aus Worten bestand, nur noch aus unartikulierten Lauten.

Beide hörten wir gequält hin.

Es war kein langes Schreien wie bei einem Baby, es dauerte höchstens eine halbe Minute, vielleicht sogar noch kürzer. Doch weil es nicht aus Worten bestand, hatte es etwas äußerst Langatmiges.

Als es verstummte, nahmen wir unser Gespräch wieder auf.

»Der Doktor sagt, ich soll ihn schreien lassen, es hört von selbst wieder auf. Es gehört zum Heilungsprozeß.«

»O ja, natürlich«, sagte ich. Und dann sprach ich den Satz aus, den ich in diesem Haus noch viele Male aussprechen sollte: »Das geht uns doch allen mal so.«

»Wann willst du anfangen?«

»Frau Blumenthal...«, sagte ich und schluckte ein wenig Speichel herunter.

Ich war nicht mehr sicher, ob ich wirklich anfangen wollte, eigentlich schien es mir sogar besser, es zu lassen.

Manche Dinge darf man gar nicht erst anfangen, auch nicht für Geld.

Sie war aufgesprungen.

»Trude, Trude, Trude, Trude, Trude!« rief sie und stampfte mit dem Fuß auf den Boden wie ein kleines Mädchen, das seinen Willen nicht bekommt. »Ich hab dir das jetzt schon so oft gesagt!«

Diese Familie hatte eine eigenwillige, ziemlich ausgefallene Art, mit Gefühlen umzugehen.

Der Sohn schrie, die Mutter stampfte mit den Füßen auf, und der Vater war Portier. Er arbeitete am liebsten nachts.

Sie ließ sich wieder aufs Sofa fallen. »Wann willst du anfangen?«

Ich erwog, die rhetorische Frage zu stellen: Kann ich mir das wirklich zutrauen? Doch ich sagte: »Nächste Woche.«

Wenn man mich gefragt hätte, warum ich angefangen hatte, obwohl ich doch eigentlich gar nicht anfangen wollte, hätte ich geantwortet: »Weil sie mit dem Fuß aufstampfte.«

Sie begleitete mich zur Wohnungstür.

»Gott segne dich«, sagte sie, und wieder kam ein Geruch von altem Wein aus ihrem Mund.

Seit dem Tag sind Gott und Frau Blumenthals Atem in meiner Vorstellung unzertrennlich miteinander verbunden.

Seit zehn Monaten war ich nun als Nachhilfelehrer bei Max und seiner Mutter.

Ich kam zweimal die Woche, manchmal sogar dreimal. Für jemanden in seinem Zustand war er ein eifriger Schüler.

Er konnte sprechen, doch das tat er nicht oft.

Eines Nachmittags hörte ich ihn sagen: »Am liebsten würde ich meinen Tablettenschrank leer essen.«

Ich notierte mir seine Aussagen im selben Heft, in dem ich auch über seine Fortschritte Buch führte.

Seine Mutter redete um so mehr.

Wein löste ihr die Zunge.

Nachdem ich drei Monate an und mit Max gearbeitet hatte, saß ich mit seiner Mutter auf dem Sofa, zwischen den Zimmerpflanzen. Wie es nach dem Unterricht öfter vorkam.

Sie bezahlte mich alle vierzehn Tage und ließ mich immer Quittungen unterschreiben, auf die sie sorgfältig notiert hatte: »Empfangen von Trude Blumenthal, Honorar für sechs Nachhilfestunden bei Max.«

Das Geld war immer in einem Umschlag, als sei es etwas, für das wir beide uns schämen müßten.

Ich hatte gerade die Quittung unterschrieben. Schon ein paarmal hatte ich ihr gesagt, daß es so eine Quittung von mir aus nicht brauchte. Doch sie war nicht zu überzeugen, sie arbeitete nun einmal mit Quittungen.

Sie nahm die Quittung in Empfang und sagte: »Ich habe kein Leben.«

Dann legte sie, ohne auf eine Antwort zu warten, ihren Kopf in meinen Schoß.

Wenn Leute in einem Flugzeug denken, sie stürzen ab, scheinen sie sich auch auf die seltsamsten Weisen aneinander festzuhalten.

Ich gab ihr einen vorsichtigen kleinen Schmatz. Auf die Haare.

Dabei roch ich zum ersten Mal den Geruch der Knackwürste, der in ihren Haaren hing.

Wenn ihr Leben ein abstürzendes Flugzeug war, brauchte es aber verdammt lange, um den Boden zu erreichen.

Maxens Mutter heulte in meinem Schoß, und ich saß da, einen Briefumschlag mit Geld in der Hand, und sagte: »Das wird schon wieder, das wird schon wieder. Das geht uns doch allen mal so.«

In nichtssagenden Beschwichtigungen habe ich es zu einer gewissen Meisterschaft gebracht. Nicht aus Boshaftigkeit.

So wie es Menschen gibt, die kein Curryhuhn mögen, so mag ich nun mal keine Gefühle. Als Mamas Körper schon ganz kalt war, sagte ich immer noch zu mir: »Das wird schon wieder, das wird schon wieder.«

Frau Blumenthals Hände fühlten sich an, als hätten sie bis vor kurzem zwanzig Jahre fast ununterbrochen in Abwaschwasser gesteckt, groß und rauh und doch weiblich, und ich fühlte, wie ich müde wurde, während ihre Hände meinen Arm streichelten.

»Sie haben angenehme Hände«, sagte ich.

Der schluchzende Kopf von Frau Blumenthal sah mich erwartungsvoll an und sagte: »Ich habe eine Ausbildung zur Physiotherapeutin angefangen, aber nie zu Ende gemacht.«

Dann begann Max zu schreien, und seine Mutter erinnerte sich wieder daran, daß sie seine Mutter war.

Sie stand auf und brachte ihr Haar in Ordnung, unbeholfen, denn sie hatte keinen Spiegel, und steckte die unterschriebene Quittung ein.

Sie begleitete mich zur Tür.

Wir hatten Föhn. Ich war zu warm angezogen.

»Entschuldigung, daß ich mich habe gehenlassen.«

Als ich noch an meinem Gedichtband *Tote Sprachen* arbeitete, hatte ich mir eine Liebe vorgestellt – oder sie erfunden –, die etwas anderes war als Mitleid. Ich war ein Erfinder gewesen, doch das einzige, was ich erfunden hatte, war Liebe, die nicht funktionierte, so wie andere Erfinder Flugzeuge erfinden, die nicht fliegen, und Insektenvernichtungsmittel, die keine Insekten vertilgen.

Ganz schön, aber nicht sehr praktisch.

»Das macht nichts«, sagte ich, »ich lass' mich auch ab und zu gehen.«

Meine unbeholfenen Antworten galten bei manchen als

Weisheit, während sie im Grunde von nichts anderem zeugten als von Schüchternheit. Mehr noch, von sozialer Unbeholfenheit, und eigentlich noch mehr als das, von Ohnmacht.

Seit jenem Tag, dem Tag des Föhns, dem Tag, an dem sie gesagt hatte: »Entschuldigung, daß ich mich habe gehenlassen«, ließ Maxens Mutter sich öfter gehen. Sie warf ihren Kopf in meinen Schoß, nach der Nachhilfestunde, mindestens einmal pro Woche, fast immer begleitet von der Mitteilung: »Ich habe kein Leben.« Später verzichtete sie auch auf diese. Sie hatte entdeckt, daß es ihr auch ohne Entschuldigung erlaubt war, ihren Kopf in meinen Schoß zu legen.

»Worin ist mein Sohn gut?« fragte sie manchmal.

Ihr Sohn war in gar nichts gut, nicht mehr jedenfalls. Doch das wollte ich nicht sagen. Darum antwortete ich: »Mathematik, in Mathematik ist er sehr gut.«

Zu Beginn hatte ich die Mutter über die minimalen Fortschritte ihres Sohnes noch auf dem laufenden gehalten, doch mit der Zeit merkte ich, daß es darauf nicht ankam.

Wenn ich ihr einen kleinen Schmatz auf die Frisur drückte, sobald sie ihren Kopf in meinen Schoß legte, war das mehr als genug.

Einmal fragte Max: »Wie findest du eigentlich meine Mutter?«

Er brauchte ziemlich lang für eine so simple Frage, mindestens zwei Minuten, und ich war langsam trainiert darin, ihn zu verstehen. Dennoch überraschte mich die Frage.

Ich griff nach einem Spitzer. Und dann nach einem Radiergummi.

»Deine Mutter hat dich sehr gern«, sagte ich.

Ich lächelte.

Es war eine jener Mitteilungen, die von einem Lächeln begleitet zu werden hatten.

Das Geräusch des elektrischen Rollstuhlmotors erfüllte das Zimmer.

Max fuhr zu seinem Kleiderschrank.

Er zerrte an einer Schublade.

»Was suchst du?« fragte ich.

Ich wartete vergebens auf Antwort, so wie ich vor langer Zeit vergebens auf einen Anruf von Mama gewartet hatte.

Sie war mit einem Mann auf Reisen, einem Künstler, auf irgendeiner Insel, ich habe vergessen, welche, ich war noch jung. Kreta, Sizilien, Malta, Rhodos, Sardinien, irgend so eine Insel eben.

Wir warteten auf Mamas Rückkehr, doch Mama kam nicht, denn sie war glücklich.

Gott sei Dank hat Mamas Glück nie einen langen Atem gehabt, nicht einmal auf romantischen Inseln.

Wir bekamen Ansichtskarten. Von Mama, mit Zeichnungen des Künstlers. Beim Abendessen reichte Papa die Ansichtskarten schweigend herum.

Eine Schublade fiel auf den Boden.

Die Mutter von Max kam ins Zimmer gestürmt. »Was ist denn hier los?« fragte sie.

Als hätte ich mich wie der erstbeste Kinderschänder über ihren Sohn hergemacht.

Er hat etwas gesucht, wollte ich sagen. Doch es war nicht mehr nötig.

Die Mutter hob Maxens Pullover wieder auf, und Max sah sie an, wie Menschen die Delphine im Delphinarium betrachten. Voll Staunen und ein wenig mißtrauisch, als ob er wußte, daß er betrogen wurde.

»So, Max«, sagte ich, »machen wir weiter.«

Er schüttelte den Kopf.

Ich ging auf ihn zu und kratzte vorsichtig eine Schuppe von seiner Wange. Seine Haut war ziemlich trocken.

Zu Anfang hatte ich ihn noch um Erlaubnis gefragt, Schuppen, die doch schon halb lose hingen, loszukratzen. Nun tat ich das ohne Erlaubnis.

»Wir müssen dich wieder eincremen«, sagte die Mutter.

Wenn sie »wir« sagte, meinte sie sich selbst.

Max wurde regelmäßig von oben bis unten eingecremt, denn seine Haut war überall trocken, und es geschah auch in meiner Anwesenheit. Wenn ich meine Augen dann halb geschlossen hielt, wurde er ein großer Klumpen Teig unter Frau Blumenthals knetenden Händen.

Einen Moment noch, dann würde Max in den Backofen geschoben, und wir wären endlich allein.

Eines Nachmittags – die Nachhilfestunde war etwas länger ausgefallen – sagte Maxens Mutter: »Darf ich dir ein Stück selbstgebackenen Kuchen anbieten?« Es war ungefähr vier Wochen, nachdem sie zum ersten Mal ihren Kopf in meinen Schoß gelegt hatte.

Es ist einfacher, Kuchen von der Bäckerei um die Ecke abzulehnen als selbstgebackenen.

Sie hatte einen Birnenkuchen gebacken.

Er war noch warm.

Sie schnitt ein großes Stück für mich ab und tat einen Löffel Schlagsahne dazu.

Ich aß ihn im Stehen in der Küche.

Frau Blumenthal cremte sich die Hände ein, weil die Haut davon weicher werden sollte. Es half nicht viel, doch sie tat es zweimal pro Tag.

»Marek«, sagte sie, während sie die Creme gleichmäßig auf den Händen und Handgelenken verteilte. Ich roch ihren Atem und die Handcreme und wartete, was jetzt passieren würde. »Marek«, sagte sie noch einmal, »weißt du, daß der erste Kuß der beste ist?«

Ich stellte meinen Teller auf die Anrichte.

»Meinst du das im allgemeinen?«

»Nein«, sagte sie, »ich spreche von meinem ersten Kuß.«

Meine Gedanken blieben an dem Wort »Kuß« hängen. Ich selbst redete meist lieber von einem Schmatz; »Kuß« hatte so etwas Gewalttätiges, ein kleiner Schmatz dagegen hatte irgendwie was Altmodisches, etwas von früher, etwas lang Vergangenes.

Die Cremedose kam wieder zum Einsatz; das Einschmieren war noch nicht zu Ende.

»Komisch«, sagte ich, »oft hört man gerade das Gegenteil, daß der erste Kuß so eklig wäre und enttäuschend.«

Sie betrachtete ihre Hände, die tief zerfurcht waren.

»Eklig? Nein. Der erste war der beste.«

Obwohl ich es nicht gewohnt bin, selbst abzuwaschen oder überhaupt etwas in die Küche zu bringen, hielt ich meinen Teller unter den Wasserhahn.

»Ich war vierzehn«, sagte Frau Blumenthal.

Ich stellte den Teller in den Geschirrständer.

»Der erste, und gleich der beste.«

»Oh«, sagte ich so neutral wie möglich.

Ich versuchte, sie mir als Vierzehnjährige bei einem Zungenkuß vorzustellen, doch es gelang mir nicht.

»Danach war es auch noch ganz nett, aber es war nie mehr so intensiv.«

»Oh«, sagte ich wieder und trocknete meine Hände ab.

Sie riß mir das Geschirrtuch aus der Hand und faltete es ordentlich zusammen.

»Du versuchst mich doch nicht zu küssen, Marek?«

Ich sah Frau Blumenthal an. Es war mir noch nicht in den Sinn gekommen, sie zu küssen, doch jetzt, wo sie davon anfing, sah ich alles in einem ganz neuen Licht. »Ich … Sie, ich – dich?«

Ich schüttelte den Kopf.

»Hast du nicht eben versucht, mich zu küssen? Sei ehrlich, Marek.« Wohlwollender Spott lag in ihrer Stimme.

Sie rückte vor wie eine riesige Kriegsmaschine. Ihr Mund wurde immer größer.

»Ich komme wegen Max«, sagte ich. »Das weißt du doch. Und wegen des Geldes, natürlich.«

Ich konzentrierte mich auf ihre BH-Träger, die unter ihrer Bluse sichtbar waren. Jetzt, wo ich darüber nachdachte: Sie kleidete sich immer noch wie eine Vierzehnjährige.

Ich räusperte mich.

»Es ist besser, über seine Lustgefühle zu schweigen, das ist eine Frage geistiger Hygiene«, sagte ich.

Im ersten Jahr meines Studiums hatte ein Dozent von geistiger Hygiene zu sprechen begonnen. Und eigentlich nie mehr damit aufgehört.

Schon körperliche Hygiene fand ich eine prächtige Erfindung, doch geistige Hygiene fand ich noch viel schöner. Obwohl niemand mir hatte erklären können, was das war.

Sie stand jetzt direkt vor mir. Ich schlug die Augen nieder.

»Du bist etwas ganz Besonderes«, sagte sie, »später werden andere das auch noch merken.«

Später, wenn ich tot war, da hatte ich viel von.

Als ich die *Amour fou* studiert hatte, als gebe es nichts anderes, hatte ich in einem Buch gelesen, daß einige Arten der *Amour fou* zum Tode führten. Professor Hirschfeld hatte den Kopf geschüttelt, als ich ihm das erzählte, und mich eines Nachmittags mit den Worten verabschiedet: »Heute endet meine Suche nach Erkenntnis. Von jetzt an will ich lang ausschlafen und abends viel fernsehen.«

»Glaub mir, du bist etwas ganz Besonderes«, hörte ich Maxens Mutter sagen. Und ich hörte mich antworten: »Du auch.«

Weit weg erklang das Summen des elektrischen Rollstuhlmotors.

»Ich bringe dich zur Tür«, sagte sie.

Wir gingen an Max vorbei. Ich drückte seine Schulter.

»Tschüs, Trude«, sagte ich, »danke für alles.«

»Ich danke dir«, sagte sie, »ich danke dir.«

Wie lange dauerte es von Trude Blumenthals Bekenntnis, daß ihr erster Kuß der beste war, bis zu dem Moment, als sie beim Abschied ihren Mund auf meinen drückte? Einen einzigen Tag. Vierundzwanzig Stunden, mehr nicht.

Sie sagte nicht mal: »Ich habe kein Leben.« Sie sagte gar nichts. Sie küßte mich, als sei sie in Todesangst.

Als sie sich wieder losmachte, sagte sie: »Am liebsten würde ich ihn verlassen, ich ertrage es nicht länger. Ich sollte ihn in ein Krankenhaus geben oder in ein Asyl.«

Und dann, noch bevor ich antworten konnte, drückte sie wieder ihren Mund auf meinen.

Die Bewegungen ihrer Zunge waren stärker als Worte und in gewissem Sinne auch der Beweis für alles, was sie gesagt hatte.

»Bleib«, sagte sie, nachdem sie ihren Mund wieder von meinem genommen hatte.

Ich sagte: »Ich habe morgen eine Prüfung.«

»Bleib«, sagte sie, »ich fleh dich an.«

Sie nahm meine Hand. Ich ließ mich in die Küche mitziehen, die wir erst ein paar Minuten zuvor verlassen hatten, nachdem ich an dem wackligen Küchentisch die Quittung unterschrieben hatte. Nun setzte ich mich an denselben Tisch. Maxens Mutter schenkte Pfirsichlikör ein. »Den hab ich für ganz besondere Gelegenheiten«, sagte sie.

Sie trank schnell. Der Pfirsichlikör brannte in meinem Hals, doch Frau Blumenthal hatte ihr Glas leer, ehe ich's mich versah, und steckte mir ihre Zunge wieder in den Mund, und es brannte noch mehr.

Dann verließ sie die Küche, und ich folgte ihr wie ein Kind, halb unwillig, halb neugierig.

Die Tür zu Maxens Zimmer stand angelehnt, doch wir beachteten sie nicht.

Das Schlafzimmer roch nach feuchter Wäsche. Am Schrank hing eine Portiersuniform.

»Wo ist denn Ihr Mann?« fragte ich.

»Er hat seinen Dienst getauscht«, sagte sie, »diese Woche arbeitet er tagsüber.«

Plötzlich hatte Frau Blumenthal es sehr eilig. Sie knöpfte sich die Bluse auf, während ich etwas Staub von der Portiersuniform klopfte. »Wie schön«, sagte ich.

Sie schluchzte und zog sich die Schuhe aus. »Ich bring ihn in ein Asyl«, rief sie.

»Wen?«

»Mein Kind, meinen Mann.«

»Das geht uns doch allen mal so«, sagte ich mit der Stimme eines verkommenen Priesters, was vielleicht dieselbe Stimme ist wie die eines Nachhilfelehrers, der seinen Schüler einfach nur durch die Prüfung bringen will.

»Ein Asyl ist für Tiere«, sagte ich, »Max ist kein Tier, Trude, Max ist ein Mensch. Und er macht Fortschritte.«

Sie stürzte sich jetzt auf mich. Anders kann ich es nicht nennen. Ihre Gier machte sie schöner, als ich sie je zuvor gesehen hatte.

Als ich nur noch meine Unterhose anhatte, sagte ich: »Ich bin der Nachhilfelehrer, ich weiß nicht, ob das so vernünftig ist, wir müssen an Max denken. Und an deinen Mann.«

»Ich hab all die Jahre immer nur an Max gedacht«, sagte sie, »immer nur an Max, ich kann nicht mehr«, und sie zog mir auch noch mein letztes Kleidungsstück aus, wie ein Wilderer, der ein Kaninchen häutet. Über meinen Körper schwieg sie. Sie schaute mir nur kurz in den Schritt und seufzte.

Die Lust kam zu mir in Form von Frau Blumenthal, die ich Trude nennen mußte. Die Lust roch nach feuchter Wäsche und vielleicht auch ein wenig nach Mottenkugeln.

Doch ich würde lügen, wenn ich behaupten sollte, daß ich für diese Lust taub und blind war, obwohl ich mir einen anderen Geruch dabei vorgestellt hatte, und auch wenn das Ambiente zu wünschen übrigließ. Nein, ich konnte nicht anders als mich hinknien und das Almosen, das das Leben mir da zuwarf, demütig entgegennehmen.

Das Geschlecht von Maxens Mutter schmeckte nach Pfirsichlikör. Oder sollte von nun an alles nach Pfirsichlikör schmecken?

Sie zog mich an den Haaren hoch.

»Rede«, sagte sie.

Ich schluckte.

»Rede mit mir«, sagte sie.

Das war ein Befehl. Doch mir fiel nichts ein.

»Redet Ihr Mann denn nicht mit Ihnen?«

»Der muß den ganzen Tag lang mit den Hotelgästen reden. Wenn der abends nach Hause kommt, hat er sich leer geredet.«

Sie preßte sich an mich. Mein Körper war kalt im Vergleich zu ihrem.

»Rede mit mir wie mit einer Hure«, sagte sie.

Ich kratzte an meinem Zweitagebart. Bart war zuviel gesagt, eher Stoppeln. Auf dem Bett lag ihre zerknautschte Bluse.

»Frau Blumenthal…«

»Rede mit mir wie mit einer Hure.«

»Trude«, sagte ich, »ich bin der Nachhilfelehrer, wir müssen an Max denken.«

Ich versuchte mich loszumachen.

»Rede mit mir wie mit einer Hure, ich fleh dich an.«

»Kann Ihr Mann das denn nicht machen?« fragte ich leise.

Sie begann wieder zu schluchzen. »Mein Mann denkt immer nur an sein Hotel«, sagte sie.

»Ich weiß nicht, wie man mit Huren redet«, rief ich.

Sie schluchzte noch lauter, und sosehr ich mich auch loszumachen versuchte, sie gab mich nicht frei.

»Ich versuche ein ethisch einwandfreies Leben zu führen, wie kann ich mit dir reden wie mit einer Hure?«

Sie starrte mich an. Mein ethisch einwandfreies Leben traf sie wie ein Schlag ins Gesicht. Sie schien kurz davor, sich auf mich zu stürzen. Nicht wie eine Frau auf einen Mann, sondern wie ein Gefangener auf seinen Wärter, der ihn jahrelang gefoltert hat.

»Ein Philosoph«, sagte ich, »ist ein Diener der Wahrheit. Und du bist die Mutter von Max, meine Arbeitgeberin, du bist keine Hure, und darum will ich mit dir auch nicht so reden.«

»Was weißt denn du von mir?« kreischte sie.

»Nichts«, flüsterte ich, »fast gar nichts.«

»Sag mir, was ich tun soll«, sagte die Mutter von Max.

»Ich weiß es nicht«, sagte ich, »ich bin der Nachhilfelehrer.«

Ich wollte dieses Almosen nicht mehr, ich verachtete es, ich wollte keine Almosen, die nach feuchter Wäsche rochen.

»Vielleicht«, sagte ich, »mußt du dir einen anderen Nachhilfelehrer suchen, vielleicht passen wir nicht zueinander.«

Der Schrei, der in diesem Moment aus ihrem Mund kam, hatte nichts Menschliches mehr.

Sie packte mich an der Schulter und schüttelte mich. »Du

bist alles, was ich habe«, sagte sie, »nur durch dich fühle ich mich noch als Frau.«

Ich riß mich los. »Ich will es nicht hören«, sagte ich, »es interessiert mich nicht. Es ist mir egal. Was bringt das?«

»Rede, Marek, rede!« rief Frau Blumenthal. »Sag mir, wie ich mich hinlegen, sag mir, was ich tun soll.«

Ich sah in ihre tränennassen und doch erwartungsvollen Augen, ich sah auf meine Beine und dann zur Tür, und zu guter Letzt hin zur Portiersuniform.

»Küß mir die Füße«, sagte ich.

Es war eine Eingebung.

Und Maxens Mutter küßte meine Füße mit einer Hingabe, die ich nie erwartet hätte, und ich mußte an das erste Mal denken, als ich diese Wohnung betreten hatte, mit meinem Lebenslauf in der schweißnassen Hand und einem trockenen Mund.

Sie küßte und leckte mein Schienbein, und in dem Moment begann Max zu schreien. Wie er immer schrie, doch diesmal klang es mehr denn je, als werde er gefoltert, als bearbeite ihn jemand mit glühenden Zangen.

»Die Wände sind dünn«, sagte Maxens Mutter und machte Bewegungen mit ihrer Zunge, die mich an eine Eidechse erinnerten, »es sind alte Arbeiterwohnungen. Kennst du dich aus mit dem Wohnungsmarkt in Wien?«

»Nein«, sagte ich, »nein, sprich weiter.«

»Es geht alles an die Asylanten, und für uns bleibt nichts.«

Ich drückte meine Hände gegen die Ohren, um Max nicht mehr hören zu müssen, um sie nicht zu hören, und vor allem, um mich selbst nicht hören zu müssen, doch es nutzte nichts.

Ich zog mich hastig wieder an. Maxens Mutter saß auf dem Fußboden.

»Vergiß das hier nicht«, sagte sie.

Sie gab mir den Briefumschlag mit Geld, der aus meiner Tasche gefallen war, als sie sich auf mich gestürzt hatte, als ob es kein Morgen gäbe.

»Auf Wiedersehen«, sagte ich, »bis zum nächsten Mal.«

Sie nahm meine Hand und zog mich zu sich auf den Boden. »Das machen wir doch noch mal, was, das machen wir doch bestimmt noch mal?«

»Sooft du willst«, antwortete ich, »sooft du willst.« Was sich wenigstens mal anders anhörte als: »Das geht uns doch allen mal so«, doch letztlich genau dasselbe bedeutete.

»Es war fast so schön wie mein erster Kuß«, flüsterte sie.

Ich riß mich los und schloß sorgfältig die Tür des Schlafzimmers.

Max schrie immer noch.

Ich flüchtete aus der Wohnung, als könne selbst eine Wohnung mich noch verfolgen. Es regnete leicht, ein warmer, fast angenehmer Regen.

Vor dem Schaufenster einer Drogerie blieb ich stehen und betrachtete mich im Spiegel.

Ich sah nichts; nichts anderes, als ich sonst auch immer sah.

Amour fou

Mein erster Kuß war, ganz anders als bei Trude Blumenthal, ein Alptraum – ein Alptraum, der auf gewisse Weise noch immer andauert. Es gibt Alpträume, an die man sich gewöhnt, und die sind am gefährlichsten, denn man wird süchtig nach ihnen. Irgendwann hält man es ohne sie nicht mehr aus, und man beginnt zu glauben, daß das Leben ohne den Alptraum bedeutungslos ist.

Während ich, Micas leeren Koffer in der Hand, durch den warmen Regen Richtung ›Vier Rosen‹ lief, dachte ich nicht an Mica, auch nicht an Mamas Garderobe, an Frau Blumenthal oder an mein ethisch einwandfreies Leben; ich dachte wieder an meinen Alptraum, wie so oft. Der Alptraum Österreichs kam aus Braunau am Inn, die Alpträume meines Vaters aus dem Bauch meiner Mama, doch mein Alptraum kam aus Luxemburg-Stadt.

Mit vierzehn las ich zum ersten Mal etwas über *Amour fou.*

Ein paar Wochen darauf stand mein Entschluß fest: Die wahre Berufung des Menschen ist die *Amour fou.*

Was das genau bedeutete, wußte ich nicht; *Amour fou* kam ohne Leitfaden für Anfänger zu einem.

Bei älteren Leuten meiner Umgebung, die ich der Weisheit und Lebenserfahrung verdächtigte, versuchte ich Informationen einzuholen. Vor allem darüber, was *Amour fou* in der Praxis bedeutete. Aber auch das half mir nicht viel weiter. Einige sagten: »Was deine Mutter treibt, das ist *Amour fou.*«

Doch da war ich entschieden anderer Meinung.

Was meine Mama tat, war vielleicht verrückt, doch mit Liebe hatte es in meinen Augen nichts zu tun.

Ich verschlang alles, was ich über *Amour fou* finden konnte, egal ob in Übersetzung oder im Original, mit Hilfe von Wörterbüchern. Viel davon stellte sich als ausgesprochen trocken und langweilig heraus. Das fand ich unglaublich.

Als vier Monate nach meiner tiefgreifenden Erkenntnis über die Berufung des Menschen immer noch nichts Einschneidendes geschehen war, beschloß ich, das Dienstmädchen zu verführen.

An einem Morgen heimlich mit dem Dienstmädchen das Haus zu verlassen und zusammen mit ihr in einen Bus mit unbekanntem Ziel einzusteigen kam meiner Vorstellung von *Amour fou* schon ziemlich nahe.

Nicht daß ich mich besonders zu ihr hingezogen fühlte, sie war ausgesprochen lang und knochig und hatte zwei Warzen am rechten Knie, doch wenn es um die heilige Sache der *Amour fou* ging, mußte man sich über etwas so Banales wie körperliche Anziehung hinwegsetzen können.

Gerade eine Mesalliance schien mir ein besonders stabiles Fundament für meine *Amour fou.*

Eines Abends, kurz vor dem Dessert, versuchte ich das Dienstmädchen in der Küche hemmungslos zu küssen.

Vier halbe Pfirsiche fielen auf den Boden, und ich bekam eine Ohrfeige, die auf meinem Hinterkopf landete. Später erklärte sie mir, daß sie mich wegen der halben Pfirsiche geschlagen hatte und nicht wegen des Schmatzes.

»Ich kann dich ja verstehen«, sagte sie, »aber du mußt mir versprechen, das nie wieder zu machen.«

Ich sah sie fassungslos an. Ein solches Versprechen konnte ich niemals geben, ohne mich und meine heiligsten Grundsätze zu verraten. Und hatte ich nicht gerade irgendwo gelesen, daß ein richtiger Mann jemand ist, der seine Grundsätze nie verrät?

»Ich sag deinen Eltern nichts«, meinte sie noch. »Das geht von selbst wieder vorbei.«

»Das ganze Leben geht von selbst vorbei«, rief ich wütend, schlug die Küchentür zu und lief ins Eßzimmer.

Dies sollte der erste Tag meines neuen Lebens werden.

Meine Familie saß schweigend am Tisch, und alle sahen mich an.

»Bettina kann vielleicht nicht kochen«, sagte ich, »aber sie kann herrlich küssen.«

Meine Brüder schauten gelangweilt drein, als wollten sie sagen: »Fängt der wieder an«, Mama begann herzlich zu lachen, und Papa sprang wie von der Tarantel gestochen auf und jagte mich auf mein Zimmer.

Nachdem ich noch ein paar Schläge auf den Kopf bekommen hatte, schloß ich mich ein und begann leidenschaftlich zu heulen.

Ich konnte nicht leidenschaftlich küssen, war kein leidenschaftlicher Liebhaber, kein leidenschaftlicher Sportler und auch kein leidenschaftlicher Redner (wenn andere dabei waren), aber ich konnte leidenschaftlich heulen.

Die *Amour fou* wurde zur Obsession.

Ich setzte mir ein Hütchen mit einer Feder auf den Kopf, doch der Direktor der internationalen Schule fand das unpassend und bat mich höflichst, den Hut ausschließlich in meiner Freizeit zu tragen.

Die Schulleitung fing an, mich als Problemkind zu betrachten. Sie sagten: »Mit deinen Brüdern hat immer alles so gut geklappt.« Aber hatten meine Brüder auch etwas über die *Amour fou* gelesen, hatten meine Brüder begriffen, was die Berufung des Menschen war?

Ich wurde fünfzehn und war meinem Ziel immer noch keinen Schritt näher gekommen.

Mit einer Österreicherin war das, was ich suchte, unmöglich, wie mir klar wurde; darum durchkämmte ich Wien auf der Suche nach Ausländerinnen.

Auch in Parks und Grünanlagen heulte ich jetzt leidenschaftlich, bis mir aufging, daß rote Augen und tränenüberströmte Wangen meinen Versuchen, Ausländerinnen kennenzulernen, nicht förderlich waren.

Ich durchstreifte die Stadt mit den Händen auf dem Rükken, wie ein Eisläufer, und dachte, daß der Kenner, der Eingeweihte, mich sofort als Jünger der *Amour fou* identifizieren würde.

Nachdem ich wochenlang ohne nennenswertes Resultat die Stadt durchstreift hatte, gelang es mir eines Nachmittags in einer Eisdiele endlich, Kontakt zu knüpfen.

Zwei junge Frauen fragten, ob ich ein Foto von ihnen machen könne. Kein Zweifel war möglich: Es handelte sich um ausländische Touristinnen. Leichte Panik überfiel mich, denn ich wußte: Jetzt würde es geschehen. Jetzt oder nie.

Ich hatte eine Waffel mit einer Kugel Zitroneneis.

»Warte«, sagte die eine, »ich halt das für dich.«

Sie sprachen ein seltsames Deutsch.

Ich machte das Foto.

Schade, daß Eis schmolz, sonst hätte ich es als Reliquie mit nach Hause genommen und in einer Schatulle verwahrt.

Die Waffel konnte ich natürlich sehr wohl in eine Schatulle legen.

»Ich heiße Marek van der Jagt«, sagte ich feierlich.

Sie hießen Milena und Andrea, und beide sagten sie: »Hallo, Marek van der Jagt.«

Andrea war die schönere von beiden, Andrea hatte mein Eis gehalten, und sie sagte: »Es ist zu kalt zum Eisessen.«

Hier beginnt der Alptraum meines ersten Kusses, ein Alptraum, der seinen unmittelbaren Anlaß lange überdauert hat, zahllose Samenergüsse, Kopulationen, Briefe, Geschenke, Wintersporturlaube und schließlich sogar meine Kahlheit.

Vielleicht habe ich irgendwann einfach geglaubt, daß mein Leben zum Alptraum bestimmt sei und daß ich, um Ruhe zu finden, dieser Bestimmung eben folgen müsse. Hatte man mir nicht gesagt, daß Glück darin bestand, sich selbst zu akzeptieren? Vielleicht bestand Glück ja auch darin, den Alptraum zu akzeptieren, den andere für einen entworfen hatten?!

Die beiden kamen aus Luxemburg.

Ich hatte noch nie jemanden aus Luxemburg kennengelernt.

Ich hatte nicht einmal gewußt, daß sie dort Deutsch sprachen, aber es war auch ein sehr merkwürdiges Deutsch.

Manchmal fielen sie in ihren Dialekt, und dann verstand ich kein Wort mehr.

Was machten zwei Luxemburgerinnen in Wien?

»Urlaub«, sagte Andrea, »wir haben hart gearbeitet.«

»Ich wollte schon immer mal nach Luxemburg«, sagte ich.

Es war eine durchsichtige Lüge, denn wer will um Himmels willen schon nach Luxemburg?

»Warum das denn? Hast du da was verloren?« fragte Andrea, nicht ohne Aggression in der Stimme.

In einem ihrer Nasenflügel blitzte ein Diamant.

Milena sagte: »Luxemburg ist tot.« Dann begannen sie, Ansichtskarten zu schreiben.

Sie waren siebzehn, sagten sie. Zwei Jahre älter als ich. Aber ich wirkte älter, weil ich so wenig sagte. Selbst das Kindermädchen hatte meine Schüchternheit für Weisheit gehalten. Darum dachte ich, sie würden mir glauben, wenn ich mich auch für siebzehn ausgab.

Mein Eis tropfte. Ich warf es weg, bis auf die Waffel, die hob ich mir auf, für meine Schatulle.

»Darf ich euch ein bißchen die Stadt zeigen?« fragte ich.

»Wir fahren Mittwoch mit dem Nachtzug zurück«, sagte Andrea.

Heute war Samstag.

In viereinhalb Tagen konnte viel geschehen.

»Was möchtet ihr sehen?« fragte ich.

Andrea sah von ihrer Ansichtskarte auf.

»Wir wollen jetzt einen Moment mal nichts sehen«, sagte sie, »wir würden lieber was essen.«

»Wir haben schon so viel gesehen«, sagte Milena.

»Und fast überhaupt nichts gegessen«, sagte Andrea, »wir kommen um vor Hunger.«

Essen. Das ließ sich machen.

»Möchtet ihr was typisch Wienerisches essen?« fragte ich.

»Hör mal«, sagte Andrea, »wir haben seit heute früh nichts Anständiges gegessen. Uns ist egal, wohin wir essen gehen, und wär's Chinesisch. Verstehst du?«

Das verstand ich. Ich aß jeden Tag was Anständiges, und man hatte schon häufig, oft in den überraschendsten Momenten, zu mir gesagt: »Was bist du doch für ein anständiger Mensch.« Als könne ich den Anstand, oder besser gesagt, dessen Anschein, nicht mehr von meiner Haut kratzen, selbst den Dreck an meinen Schuhen hielten manche noch dafür.

»Wartet hier«, rief ich, »wartet, ich bin gleich wieder da. Wartet auf mich. Nicht weggehen. Ich komm gleich wieder. Wir gehen was Anständiges essen. Ja, was ganz Anständiges!«

Dann rannte ich nach Hause, so schnell wie noch nie. Mit der Waffel in der Hand.

Wenn man in zwanzig Jahren nichts mehr von dieser *Amour fou* wissen würde, wäre alles umsonst gewesen. Doch das wollte ich nicht, nein: Biographen, die mein Zimmer mit Handschuhen betreten würden, sollten sagen: »Hier lebte Marek van der Jagt, bitte nichts berühren, meine Damen und Herren, alles kann eine Reliquie seiner *Amour fou* sein.«

»Mama«, schrie ich und rannte die Treppe hoch, »Mama, Mama, Mama!«

Ich stieß die Tür zum Schlafzimmer auf.

Im Schaukelstuhl an der Balkontür saß ein Mann, den ich nicht kannte. Er trug einen Bademantel.

Er las die Zeitung.

»Mama«, schrie ich.

»Deine Mutter mußte schnell was erledigen«, sagte der Herr im Schaukelstuhl. »Bist du der Jüngste?«

Was ging es ihn an, wer ich war? Der Jüngste, der Älteste, der Mittlere, was scherte ihn das? Fragte ich ihn denn, wer er war? Wenigstens war er mal nicht alt, und zur Abwechslung war dieses Exemplar gut rasiert. Die Zeit der verarmten Künstler war wohl endgültig vorbei.

Auf dem Nachtschränkchen sah ich eine von Mamas Handtaschen.

Sie hatte mindestens dreißig.

Aber ein Portemonnaie war nicht darin.

»Was suchst du, mein Junge?« fragte der Besucher.

Ich ignorierte ihn.

Ich riß die Kommode auf und schaute in der Plastiktüte nach, wo Mama all die Geschenke aufbewahrte, die sie ordinär oder nicht schön fand. Oder die sie von Männern bekommen hatte, die sie irgendwann nicht mehr leiden konnte.

Ich holte zwei Broschen und eine Kette heraus.

Den Rest tat ich wieder in die Tüte.

»Grüß meine Mutter von mir«, sagte ich noch, und weg war ich.

Mit der Waffel in der Hand rannte ich in mein Zimmer und legte sie auf meinen Schreibtisch.

»Tschüs, Waffel«, sagte ich, »schön liegenbleiben. Laß

dich nicht aufessen, und einstauben darfst du auch nicht. Du hast die *Amour fou* in mein Leben gebracht, du mußt der Nachwelt erhalten bleiben.«

Mit den beiden Broschen und der Kette rannte ich zur Eisdiele.

Sie saßen noch da. Milena und Andrea. Immer noch beim Ansichtskartenschreiben.

»Nicht weggehen«, sagte ich, »ich bin gleich wieder da.«

Sie sahen sich an. Sie verstanden nur Bahnhof, das merkte man sofort, aber ihnen jetzt auch noch alles zu erklären, dazu war keine Zeit. Später würden sie alles verstehen.

»Gebt mir noch zwanzig Minuten«, sagte ich.

Milena sah auf ihre Uhr. »Zwanzig Minuten, okay, aber keine Minute länger.«

»Wenn du Glück hast, sind wir noch da«, sagte Andrea.

Jetzt rannte ich noch schneller. Ich wollte Glück haben.

Vor der Ladentür des Juweliers, zu dem ich Mama oft begleitet hatte, blieb ich stehen.

Man mußte klingeln, um hereinzukommen. Ich drückte fest auf den Knopf, und als sie nicht gleich aufmachten, noch einmal.

Eine Angestellte, die ich noch nie gesehen hatte, öffnete mir.

Der Laden war gut besucht. Zwei Japaner, ein Ehepaar, ein Mann und eine junge Frau mit einem Körbchen.

Ich zwängte mich zwischen den Leuten hindurch, bis ich an der Theke stand.

Der Besitzer des Juwelierladens hieß Herr Hobmeier.

Ein dicker Mann mit einem schaurigen Lachen und einem Schnurrbart.

Herrn Hobmeier konnte ich nirgends entdecken, dafür aber seinen Sohn. Herr Hobmeiers Sohn war ein genaues Abbild seines Vaters, nur ohne Schnurrbart. Und ohne das schaurige Lachen.

Beide wieselten immer so untertänig um meine Mutter herum, daß einem ganz schlecht wurde.

Sobald ich Hobmeier junior gesehen hatte, begann ich ihm zu winken, als fiele ich fast in Ohnmacht, und rief: »Ein Notfall, ein Notfall.«

Seit ich die Eisdiele verlassen hatte, waren schon mindestens sechs Minuten vergangen, mir blieben also noch vierzehn Minuten.

Sicherheitshalber brüllte ich noch einmal, jetzt aber richtig laut: »Ein Notfall, das ist ein Notfall!«

Endlich erschien der alte Herr Hobmeier. Mit einem Vergrößerungsglas in der Hand.

Seit er das Rauchen aufgegeben hatte, lief er immer mit einem Vergrößerungsglas herum.

Ich warf mich in seine Arme.

»Herr Hobmeier«, rief ich, »Herr Hobmeier, ein Notfall!«

Alle Geschäfte und Gespräche im Laden verstummten. Alle blickten auf mich und meinen Notfall.

»Ah, der junge Herr van der Jagt«, sagte Herr Hobmeier, während er meinen Kopf tätschelte.

Mama hatte mir mal gesagt, daß Herr Hobmeier kleine Jungen mochte, und obwohl ich damals noch weniger Talent zum Zynismus hatte als heute, beschloß ich, daß dies der Augenblick war, seine Schwäche zu nutzen.

»Talent ist eine Frage der Willenskraft«, hatte Papa mal zu mir gesagt. Ich hatte das nie geglaubt, doch in dem Moment hoffte ich verzweifelt, daß es stimmte, denn meine Willenskraft war schrecklich groß, meine Willenskraft war noch nie so groß gewesen.

»Herr Hobmeier«, sagte ich und drückte ihm die beiden Broschen und die Kette in seine große warme Hand, »ich möchte das hier verkaufen, es eilt. Mein Leben steht auf dem Spiel.«

Herr Hobmeier warf einen kurzen Blick auf die Sachen. Er seufzte tief auf und sagte: »Na, dann komm mal mit nach hinten.«

Frau Hobmeier war auch noch da.

Sie war dürr wie eine Bohnenstange. Sie kam nie nach vorn in den Laden, denn sie haßte Kunden.

Frau Hobmeier öffnete Post.

Die meiste Post zerriß sie.

Ich hatte ihr kurz zugenickt, doch sie hatte es nicht bemerkt oder wollte es nicht bemerken.

»Diese beiden«, sagte Herr Hobmeier und zeigte auf die zwei Broschen, »sind fast nichts wert. Und die hier« – dabei ließ er die Kette vor meinen Augen baumeln – »ist überhaupt nichts wert.«

»Diese Schufte«, sagte ich.

»Wie bitte?« fragte Herr Hobmeier.

»Nichts«, sagte ich.

Sie hatten Mama wertlose Geschenke gemacht. Das

würde ich ihnen noch mal heimzahlen. Auf Mamas Kosten nach Sardinien, Kreta und Malta und was weiß ich wo sonst noch hin fliegen, aber eine anständige Kette war nicht drin.

»Hansi«, sagte Herr Hobmeier, »schau mal, wer uns hier mit seinem Besuch beehrt, der junge Herr van der Jagt.«

Hansi war Frau Hobmeier für Eingeweihte.

Aber Frau Hobmeier blickte nicht auf. Sie riß einen großen Umschlag in vier gleich große Stücke. Vielleicht wußte sie, daß ihr Mann kleine Jungen bevorzugte.

»Ich hab's eilig«, sagte ich, »wieviel geben Sie mir dafür?«

Herr Hobmeier wich zurück an die Wand. Er sah ratlos aus.

»Ich kann das nicht machen«, sagte er, »ich kann diesen Plunder nicht verkaufen. Ich werd ihn nicht los.«

»In sechs Monaten kauf ich ihn von Ihnen zurück.«

Er seufzte noch tiefer als beim ersten Mal.

»Zweitausend«, flüsterte er.

Das schien mir ein bißchen wenig.

Ich ging zu ihm und stellte mich so dicht wie möglich vor ihn hin.

Ich habe wenig Talent zum Verkaufen und schon gar nicht, wenn es um mich selbst geht, doch dies war ein Notfall.

Ich drückte meinen Unterleib gegen seinen. Wegen des Größenunterschieds drückte mein Unterleib gegen seinen massiven Oberschenkel.

So blieben wir beide regungslos stehen.

Plötzlich rief Herr Hobmeier mit sich überschlagender Stimme: »Hansi, schau doch, wer uns hier mit seinem Besuch beehrt.«

Er schob sich von der Wand weg und machte ein paar Schritte zur Glastür, die den Laden vom Büro trennte. Das Glas war übertüncht, damit niemand hindurchsehen konnte.

Frau Hobmeier mochte keine neugierigen Blicke.

Herr Hobmeier begann schaurig zu lachen. Obwohl ich zugeben muß, daß es diesmal eher verzweifelt als schaurig klang.

Hansi rührte sich keinen Millimeter.

Herr Hobmeier schwitzte.

Er machte wieder ein paar Schritte auf mich zu und flüsterte: »Viertausend, mehr kann ich dir wirklich nicht dafür geben. Ich zahl es aus meiner eigenen Tasche.«

Zahlte er hier nicht alles aus der eigenen Tasche?

Aus der Brusttasche holte er vier Banknoten von tausend Schilling und drückte sie mir diskret in die Hand, als sei ich Portier eines Nachtklubs, den er so zu bewegen hoffte, ihn noch in eine überfüllte Show einzulassen.

Er hielt meine Hand ein paar Sekunden länger fest als nötig.

Ich sah Schweißtropfen auf seiner Stirn und Krümel in seinem Schnurrbart.

»Grüß deine Mutter von mir«, flüsterte er, »meine beste Kundin. Meine allerbeste Kundin.«

In dem Moment blickte Frau Hobmeier zum ersten Mal auf und sagte: »Vergiß den Ungarn nicht.«

Frau Hobmeiers Stimme durchschnitt den Raum wie ein Messer, das dringend geschliffen werden mußte.

»Nein, nein«, sagte Herr Hobmeier leise, »natürlich, der Ungar ist auch ein guter Kunde, aber anders, ganz anders als Frau van der Jagt.«

Ich ging zur Tür.

»Frau Hobmeier«, sagte ich, »Herr Hobmeier, adieu.«

Ich garnierte mein Deutsch damals zu jeder passenden und unpassenden Gelegenheit mit französischen Vokabeln.

Dann machte ich eine kleine Verbeugung, wie Mama es mir einmal beigebracht hatte.

Damals wollte sie noch, daß ich Ballettänzer würde. Ich sollte die Welt mit meinen Tanzschritten entzücken.

»Der Ungar ist mit deiner Mutter nicht zu vergleichen«, hörte ich Herrn Hobmeier noch murmeln. »Sag ihr, sie soll bald mal wieder vorbeikommen.«

Im Laden grüßte ich flüchtig Herrn Hobmeier junior, dann stand ich wieder auf der Straße.

Ich hatte viertausend Schilling, noch sieben Minuten und konnte mich nicht erinnern, jemals zuvor so glücklich gewesen zu sein.

Der Mozart unter den Blumenhändlern

Mamas Blumenhändler hieß Rolf Szlapka. Er liebte Frauen und Blumen und hatte gedacht, daß diese zwei Liebhabereien sich am besten kombinieren ließen, wenn er ein Blumengeschäft eröffnete. Sehr zum Bedauern seines Vaters, der BMW-Händler war und es gern gesehen hätte, wenn sein einziger Sohn das Geschäft übernommen hätte.

Doch die Liebe zu Autos übersprang in dieser Familie eine Generation, und Rolf Szlapka wurde Florist.

Mama liebte BMWs und Blumen, vor allem weiße Rosen, und als sie eines Tages ihren alten BMW gegen einen neuen eintauschen wollte, sagte Herr Szlapka senior: »Frau van der Jagt, mein Sohn Rolf hat ein kleines Blumengeschäft eröffnet, vielleicht sollten Sie es sich mal ansehen. Eventuell haben Sie ja Interesse, der Eröffnung beizuwohnen?«

»Vielleicht«, sagte Mama.

Die festliche Eröffnung von Rolf Szlapkas Blumenladen war für Mama besonders festlich, denn ihr gingen an jenem Nachmittag mindestens zwei neue Liebhaber ins Netz. Einer der beiden war Rolf Szlapka.

Für alle Beteiligten wurde ein vorteilhaftes Arrangement getroffen. Mama bekam Preisnachlaß bei Szlapka junior im Tausch gegen gestohlene Küsse, und wenn ich mich nicht irre, haben sie im Hinterraum des Blumengeschäfts, wo die Totenkränze und Brautbuketts gesteckt wurden, sich sogar einmal dem Liebesspiel hingegeben.

Auch der alte Szlapka gab ihr seitdem beträchtlichen Rabatt auf seine Autos, und Mama stachelte ihren gesamten Bekanntenkreis auf, sich einen BMW anzuschaffen, und zwar beim besten BMW-Händler Österreichs, bei Szlapka senior.

Nur für Rolf begann das Arrangement im Laufe der Zeit schmerzliche Züge anzunehmen.

Mamas Schiff war in seinen Laden eingefahren und wollte nicht mehr auslaufen.

Er konnte es nicht begreifen, daß sie ihn im einen Moment liebte und in seinen Armen lag und im nächsten wieder jemand anderen hatte und seine Existenz vollkommen vergaß.

Vielleicht kann das niemand verstehen, vielleicht wäre es unmenschlich, das zu begreifen.

Wenn er dann anrief, sagte sie: »Ruf mich nie wieder zu Hause an, ich weiß schon, wo ich dich finde.«

Doch jedesmal, wenn er sich mit viel Mühe und Schmerzen dazu durchgerungen hatte, meine Mama zu vergessen, kam sie mit strahlenden Augen und einem Geschenk plötzlich in seinen Laden geschwebt, und ihre erste Frage lautete: »Wo warst du die ganze Zeit, warum hast du nichts von dir hören lassen? Du vernachlässigst mich. Was für herrliche Rosen! Davon bitte vierzig.«

Rolf Szlapka wagte nicht zu sagen: »Aber du hast doch gesagt, ich sollte nicht anrufen. Wo warst *du* die ganze Zeit?«

Er nahm ihre Küsse dankbar in Empfang. Mama streute Almosen aus Gold und Seide und flanierte durch das Leben, als sei es ein Stück, das ihrer schauspielerischen Qualitäten eigentlich unwürdig sei.

Als ich mit den viertausend Schilling von Herrn Hobmeier vor dem Juwelierladen stand, im bis dato glücklichsten Moment meines Lebens, beschloß ich, noch schnell in Szlapkas Laden vorbeizugehen. Ich hatte etwas weniger als sieben Minuten, das mußte reichen.

Ich hatte meine Zweifel, ob Blumen und *Amour fou* zusammenpaßten, doch schließlich mußte man klein anfangen. Außerdem war ich der Ansicht, es könne nicht schaden, mit einer Handvoll Blumen vor die Luxemburger Mädchen hinzutreten. »Blumen kommen immer gut an«, sagte Papa jedesmal, wenn Mama fragte: »Was sollen wir um Himmels willen nur mitbringen?«

Ich rannte zu Rolf Szlapka, und weil das Glück in Reichweite schien, rannte ich immer schneller und wurde nicht müde und fühlte auch mein Seitenstechen nicht, und ich fragte mich auch nicht, was die Leute im Juwelierladen gedacht hatten und was sie jetzt wohl von mir denken würden und was Rolf Szlapka gleich von mir denken würde, wenn ich in seinen Laden gestürmt käme.

Sein Laden war leer.

»Herr Szlapka«, rief ich, »Herr Szlapka!«

Ich rannte in den Hinterraum. Ich war schon so häufig mit Mama hier gewesen, ich kannte den Weg.

Mama lief auch immer sofort durch nach hinten. Und wenn der Laden noch so voll war, und auch wenn Herr Szlapka gerade einen Kunden bediente.

Rolf arbeitete an einem Totenkranz. Er legte ihn sofort beiseite, als er mich sah.

Er lief auf mich zu und schlug mir auf die Schulter. Das tat sein Vater auch immer.

»Marek«, sagte er, »wie geht's deiner Mutter?«

»Gut«, sagte ich, »gut – nehme ich jedenfalls an. Ich brauch ganz schnell zwei Sträuße Rosen. Mit langem Stiel.«

Das sagte Mama auch immer: »Mit langem Stiel, Rolf, mit langem Stiel, sie können mir gar nicht lang genug sein.«

Wenn Mama bei Rolf Szlapka gewesen war, kam sie immer mit weißen, langstieligen Rosen nach Hause.

»Zweimal acht Stück bitte.«

Warum gerade acht, wußte ich selber nicht, doch acht schien mir eine schöne Zahl.

Er lief in den Laden und begann, in aller Ruhe die schönsten Rosen auszusuchen. Mit solcher Ruhe, daß ich davon ganz kribbelig wurde.

»Ich hab's eilig«, sagte ich, »bitte!«

Darauf begann er, die Rosen schneller aus dem Eimer zu holen, immer schneller, und ich sah mich schon mit Rolf Szlapkas Rosen die Eisdiele stürmen. »Rolf Szlapka ist der Mozart unter den Blumenhändlern«, hatte Mama einmal gesagt. Wahrscheinlich, um Papa zu ärgern, und das war ihr gelungen, denn er hatte sofort gerufen: »Wie kannst du nur einen Blumenhändler mit Wolfgang Amadeus Mozart vergleichen?«

»Ich hab deine Mutter lange nicht mehr gesehen«, sagte Szlapka junior. »Wie geht es ihr?« Und im Flüsterton: »Ich hab herrliche weiße Rosen für sie reserviert, sag ihr das bitte.«

Wer es nicht besser wußte, hätte denken können, Mamas Lebenszweck wäre die Promiskuität gewesen. Doch sie war keine Sklavin ihrer Lust, noch wurde sie von Geldsorgen getrieben.

Sie suchte nur etwas, das auf dieser Welt nicht zu finden war.

Letztlich blieb jeder für sie ein Fremder, darum konnte sie nirgends lange bleiben, darum mußte sie immer weiter.

Andere müssen in ihr ein verirrtes Projektil gesehen haben, das über Wien schwebte, unberechenbar und gefährlich für jeden, der ihr zu nahe kam, weil verirrte Projektile nun einmal unberechenbar sind. Und gefährlich. Doch wer möchte nicht wenigstens einmal im Leben von einem verirrten Projektil getroffen werden, wer möchte keinen Erfolg, wo andere versagen, und wer will nicht siegen, wo alle anderen sich endgültig geschlagen geben?

Zwei Sträuße von je acht langstieligen Rosen hatte Rolf Szlapka für mich zusammengestellt.

»Ich setz es auf die Rechnung«, sagte er.

Szlapka dachte wohl, er müsse mich bestechen, um die Liebe meiner Mama zu gewinnen. Hätten sie das nur alle gedacht.

Er hielt mir die Tür auf.

»Ich werde Mama sagen, daß Sie die weißen Rosen für sie reserviert haben«, sagte ich, »wenn ich sie sehe, jedenfalls, sie ist ziemlich flatterhaft in letzter Zeit.«

Sein Gesicht verfinsterte sich. Er hielt mich jetzt bestimmt für einen maliziösen jungen Mann, wo ich doch nur ehrlich zu sein versuchte.

Ehrlichkeit ist eine maliziöse Angelegenheit, doch das habe ich erst später entdeckt.

Ich hatte noch drei Minuten.

In meinen hohen schwarzen Schnürschuhen, mit zwei

Sträußen Rosen, rannte ich in die Eisdiele, wo, wenn ich Glück hatte, zwei junge Damen aus Luxemburg auf mich warteten, und wenn schon nicht auf mich, dann doch wenigstens auf einen Teller warmes Essen.

Zweimal fielen mir die Blumen aus der Hand, doch das war mir egal, denn ich rannte meinem Glück entgegen.

Und während ich so mit Szlapkas Blumen durch Wien rannte, dachte ich: »Wenn Mama mich jetzt nur sehen könnte – endlich bin ich der Tänzer, den sie aus mir machen wollte.« Wenn ich jetzt endlich der Tänzer war, der ich hatte werden sollen, dann war dies ein Ballett, ein Ballett für meine Mama.

Sie saßen vor dem Fenster, auf zwei Hockern; neben ihnen saß ein älterer Mann.

Andrea war in ein Gespräch mit ihm verwickelt.

Milena schaute leicht gelangweilt aus dem Fenster.

»Da bin ich«, sagte ich.

Meine Stimme überschlug sich.

Milena sah auf die Uhr.

Andrea sah dem alten Mann in die Augen. Sie hatte keine Zeit für mich.

Ich setzte mich.

Der alte Mann roch nach Alkohol und hatte Flecken auf dem Hemd. Sein Kopf glänzte vor Schweiß. Ich kannte ihn von der Straße.

»Trapp, trapp, trapp machen die Pferde«, hörte ich ihn sagen, »und wenn du das Geräusch hörst, trapp, trapp, trapp, dann weißt du, daß du noch lebst.«

Andrea lachte.

Ich gab dem alten Mann die Hand und sage: »Marek van der Jagt, sehr erfreut, Sie kennenzulernen.«

Er hielt meine Hand eine Sekunde lang fest, doch viel mehr Aufmerksamkeit konnte er für mich nicht aufbringen.

»Trapp, trapp, trapp machen die Pferde«, sagte er. »Warte, ich werde deine Seele zeichnen.«

»Er will ihre Seele zeichnen«, sagte ich zu Milena.

Milena schwieg.

Die Blumen hatte ich achtlos neben mich gelegt, als hätte ich sie zufällig dabei, als seien sie eine Besorgung, die ich schnell für meine Mama hatte erledigen müssen.

»Macht sie das öfter«, fragte ich Milena, »ihre Seele zeichnen lassen?«

Milena hatte langes, braunes Haar, braune Augen und einen entschlossenen Zug um den Mund. Auf den ersten Blick machte das einen mißbilligenden Eindruck, doch bei näherem Hinsehen merkte man, daß sie in der Tat mißbilligend guckte. Die Welt fand einfach nicht ihre Zustimmung.

Später sollte sie mir erzählen, daß ihre Mutter aus Algerien stammte und ihr Vater aus Norwegen und daß sie zufällig in Luxemburg gelandet waren.

Milena schaute kurz auf die Blumen und dann zu Andrea, die den Bewegungen des alten Mannes folgte. Er hatte auf einem zerknitterten Notizblock zu zeichnen begonnen.

»Sie ist sehr offen«, sagte Milena.

An der Art, wie sie das sagte, merkte ich, daß sie selbst auch gern so offen gewesen wäre, daß sie vielleicht darauf wartete, daß jemand sie öffnete wie eine Büchse Sardinen. Ist das nicht eigentlich, worauf alle Menschen warten? Daß man sie öffnet und aufißt, denn dann sind sie wenigstens nützlich gewesen. Papa zufolge war ein nützliches Leben ein glückliches Leben. Und auch wenn Mama das nie so formuliert hätte und sie beim Wort »nützlich« bestimmt ganz andere Assoziationen hatte, dachte sie nicht im Grunde genauso?

»Nützlich« faßte alles zusammen, was ich nicht sein wollte.

Ein junger Mann wischte mit einem feuchten Tuch unseren Tisch ab. Aschenbecher wurden geleert. Er trug einen Hut aus Papier. Ich hatte mir sagen lassen, daß es hygienische Gründe habe, damit kein Dreck aus seinem Haar auf die Eistüten der Kunden fiel.

Papa sagte oft: »Aus den Haaren der Leute fällt immer viel Dreck, darum darf man beim Essen nicht an den Haaren herumfummeln.«

Daß aus Andreas Haaren Dreck fallen sollte, konnte ich mir nicht vorstellen. Und auch aus Milenas Haaren fiel meiner Meinung nach keiner.

»Wir müssen bald was Anständiges essen«, sagte ich, »ihr hattet doch so ’nen Hunger?«

Niemand reagierte.

Ich fürchtete schon, daß der Trunkenbold mitkommen würde und ich am Ende des Abends allein mit ihm dasitzen und er dann immer noch die Geräusche von trappelnden Pferden nachmachen würde.

Mama hätte das bestimmt herrlich gefunden, ihr wäre es am liebsten gewesen, ich hätte ihn mit nach Hause genommen.

Er war jetzt mit dem Zeichnen fertig.

Wir bewunderten Andreas Seele, die dem Trunkenbold zufolge viel von Jesus am Kreuz hatte.

»Tschuldigung daß ich überhaupt nicht mit dir rede«, sagte Andrea, »aber ich bin gerade abgelenkt.«

»Macht nichts«, sagte ich, »kennst du ihn schon lange?«

»Er hat sich hier neben uns gesetzt und angefangen zu reden.«

So einfach war das Leben also. Sich einfach neben jemanden hinsetzen und reden. Machte Mama das auch so? Nein, Mama setzte sich nicht, Mama blieb stehen, und meist ließ sie die anderen reden, um sie dann plötzlich zu unterbrechen und zu sagen: »Ich brauch was aus dem Papiergeschäft, können wir das da vielleicht schnell mal eben kaufen?«

Damit meinte sie, daß der andere das für sie kaufen sollte.

Ich legte die sorgfältig von Rolf Szlapka eingepackten Blumen an einen anderen Platz. Vielleicht hatte er gedacht, daß die Blumen für Mama waren und hatte sie darum so liebevoll eingepackt? Er hatte das Papier gestreichelt, so schien es, und ich war vor Ungeduld vom einen Bein aufs andere gehüpft.

»Dich würd ich gern heiraten«, hörte ich den alten Mann sagen. »In der Phantasie natürlich, nicht in Wirklichkeit. Soll ich dir meine Adresse geben?«

Andrea lachte.

Es war pervers, daß sie über solche Vorschläge so liebreizend lachte. Nun wußte ich zwar, daß Perversität und *Amour fou* sich nicht von vornherein ausschlossen, aber der Zweck konnte doch auch nicht jedes Mittel heiligen – die *Amour fou* konnte doch auch nicht so etwas sein wie »Genosse Stalin sagt, es ist gut, also ist es gut«. *Amour fou* war kein Stalinismus.

Die Stoppeln des Trunkenbolds waren an einigen Stellen weiß, an anderen grau.

»Wie viele Flaschen Wein hast du schon getrunken?« fragte Andrea laut und aufgedreht, als sei die Frage der Anfang eines guten Witzes.

Der Mann dachte kurz nach und sagte dann: »Ab wann soll ich zu zählen anfangen?«

Seine Hand berührte Andreas Haare.

»Zählen Sie mal ab heute morgen«, sagte ich, weil ich auch etwas zur Konversation beitragen wollte und weil ich wünschte, daß Andrea mich ansehen und begreifen sollte, daß es sich hier um nichts weniger als um *Amour fou* handelte. Nicht bloß um ein bißchen Konversation in einer Eisdiele mit danach ein wenig chinesischem Essen.

Doch das Geräusch meiner eigenen Stimme klang mir unangenehm in den Ohren, und ich merkte sofort, daß man solche Bemerkungen alten Männern gegenüber besser nicht machte, die halb betrunken waren.

»Ich fang mal am Monatsanfang an«, sagte der alte Mann. »Welchen Tag haben wir heute?«

Es entstand eine Pause.

»Samstag«, sagte ich.

Er zählte.

Seine Hand spielte leicht mit Andreas Haaren.

Seine Hand hatte die Farbe von Zement.

Andrea sah ihn an, als sei sie gerade ihrem persönlichen Erlöser begegnet.

Ein italienischer Schlager kam aus dem Lautsprecher. Die

Eisdiele wurde von Italienern aus Triest betrieben, die schon seit über zwanzig Jahren in Österreich wohnten.

In Triest war Mama auch schon mal gewesen, mit einem Liebhaber, obwohl ich nicht mehr genau weiß, mit welchem. Sie fand es nichts Besonderes, es war ihr zu nah. »Wie Österreich«, hatte sie gesagt.

Auf dem Tisch lagen immer noch Szlapkas Blumen, wie die Reste eines Stehempfangs, der schon eine halbe Stunde vor dem offiziellen Schluß zu Ende war.

Mama hatte sich immer gewünscht, daß ich die Welt mit meinen Tanzschritten begeistern sollte, doch plötzlich schien es mir nicht ausgeschlossen, daß nicht nur meine Tanzschritte die Welt nicht begeistern würden, sondern auch meine *Amour fou* und auch mein selbst zubereiteter Lachstoast nicht. Daß ich, Marek van der Jagt als Ganzes, die Welt nicht begeistern würde.

Ich mußte revoltieren. Es gab keine andere Möglichkeit, ohne Revolte würde ich bei Papas Lebensversicherungen enden.

Seit heute nachmittag um zwei Uhr war ich ein Mensch in der Revolte. So einfach fand ich mich nicht damit ab, daß ich die Welt nicht begeistern sollte.

Ich schlug laut mit der Faust auf den Tisch und tat mir weh.

Der alte Mann schaute nicht auf, und auch Andrea würdigte meinen Faustschlag keines Blickes.

Milena zündete sich eine Zigarette an.

»Mein Vater war Wikinger«, sagte sie.

»Ich hab Blumen mitgebracht«, rief ich.

»Zwei Tage vor meiner Geburt hat er sich aus dem Staub

gemacht«, sagte Milena, »und wir haben ihn nie wiedergesehen.«

Ich riß das Papier auf und begann, die Rosen zu verteilen.

»Hier, für dich«, sagte ich und drückte Milena ein Sträußchen in die Hand, »und für dich.« Dabei warf ich dem Trunkenbold ein paar auf den Schoß, die restlichen legte ich Andrea an die Brust. »Werft sie ruhig weg, wenn sie euch stören. Es geht um die Geste.«

Die Mädchen aus Luxemburg starrten mich an, nur der alte Mann ignorierte mich und meine Blumen.

Er zählte.

Doch als er endlich den Mund öffnete, kam keine Zahl heraus, nicht einmal eine grobe Schätzung.

»Trapp, trapp, trapp«, sagte er, »das ist das Geräusch der Pferde, und wenn du das hörst, dann weißt du, daß du noch lebst.«

Seine Hand spielte immer noch mit Andreas Haaren, und sie sagte: »Soll ich dir meine Adresse geben? Dann können wir uns schreiben.«

Pekingente

Im Telefonbuch hatte ich ein chinesisches Restaurant gefunden und für drei Personen reserviert.

»Solche Leute trifft man in Luxemburg nicht«, sagte Andrea, als wir endlich die Eisdiele verlassen hatten.

»Ach«, sagte ich, »solche Leute findet man doch in jeder großen Stadt.«

»Luxemburg ist keine große Stadt«, sagte Andrea, und Milena zuckte mit den Schultern.

»Sag, Marek«, fragte sie, als wir im Taxi saßen, »wie ist es eigentlich, ein Österreicher zu sein?«

Es war nicht weit, wir hätten genausogut laufen können, doch ich wollte kein Risiko eingehen. Wenn wir laufen, dachte ich, bleiben sie vor Läden stehen, und dann wollen sie hineingehen, um sich ein Hemd anzusehen oder eine Kette aus Plastik, und in null Komma nichts hast du sie im Gedränge verloren.

»Tja... gut«, sagte ich, »und wie ist es, aus Luxemburg zu stammen?«

Auf Milenas Schoß lagen die restlichen Rosen von Rolf Szlapka.

Für eine *Amour fou* fing es ziemlich zahm an, doch vielleicht war das immer so.

Daß es zahm anfing und dann plötzlich explodierte.

Ich betrachtete den Diamanten in Andreas Nase.

»Ich bewundere deinen Diamanten«, sagte ich.

»Ach, den«, sagte sie, »den hab ich schon, seit ich vierzehn bin.«

»Sie hat noch viel mehr, am ganzen Körper«, sagte Milena und kurbelte das Fenster auf.

Niemand im Restaurant kannte meinen Namen, niemand wußte etwas von einer Reservierung.

»Aber ich habe reserviert«, sagte ich zum x-ten Male, »für drei Personen. Ich weiß es ganz bestimmt.«

Gut besucht konnte man das Restaurant nicht nennen.

An einem langen Tisch saßen acht Leute. Sie feierten irgend etwas. Es sah aus wie eine kupferne Hochzeit.

Alle Tische hatten rote Tischdecken.

In einem dicken Buch suchte man nach meinem Namen.

Der Name war nirgends zu finden.

»Wir können uns doch auch einfach so hinsetzen«, sagte Andrea.

Wir bekamen einen Tisch am Fenster. Das war mir unangenehm. Ich fürchtete, Papa könne vorbeikommen, mit Hut und Aktentasche, vor dem Fenster stehenbleiben und hineinschauen und mich dann sehen.

Er würde sich nichts anmerken lassen. Er würde nur ein paar Sekunden stehenbleiben und zuschauen, als erwarte er irgend etwas. Vielleicht, daß ich hinausrennen, ihn begrüßen und fragen würde: »Ißt du was mit, Papa?« Und wenn das nicht geschähe, würde er schweigend weitergehen.

Andrea und Milena setzten sich nebeneinander, ich saß ihnen gegenüber. Ich hatte Blick auf die Straße, sie auf das Restaurant.

Sie studierten die Speisekarte.

Das Glück begann sich schon ein wenig zu verflüchtigen, doch die viertausend Schilling steckten sicher in meiner Brusttasche, und es war noch früh. Es konnte noch viel geschehen.

Vielleicht hatte ich geheime Signale übersehen oder falsch verstanden.

Andrea hatte ein kleines Näschen und trug ein Hemd, das allem Anschein nach zu oft und zu heiß gewaschen worden war. Es konnte aber auch Mode sein.

Doch was es auch war, es ließ sie nur noch schöner erscheinen.

»Und was machst du?« fragte sie. Sie klappte die Speisekarte zu, auf der ein gelber Drache abgebildet war; die Zeichnung war ziemlich mißlungen.

»Ich gehe noch zur Schule«, sagte ich, »und ihr?«

»Wir sind fast fertig«, sagte Andrea, »darum sind wir hier.«

»Um zu feiern, daß wir so hart gearbeitet haben«, fügte Milena hinzu.

Der Weißwein, den ich bestellt hatte, wurde serviert.

»Ist das chinesischer?« fragte Andrea. Sie schien die Frage sehr lustig zu finden, denn sie begann laut zu lachen, und sicherheitshalber lachte ich mit.

Beide saßen sie da, als könnten sie jeden Moment wieder weglaufen, ohne sich auch nur zu verabschieden.

»Wie heißt du?« fragte Andrea den Kellner.

Er murmelte einen unverständlichen Namen.

Dann murmelte er noch einen unverständlichen Namen, und dann noch einen, bis wir begriffen, daß er uns die Spezialitäten des Tages aufzählte.

Niemand wollte eine Spezialität des Tages.

»Schön, dich kennenzulernen«, sagte Andrea zum Kellner, »du hast schöne Augen.«

In seinem Gesicht erschien ein Lächeln, doch es war ein gequältes Lächeln. Ein Lächeln, das ihm Schmerzen zu bereiten schien.

Er notierte die Bestellung und ging. Wir hatten Ente genommen. Wir wollten uns zu dritt eine Pekingente teilen.

»Wie festlich«, sagte ich. »Pekingente!«

Papa redete immer von festlichem Lachs, von einem festlichen Beefsteak oder festlichem Foie gras, und jetzt machte ich es genauso.

Amour fou und Pekingente, es war eine seltsame Kombination, doch keine, die den Erfolg von vornherein ausschloß.

»Wir haben noch nie Pekingente gegessen«, sagte Milena.

»Nein«, sagte Andrea, »wir mußten nach Wien kommen, um die Pekingente zu entdecken.« Nach diesen Worten holte sie sich etwas aus der Nase.

»Tschuldigung«, sagte sie, »das war mir im Weg. Es macht dir doch nichts aus? Normalerweise mache ich das nie, wenn Leute dabei sind, aber du bist so nett, und es hat mich wirklich gestört.«

Ich machte eine Kopfbewegung, die alles bedeuten konnte: Daß es nichts machte, daß es sehr wohl etwas machte oder daß auch in meiner Nase alles mögliche steckte, das entfernt werden mußte.

Sie hatten sich für die Blumen nicht bedankt. Es war natürlich auch sehr altmodisch, sich für Blumen zu bedanken, auch wenn es sich dabei um langstielige Rosen von Rolf Szlapka handelte, vielleicht etwas zu altmodisch.

Die *Amour fou* kam ohne Dankeschön aus.

»Du schämst dich doch nicht für uns?« fragte Andrea.

Wieder machte ich eine unbestimmte Kopfbewegung.

Wie sollte ich mich für sie schämen? Wenn ich mich für irgend etwas schämte, dann viel eher für mich, und daß ich »festlich« gesagt hatte, so wie Papa es immer machte.

Andrea war dürr, doch sie aß die Hälfte von Milenas Teller und bestimmt drei Viertel von meinem. Pekingente war ziemlich fett, diese jedenfalls war eine ganz fette.

Als ihr kalt wurde, gab ich ihr mein Jackett.

Andrea betrachtete sich damit im Spiegel.

Meine Jacketts suchte immer Mama für mich aus.

»Und wo wohnt ihr?« fragte ich.

Im Gespräch entstanden unbehagliche Pausen. Andrea hatte schon ein paarmal gesagt: »Wenn dir nichts einfällt, was du sagen kannst, mußt du uns eben was vorsingen.«

Ich sagte ihr, daß ich nicht singen konnte, daß aber meine Mama früher für Geld gesungen, dann aber damit aufgehört hatte, als das erste Kind kam.

»Und was macht sie jetzt«, fragte Milena, »deine Mama?«

Ich nahm etwas Haut von der Ente auf meinem Teller, und Andrea zündete sich eine Zigarette an.

Was machte meine Mutter, was machte sie jetzt? Sollte ich sagen: »Mama bricht Herzen«? Konnte man so was von seiner eigenen Mutter sagen?

Papa ließ sie in allem gewähren, er duldete ihre Liebhaber, solange bestimmte, unausgesprochene Gesetze nicht übertreten wurden.

Manchmal hatte ich das Gefühl, daß sie ihm das übelnahm. Daß sie es irgendwie schade fand, daß er sie nie an den Haaren zog und schrie: »Jetzt langt's mir aber mit deinen Liebhabern, ab jetzt wirst du dich anständig benehmen.«

Das hätte sie Papa natürlich nie gesagt, sie redete sowieso nicht viel mit ihm, doch an manchen Tagen schien sie ihn regelrecht zu provozieren, als hoffte sie, er würde sagen: »Wo gehst du so spät noch hin?« oder: »So gehst du nicht auf die Straße, zieh dir gefälligst was anderes an.« Doch Papa sagte nie etwas. Papa schwieg.

»Meine Mama«, sagte ich, »hat viele gesellschaftliche Verpflichtungen.«

»Und du?« fragte Milena.

»Ich bin ein Mensch in der Revolte.«

»Kostet das sehr viel Zeit?« wollte Milena wissen.

»Bist du das schon lange?« fragte Andrea.

»Seit heute nachmittag«, sagte ich.

Andrea kniff die Augen zu, als müsse sie gegen die Sonne sehen, und sagte: »Als wir dich zuerst sahen – als du fragtest, ob du uns die Stadt zeigen dürftest –, da dachten wir, du wärst ein Vergewaltiger.«

»Ja«, sagte Milena, »wir sind in Wien schon drei Vergewaltigern begegnet.«

»Ihr seid doch nicht vergewaltigt worden?«

»Nein, das noch nicht«, sagte Andrea und zog lautstark die Nase hoch.

»Und woher wißt ihr dann, daß es Vergewaltiger waren?«

»So was fühlt man«, sagte Milena.

Andrea ließ etwas Zigarettenasche auf mein Jackett fallen.

Ich konnte nicht genau sagen, ob es aus Versehen oder aus Absicht geschehen war.

»Mach mir keine Löcher rein«, wollte ich sagen, doch zum Glück merkte ich noch, bevor ich den Mund öffnete, wie spießig sich das anhörte. Die *Amour fou* war schon ein paar Löcher wert.

Andrea war immer noch kalt. Ihr schien immer kälter zu werden.

»Wollt ihr gehen?« fragte ich.

»Wir möchten noch einen Kaffee«, sagte Andrea, »sonst schlafen wir ein. Wir haben heute nacht nicht viel geschlafen.«

»Und die Nacht davor auch nicht«, sagte Milena.

Das mit dem nicht Schlafen schien mir ein gutes Zeichen. Wenn ich es richtig verstanden hatte, hingen so allerlei Dinge mit wenig Schlaf zusammen.

Die Gesellschaft, die ihre kupferne Hochzeit gefeiert hatte, erhob sich umständlich vom Tisch.

Das Essen lag ihnen schwer im Magen. Oder die kupferne Hochzeit.

Der Kaffee kam. Milena stand auf und ging auf die Toilette. Sie war absolut nicht dürr.

»Hat sie dir schon gesagt, daß ihr Vater Norweger ist, ein richtiger Wikinger?« fragte Andrea.

»Ja«, sagte ich.

»Du mußt nicht alles glauben, was sie sagt. Ihr Vater ist ein ganz normaler Däne.«

»Ein Däne«, wiederholte ich.

»Sag nicht, daß ich es dir verraten habe.«

»Nein, natürlich nicht.«

Andrea betrachtete die Rosen, die inzwischen ziemlich ramponiert waren.

Sie seufzte.

»Ich mag keine Rosen«, sagte sie. »Keine roten jedenfalls.«

»Ich auch nicht«, sagte ich. »Sollen wir sie wegwerfen?«

Milena kam von der Toilette zurück.

Bevor sie sich wieder setzte, sagte sie: »Wir wohnen bei einem Freund meines Stiefbruders, das wolltest du doch wissen?«

Die Frage hatte ich ungefähr eine halbe Stunde zuvor gestellt.

»Ja«, sagte ich, »das wollte ich wissen. Und – schöne Wohnung?«

Beide zuckten gleichzeitig mit den Schultern.

»Eine Wohnung eben«, sagte Andrea, und Milena flüsterte: »Eine ziemlich kalte Wohnung.«

Wir bekamen noch ein wenig chinesisches Gebäck, doch das konnte Andrea genausowenig begeistern wie meine Rosen.

Die Rechnung wurde diskret auf den Tisch gelegt. Der chinesische Kellner entfernte sich eilig, zweifellos fürchtete er noch mehr unerbetene Komplimente.

»Wir mögen Männer lieber als Blumen«, sagte Milena.

Ich nahm die Rechnung von einem Teller, auf dem noch ein paar eingepackte Pfefferminzpastillen lagen, und studierte sie, bis mir einfiel, daß auch das schrecklich altmodisch war.

Ich warf einen Blick auf die Summe. In Zukunft würde ich nur noch auf die Summe achten.

»Sei vorsichtig«, sagte Andrea, »ihre Mutter kommt aus Algerien, sie ist sehr heißblütig.«

»Mein Vater ist Wikinger«, sagte Milena.

»Eine algerische Jüdin«, fuhr Andrea fort, »und furchtbar heißblütig.«

»Algerische Jüdinnen sind wirklich sehr heißblütig«, sagte Milena, »und auch sehr dick. Aber zum Glück hab ich auch das Normannenblut in mir.«

»Habt ihr Lust, irgendwo noch was zu trinken?« fragte ich.

»Wie spät ist es?« fragte Andrea. Und ohne auf Antwort zu warten: »Dann müssen wir kurz mal anrufen, der Freund ihres Stiefbruders wartet auf uns. Hast du Kleingeld?«

Ich suchte in meiner Hosentasche und drückte Andrea ein paar Münzen in ihre kleine, zierliche Hand.

Minuten verstrichen. Wenn das hier Mamas Ballett war, hatte sie gerade unzufrieden und ungeduldig den Kopf geschüttelt. Ungeduldig war sie. Fast alles ging ihr zu langsam und dauerte viel zu lang.

Ich nahm eine nachdenkliche Pose ein. Der Kellner brachte das Wechselgeld, und ich tat immer noch so, als sei ich in tiefes Nachdenken versunken.

Milena kaute Kaugummi. »Sehe ich algerisch aus?« fragte sie.

Ich betrachtete ihr Gesicht.

»Nein, das nicht«, sagte ich, »aber exotisch, das schon.« Auch diese Antwort tat mir sofort leid.

»Sie ist eine Quasselstrippe«, sagte Milena. »Aber das kommt, weil sie so unsicher ist.«

Sie tat ihr Kaugummi in eine leere Zigarettenpackung.

»Morgens geht sie immer mit dem Freund von meinem Stiefbruder ins Bad, und dann redet sie in einer Tour.«

»Im Bad?«

»Ja, wo denn sonst? Stundenlang hockt sie mit ihm da drin, ich werd noch verrückt.«

»Aha«, sagte ich. »Sie sitzen also zusammen im Bad und reden? Ist der Freund von deinem Stiefbruder auch ein Wikinger?«

»Nein, der ist Algerier. Ein halber, genau wie ich.«

Andrea kam zurück, sie setzte sich nicht mehr hin.

»Alles paletti«, sagte sie, »gehen wir.«

Die Tür des Restaurants war schon abgeschlossen.

Der Kellner mit den schönen Augen hielt uns mit einer Verbeugung die Tür auf. Die Rosen, die ich hatte wegwerfen wollen, weil sie Andrea nicht begeisterten, hielt sie jetzt in der Hand.

Sie sah meinen Blick.

»Ist doch Verschwendung«, sagte sie, »oder?«

Es war ein »oder« mit einem ganz großen Fragezeichen.

Ich hatte keine Ahnung, wohin ich mit ihnen gehen sollte, Andrea trug immer noch mein Jackett, mir war kalt, doch ich hatte bei Gott und meiner Mutter geschworen, nicht mit den Zähnen zu klappern. Die Pekingente hatte finanziell ganz schön reingehauen. Und ich hatte immer gedacht, chinesisch essen sei billig.

»Mir ist egal, was wir machen«, sagte Andrea, »aber ich will nicht hier stehenbleiben.«

Sehr erregend scheinst du uns ja nicht zu finden

Schräg gegenüber vom jüdischen Museum lag eine amerikanische Bar, wo ich noch nie gewesen war, doch wo ich jetzt hineinschlenderte, als täte ich das jeden Tag.

Eine amerikanische Bar in einem Keller, das schien mir genau das Richtige für junge Frauen aus Luxemburg.

An der Bar standen vier Hocker. Außerdem nur noch ein paar Tische mit Teelichtern.

Statt Stühlen standen Klötze aus abgesägten Baumstämmen an den Tischen.

Andrea sah sich um.

»Ich setze mich nicht auf einen abgesägten Baumstamm«, sagte sie.

»Nein«, sagte Milena, »das haben wir zu Hause auch.«

Auch der Barkeeper war kein Amerikaner. Er kam aus Tirol.

»Das ist mein erster Abend«, sagte er, »ihr müßt mir also ein bißchen helfen, wenn ihr was Kompliziertes trinken wollt.«

»Wir wollen nichts Kompliziertes trinken«, sagte Andrea.

Und Milena sagte: »Wir wollen irgendwas, mach einfach, was du kannst.«

»Eigentlich möchte ich einen Kaffee«, sagte ich, »kann man hier auch Kaffee bekommen?«

Der Mann aus Tirol sah sich um und sagte: »Ich glaube schon.«

Jetzt war ich an der Reihe, mich auf eine lange Nacht vorzubereiten.

»Hast du keine Freunde?« fragte Andrea.

Sie spielte mit Kerzenwachs.

»Ich habe zwei Brüder«, sagte ich.

»Aha«, sagte Milena, »jetzt läßt er die Katze aus dem Sack.« Und sie kicherte.

Wie fangen Alpträume an? Das habe ich mich schon oft gefragt. Geschichten fangen an, Leben fangen an, das Meer fängt irgendwo an und hört irgendwo wieder auf, alles fängt irgendwo an, nur Alpträume nicht. In Alpträumen verirrt man sich, und daß es sich um einen Alptraum handelt, merkt man erst, wenn man sich mittendrin befindet, und dann fragt man sich: »Warum habe ich bloß früher nichts gemerkt? Warum hat mich niemand gewarnt? Wie konnte ich nur so blind sein?«

Der Kaffee kam. Er war lauwarm. Ich wagte deswegen nichts zu sagen. Lauwarmer Kaffee, und wenn schon, und wenn sie sich die Hände darin gewaschen hätten!

»Können deine Brüder nicht kommen?« fragte Andrea. »Oder haben wir dich den ganzen Abend allein am Hals? Ja, ich mein das nicht unfreundlich, aber wir sind nun mal zu zweit, und du bist allein.«

Ich sah zur Decke, die auch aus Baumstämmen gezimmert zu sein schien. »Meine Brüder sind älter als ich und immer ziemlich beschäftigt«, sagte ich.

»Wir dachten uns schon, daß du der Jüngste bist«, sagte Milena.

»O ja?«

»So was fühlt man«, sagte Andrea, »ich bin auch die Jüngste.«

»Aber zuerst dachten wir, du wärst ein Vergewaltiger, als du uns die Stadt zeigen wolltest, obwohl du uns überhaupt nicht kanntest. Da haben wir uns angesehen und gedacht: Wieder so einer.«

Ich rieb mir mit der Hand über die Hose. Es war eine feuchte Hand, so wie es im Herbst im Wald feucht sein kann.

»Ich bin kein Vergewaltiger«, sagte ich, »ich dachte nur, daß ihr vielleicht die Stadt sehen wolltet.«

»Wir haben das meiste schon gesehen«, sagte Andrea. »Vielleicht gehen wir morgen noch in ein gutes Museum.«

Auch zu dem Gast, der gerade hereingekommen war, hörte ich den Mann aus Tirol sagen: »Das ist mein erster Tag heute, wenn Sie etwas Kompliziertes möchten, müssen Sie mir ein bißchen helfen.«

»Ein Schloß ist auch okay«, sagte Milena. »Ein schönes, altes Schloß.«

Mama liebte Schlösser, und ich dachte an ihre Garderobe und daran, wie sie eines Abends vor nicht allzu langer Zeit Hot pants getragen hatte. Aus rotem Leder. Papa hatte den Kopf geschüttelt, doch auch die Hot pants konnten ihn nicht dazu bringen, sein Schweigen zu brechen. Mama hatte die Figur eines jungen Mädchens, nur an ihren Augen konnte man sehen, daß sie älter war und daß das Leben an ihr geknabbert hatte. Mama wollte glitzern und begehrt werden. Doch alles, was weiter ging, wehrte sie ab. Das würde ihrem Glanz schaden, ihn letztlich vernichten. Mama hatte

Schmerzen, wenn sie nicht glänzen konnte, die kleinste Unvollkommenheit folterte sie, sie hat zahllose Frisöre zur Verzweiflung gebracht. Wer immer nur glänzen will, existiert nicht, wenn die anderen nicht hinsehen.

»Ruf deine Brüder an«, sagte Andrea, »vielleicht haben sie Lust auf eine amerikanische Bar.«

Ich suchte in meinen Taschen nach übriggebliebenem Kleingeld. »Wo kann ich hier telefonieren?« fragte ich.

»Im Keller, auf der Toilette«, sagte der Barkeeper.

»Ich glaube nicht, daß sie kommen wollen, aber ich werde mich bemühen«, sagte ich zu Andrea.

Der Diamant in ihrer Nase glänzte im Kerzenlicht.

»Versuch's halt«, sagte sie. »Es wird schon klappen.«

Ich bekam das Dienstmädchen ans Telefon.

»Marek«, sagte sie, »wo bist du? Du bist nicht zum Abendessen gekommen.«

»Nein«, sagte ich, »ich konnte nicht.«

Ich fragte, ob ich Pavel sprechen könnte. Dann hörte ich, wie sie seinen Namen rief, und dachte an Milena und Andrea, und an Pavels Karriere, die er schon mit neun so ernst genommen hatte.

»Was gibt's?«

Seine Stimme klang immer, als kämpfe er gerade mit einer Erkältung. Er massierte sich mehrmals täglich die Hände mit einem kostbaren Öl, denn er hatte kostbare Hände, mit denen er auf internationalen Konzertpodien kostbare Instrumente berühren würde. Bis er einige Jahre später die Ökonomie für sich entdeckte und von einem Tag zum anderen beschloß, ein genialer Wirtschaftswissenschaftler zu werden. Ich glaube, es war ihm ziemlich egal, was er tat, wenn man ihn dabei nur für genial hielt.

Schon solange ich ihn kannte, lechzte er nach dem Applaus der Welt. Das muß eine Familienkrankheit sein.

Manche Leute lechzen ihr ganzes Leben danach, und erst kurz vor dem Tod merken sie, daß sie vor leerem Saal gespielt haben.

Vielleicht ist es das, was man scheitern nennt, das Scheitern, das meine Brüder und ich zu bekämpfen gelernt hatten, indem wir Tag und Nacht dem Erfolg und der Anerkennung hinterherliefen. Dabei kommt es ganz darauf an, wie man Scheitern definiert. Für die meisten bin ich wohl gescheitert, denn es gibt nicht viele Philosophen, denen die Welt Applaus spendet. Nur eben: Ich will ja gar kein Philosoph sein, mein Studium ist ein Vorwand, eine Art Strafe.

Ich erklärte Pavel, wo ich war und mit wem.

Natürlich sagte ich nichts über die *Amour fou,* über Herrn Hobmeier und Mamas Schmuck von ihren Liebhabern, der viel weniger wert war, als wir immer gedacht hatten. Wir sprachen nie über wichtige Dinge, Pavel und ich, wir sprachen eigentlich nie über unsere Eltern. Höchstens mal ein: »Das ist wieder mal typisch Mama« oder: »Papa ist für zwei Tage nach Frankfurt gefahren.«

Pavel klang fröhlich. Das war selten.

Er sagte, daß er die Bar kenne und auf einen Sprung vorbeischauen werde, und an seiner Stimme konnte ich hören, daß er vorhatte, als der ältere Bruder zu kommen, der begabte, ältere Bruder, der kostbare Instrumente berührt und hatte spielen dürfen und der seine Hände mehrmals täglich mit kostbarem Öl massierte.

Bei dem Gedanken mußte ich lächeln, weil ich mir nicht vorstellen konnte, daß Andrea und Milena von ihm und seinen Geschichten besonders beeindruckt sein würden.

»Ich komme sofort«, sagte er. »Aber ich glaube nicht, daß ich lang bleibe. Ich will mir nur mal schnell die zwei Backfische ansehen.«

»Na ja – Backfische!« sagte ich. »Mädchen aus Luxemburg!«

»Wie ich dich kenne, sind es bestimmt Backfische.«

Manche Frauen bleiben ihr Leben lang ein Backfisch. Sie behalten etwas zu hohe Stimmen, schwingen etwas zu energisch ihre Handtaschen, kichern im falschen Moment, und wenn gar nichts Kokettes mehr an ihnen ist, machen sie immer noch Bewegungen mit Kopf und Händen, die irgendwann in ferner Vergangenheit einmal als kokett angesehen wurden. Ich glaube, daß Pavel das mochte, denn er hat eine Frau geheiratet, die ein Backfisch ist und auch bis zu ihrem Tod einer bleiben wird. Sie mag mich nicht. Als ob sie fühlt, daß ich sie durchschaue und dann den nackten Backfisch sehe, der sie immer geblieben ist.

Ich ging wieder nach oben. »Pavel kommt gleich«, sagte ich, »ihr findet ihn bestimmt nett.«

»Sieht er dir ähnlich?« fragte Andrea.

Er sah mir nicht ähnlich, er ähnelte niemandem in der Familie, höchstens Papa, ein kleines bißchen, denn der war auch so groß. »Er ist größer«, sagte ich und wollte noch mehr sagen, doch es schien mir besser, wenn sie das selbst herausfänden. Neben Andrea lagen immer noch die ramponierten Rosen in ihrem zerrissenen Papier.

Manchmal konnte Mama sich den Namen eines Liebhabers einfach nicht merken, dann sagte sie zu mir: »Den Herrn da am Klavier, den kenne ich, aber wie heißt er gleich wieder?«

Manchen Männern machte es nichts aus, daß sie Mamas Gedächtnis ständig auffrischen mußten, selbst wenn es sich um etwas so scheinbar Simples wie ihren Namen handelte. Doch andere waren sehr enttäuscht darüber und sagten: »Wenn du dir nicht mal meinen Namen merken kannst, sollten wir uns vielleicht besser trennen.«

Mama sah mich an und sagte dann: »Was sind manche Männer doch anspruchsvoll.«

Mamas Liebe brauchte keine Namen. Mama sagte: »Die wichtigen Dinge merke ich mir schon. Ein Name ist nicht wichtig, eine Adresse übrigens auch nicht.«

Was denn dann die wichtigen Dinge waren, wenn Namen und Adresse so unwichtig sind, habe ich sie nie fragen können.

Andrea trank jetzt auch Kaffee, als wolle sie sich auf die soundsovielte schlaflose Nacht vorbereiten.

»Du siehst nicht sehr erregt aus«, sagte Milena plötzlich.

Sie starrte in meinen Schritt.

Andrea schaute jetzt auch.

»Nein«, sagte sie, »sehr erregend scheinst du uns nicht zu finden.«

»Ich habe gerade gegessen«, sagte ich.

»Oh«, sagte Andrea, »nach dem Essen bist du also nie erregt? Dann würd ich mal weniger essen, wenn ich du wär.«

Und Milena sagte: »Und außerdem: ›gerade‹! Das Essen ist jetzt auch schon wieder zwei Stunden her.«

Ich mußte etwas tun, doch ich wußte nicht was.

Ich war wie gelähmt. Als Mama starb, war ich auch wie gelähmt gewesen, wie erfroren, so schien es. Alle redeten mit mir und trösteten mich, und ich dachte nur: »Soll ich jetzt bei Papa wohnen bleiben oder aus dem Haus gehen?« Als ob Gedanken durch meinen Kopf spukten, die dort nicht hingehörten, doch die ich einfach nicht loswerden konnte.

Später dachte ich: »Hoffentlich ziehen sie Mama ein schönes Kleid an und nicht irgend so ein ausrangiertes, bloß weil sie es Verschwendung finden, sie in einem Emmanuel Ungaro zu begraben.

Mama liebte Kleider von Emmanuel Ungaro über alles, sie behauptete sogar, ihn einmal persönlich getroffen zu haben. Wenn das Leben ein Zimmer war, dann hatte Mama ihres mit tausend Luftschlangen und Girlanden ausstaffiert, und Luftschlangen sind schließlich keine Lügen. Doch andere Leute rissen ihr die Luftschlangen immer wieder von den Wänden.

Vielleicht waren Mamas Luftschlangen nicht schön genug, oder sie hatte sie an den falschen Stellen aufgehängt oder in den falschen Momenten.

Eines Tages hatte sie es satt, immer wieder auf die Küchenleiter zu steigen und neue Luftschlangen aufzuhängen, und beschloß, dann lieber in einem leeren Zimmer zu leben.

»Ich verdaue nicht so schnell«, sagte ich.

Mit dem Handrücken streichelte mir Andrea über die Wange.

»Was willst du von uns – außer Sex?«

Ich gab mir Mühe, so neutral wie möglich dreinzusehen.

Und dann gab ich mir auch noch Mühe zu lächeln.

Nach Luft schnappen war etwas für Fische, nicht für Menschen.

Jetzt wußte ich, wie *Amour fou* anfing.

Andreas Hand glühte auf meiner Wange nach, als habe sie ein paar brennende Zigarren dagegen gehalten.

Papa rauchte Zigarren, er hatte schon zwei Kleider von Mama verdorben, indem er aus Versehen mit der Zigarre dagegen kam. Und zack, war wieder ein Loch im Kleid!

Mama sagte: »Dein Vater ist einer der ungeschicktesten Männer, denen ich je begegnet bin, ich muß blind gewesen sein, als ich ihn kennenlernte.« Aber Papa sagte: »Dann darf sie eben nicht solche Kleider kaufen, die schon auseinanderfallen, wenn man sie nur anguckt.«

»Ich möchte euch die Stadt zeigen. Sagte ich doch.«

Jetzt lachten sie beide so aufgemöbelt, daß es fast schien, als seien sie fröhlich.

Kurz darauf kam Pavel in die Bar. Er hatte sich extra noch einmal umgezogen und seinen besten Anzug hervorgeholt. Seine Haare glänzten. Vielleicht schmierte er sich das Öl, mit dem er sich die Hände massierte, auch in die Haare.

»Das ist Pavel«, sagte ich, »mein Bruder – Pavel, das sind Andrea und Milena.«

Ich betrachtete Pavels Hände. Er hat sehr kleine Hände. Manche Leute verliebten sich in seine Hände, so überaus zierlich und gepflegt waren sie.

Er legte seine Hände auf die Theke. Jeder hat ein anderes Körperteil, mit dem er Staat macht.

»Wir haben dich beim Abendessen vermißt«, sagte Pavel, »aber ich verstehe natürlich, daß die Damen vorgingen.«

Pavel benutzte gern Worte und Ausdrücke, die ihn älter

erscheinen ließen. Jetzt, wo er wirklich älter ist, benutzt er diese Worte und Ausdrücke immer noch, aber sie haben nicht mehr denselben Effekt.

Andrea seufzte tief auf.

»Pavel«, sagte Andrea, »sag mal: Wie ist es, Österreicher zu sein?«

In der Herrentoilette standen wir nebeneinander und pinkelten.

Ich konnte nicht richtig pinkeln, wenn Leute danebenstanden. Pavel hatte damit weniger Probleme.

Während ich noch damit beschäftigt war, Flüssigkeit aus meiner Blase zu pressen, betrachtete Pavel sich im Spiegel. Er pulte etwas zwischen seinen Zähnen hervor und warf es auf den Boden. Pavel achtete auf die kleinste Unvollkommenheit. Er zupfte sich als erster in der Familie die Augenbrauen. Es sind vor allem unsere Augenbrauen, die einander ähneln.

Pavel kämpfte nicht gern, doch er sagte: »Wenn's hart auf hart kommt, mußt du die Augen treffen und dann fest zudrücken.«

»Bist du immer noch nicht fertig?« fragte er.

Pavel hatte Andrea mit seiner Geschichte sehr zum Lachen gebracht, wie ich das Dienstmädchen in der Küche zu küssen versuchte und die halben Pfirsiche auf dem Boden gelandet waren. Das war außergewöhnlich, denn normalerweise brachte er nie jemanden zum Lachen. Doch Andrea lachte viel an jenem Abend.

Ich machte meinen Reißverschluß zu, hielt meine Hände zwei Sekunden unter den Wasserhahn und sagte: »Ja.«

»Ja – was?«

»Ja«, sagte ich, »wir können gehen.«

Als endgültig klar wurde, daß ich kein Balletttänzer werden würde, nicht einmal ein unbedeutender, warf Mama all ihre Hoffnungen auf Pavel und seine kostbaren Instrumente.

Es war Frühling, doch die Nächte waren noch kalt, und als wir in den Barraum zurückkamen, sah ich, wie Andrea und Milena bibbernd dasaßen. Pavel zog sein Jackett aus und legte es Milena über die Schultern, obwohl sie sagte, das sei nicht nötig. Schon von weitem konnte man die Gänsehaut auf ihren Armen sehen.

Ich mußte lernen, alles zu vergessen, was ich gelernt hatte. Das war, dachte ich, der Kern der *Amour fou*, jedenfalls für den Anfang.

Und vielleicht ist man damit den Rest seines Lebens beschäftigt: Zu vergessen, was man gelernt hat, und die Stimmen zu unterdrücken, die einem sagen, daß es für Erfolg keinen Ersatz gibt. Und daß du nie erfolgreich sein wirst, wenn dein Jackett voller Flecken ist.

Mama machten Flecken nichts aus. Sie sagte immer: »Dann kaufen wir eben was Neues.«

Doch Mama hatte unsere Erziehung anderen Leuten übertragen.

Auf der internationalen Schule hatten sie mich einmal gefragt: »Wer ist bei euch zu Hause für die Erziehung zuständig?«

Eine seltsame Frage, als sei die Erziehung so etwas wie der Abwasch. Für den Abwasch ist das Dienstmädchen zuständig, und die Erziehung haben wir ganz weggelassen.

Ich hatte den Betreuer angesehen, der mir diese Frage gestellt hatte.

»Ich glaube, mein Vater«, sagte ich, »Mama ist ziemlich oft abwesend.«

»Hat sie mit ihrer Arbeit so viel zu tun?« fragte er interessiert. »Sie macht viel Wohltätigkeitsarbeit, nicht wahr?«

»Ja, das stimmt«, sagte ich ziemlich frostig. Die Frage, wer bei uns zu Hause für die Erziehung zuständig war, lag mir immer noch schwer im Magen.

Der Betreuer nahm meine Hand. »Frauen wie deiner Mutter«, sagte er, »ist es zu verdanken, daß diese Welt noch existiert.«

Ich lächelte.

Pavel zahlte für uns alle. Der Mann aus Tirol bedankte sich, und ich bemerkte, wie er Andrea und Milena ansah, mit einem Blick, den ich später noch so oft sehen sollte. Pavel ging als erster, seine kostbaren Hände flatterten durch die Luft, und wir folgten ihm.

Es hatte zu regnen angefangen, und Milena sagte: »Ich hab schon irre lang nicht mehr geduscht.«

»Ihr Vater ist ein Wikinger«, sagte ich, und es tat mir leid, daß ich Pavel angerufen hatte. Ich hätte sagen sollen, daß ich keine Brüder hatte, und auch keine Freunde, daß sie mit mir vorliebnehmen müßten, und wenn ihnen das nicht paßte, zum Freund des Stiefbruders zurückgehen müßten.

Pavel wollte ein Taxi anhalten, doch die waren alle besetzt, denn es regnete.

Ich legte meinen Arm um Milena. Pavel hatte seinen Arm um Andrea gelegt. Die Auswahl war begrenzt.

»Wir gehen nach Hause«, sagte er. »Alle schlafen schon, und Mama hat andere Sorgen.«

Letzteres stimmte, doch das bedeutete noch lange nicht, daß sie sich nicht darum kümmern würde, wen wir mit nach Hause brachten.

»Wir nehmen nur noch einen Kaffee«, sagte Andrea, »wir wollen nichts mehr trinken.«

»Ich will Tee«, sagte Milena.

Dann gelang es Pavel, ein Taxi anzuhalten.

Er setzte sich nach vorn und ich mich auf den Rücksitz zwischen Milena und Andrea.

Jetzt sagte sie nichts mehr, und ich fragte Milena, warum sie so lange nicht mehr geduscht hatte.

»Weil die junge Frau da jeden Morgen zwei Stunden lang das Bad besetzt hält.«

Mein Vater ist ein Wikinger

»Zieht eure Schuhe aus«, sagte Pavel, als wir im Flur standen. »Unser Vater hat einen leichten Schlaf, und er ist immer auf Einbrecher gefaßt.«

In Papas Nachtschränkchen lag eine Waffe, und in nicht allzu langer Zeit sollte auch in Mamas Nachtschränkchen eine Waffe liegen.

Manchmal steckte Papa sich auch Watte in die Ohren, weil er von den Geräuschen verrückt wurde, die Mama machte, wenn sie nachts auf der Suche nach irgend etwas durchs Haus lief. Wie aber konnte man mit Watte in den Ohren auf Einbrecher gefaßt sein?

Andrea und Milena zogen ihre Schuhe aus.

Wir gingen in Pavels Zimmer im ersten Stock, wo viele kostbare Instrumente herumstanden und -hingen.

Er spielte Klavier und Geige. Man sagte, er sei besser am Klavier, doch ich hörte keinen Unterschied.

»Ich koch uns einen Tee«, sagte Pavel und rannte hinunter in die Küche.

Es kam nicht oft vor, daß er so beflissen war.

Milena und Andrea gingen durchs Zimmer und betrachteten die Instrumente und ein großes Plakat für eine Oper von Alban Berg, das Pavel sich an die Wand gehängt hatte, vielleicht weil er hoffte, es irgendwann auch einmal so weit zu bringen.

»Ihr wohnt schön«, sagte Milena.

»Seid ihr reich?« fragte Andrea.

»Na ja, reich...« sagte ich.

Ich zog die Vorhänge zu. Nicht daß jemand hereinsehen konnte, es ging ums Prinzip.

Jeder Mensch hat irgendwann einmal gedacht, er sei das einsamste Wesen auf Erden. Eine Zeitlang habe auch ich das gedacht, ungefähr einmal pro Stunde. Später lernt man dann andere Leute kennen, und irgendwann trifft man jemanden, der noch einsamer ist als man selbst. Und man denkt, man teile einen gewissen Sarkasmus mit ihm oder eine Vorliebe für Waldspaziergänge oder für ein Buch oder für ganz kleine, kernlose Trauben, man denkt, es müsse doch einen Grund geben, warum man mit dieser einen Person seine Zeit verbringt und nicht mit jemand ganz anderem, bis man merkt, daß es die Einsamkeit ist, die einen am anderen anzieht und auch wieder abstößt.

»Ist dein Bruder Musiker?« fragte Andrea.

»So ungefähr«, sagte ich. Ich hatte mich auf seinen Schreibtischstuhl gesetzt. Ich saß nicht oft hier. Ich kam fast nie in sein Zimmer. Um genau zu sein, war es mir verboten, Pavels Zimmer zu betreten, bei Strafe einer Ohrfeige.

»Ist dein Bruder berühmt?« fragte Andrea.

Jetzt war ich an der Reihe zu lachen. »Nein«, sagte ich, »bis jetzt noch nicht, aber das kommt bestimmt noch.« Oben auf meinem Zimmer lag die Eiswaffel von heute nachmittag, und ich mußte plötzlich an Herrn Szlapka junior denken. »Ich kann dich nicht vergessen«, hatte ich ihn einmal sagen hören, »ich versuche es schon die ganze Zeit, aber es gelingt mir nicht.« Und Mama hatte geantwortet: »Ach, du Armer, versuch's doch noch einmal.«

Ich hörte Schritte und erwartete Pavel mit Tee und vielleicht ein paar Chips aus der Speisekammer.

Aber es war Mama. Im Morgenrock, doch trotzdem hatte sie nicht vergessen, sich die Lippen zu schminken, ihr Haar hochzustecken und sich Pantoffeln an die Füße zu ziehen, die perfekt zu ihrem Morgenmantel paßten. Sie waren rosa.

Es wurde wieder still.

Sie stand da und sah uns an, als sei gerade der Vorhang hochgegangen und sie frage sich, was wohl heute abend gespielt würde.

»Das ist meine Mutter«, sagte ich und wollte ihr Milena und Andrea vorstellen, doch davon wollte Mama nichts wissen.

Sie ging resolut in Andreas und Milenas Richtung, schoß jedoch an ihnen vorbei und blieb erst bei den Vorhängen stehen, die sie mit einem Ruck aufzog.

»Was für ein Mief«, sagte sie, »und wie ungemütlich. So empfängt man doch keine Leute, Marek! Was wollt ihr essen?«

»Das sind Andrea und Milena, Mama«, sagte ich, »und sie haben gerade gegessen.«

Mama sah mich an, als wolle sie sagen: »Wer hat dich denn gefragt?«

»Na ja, eine Kleinigkeit würden wir schon noch reinbekommen, Frau van der Jagt«, sagte Andrea.

Mama führte uns ins Wohnzimmer, wo sie uns Kekse anbot. Daß sie die gefunden hatte, war ein wahres Wunder.

Fragen stellte sie nicht, sah nur zu, wie Andrea und Milena aßen.

Pavel kam mit Tee und Kaffee. Jetzt mußte er die Bühne mit Mama teilen. »Hattet ihr einen schönen Abend?« fragte sie, während Pavel Milena Tee einschenkte.

»Ja, sehr schön«, sagte Andrea, »wir haben Pekingente gegessen. Ihr Sohn war sehr nett zu uns.«

Mama nickte, und in meinem Kopf begann ein Umzug mit Majoretten und Trommeln und Massen von Leuten, die Transparente hochhielten, auf denen die *Amour fou* propagiert und gefeiert wurde.

»Ihr Sohn war sehr nett zu uns«, das bedeutete was, das war nicht irgendeine Mitteilung, von denen elf auf ein Dutzend gehen. Das bedeutete, Ihr Sohn war sehr nett zu mir, und das bedeutete wieder, ich finde Ihren Sohn nett, und von da bis zu »Ich liebe Ihren Sohn« war es nur noch ein Katzensprung. Es war alles nicht mehr weit, gleich würde es beginnen, es war so nah, daß ich es riechen konnte.

Später habe ich gelernt, daß wir es sind, die den Worten ihre Bedeutung verleihen; die Laute selbst sind unschuldig. Eine Sprache, von der man nichts versteht, tut nur sehr selten weh, vielleicht kommt daher die Wahnidee, daß man Fremdsprachen im Bett lernen könne. Wenn wir wollen, können wir in einem Geröchel mehr Bedeutung entdecken als in einem Sonett von Shakespeare. Das hatte ich gelernt, und das mußte ich mittlerweile, ein paar Jahre später, Erstsemestern beibringen, jungen Leuten mit wenig Interesse für die Problematik der Bedeutungen, und ich konnte ihnen nicht mal unrecht geben.

Heute glaube ich, meine Bemühungen waren damals womöglich nur darauf gerichtet, daß jemand meinem Geröchel Bedeutung beimessen, etwas in meinem Geröchel entdecken möge, das ich selbst darin nicht zu erkennen vermochte, so sehr ich es auch versuchte.

Es entstand eine Pause.

Das Geräusch der Löffel, die in Tee und Kaffee rühren.

»Du bist ein schönes Mädchen«, sagte Mama plötzlich und sah Milena an. »Was tut dein Vater?«

Ich stand auf.

Der Stuhl knirschte über das Parkett, und das Parkett knarrte.

»Mama«, rief ich, »was macht es aus, was ihr Vater tut?«

Doch Milena sagte ganz ruhig: »Mein Vater ist ein Wikinger, und zwei Tage vor meiner Geburt ist er weggelaufen, weil er's mit der Angst zu tun bekam.«

Mama beugte sich vor. Ihr Morgenmantel stand ein wenig offen, doch diesmal wirklich nur aus Versehen.

»Ein Wikinger?« fragte sie.

»Ja«, sagte Milena.

Und Mama wiederholte: »Ein Wikinger«, in einem Ton, als bestelle sie einen Pfannkuchen mit einer Portion Kaviar und etwas Crème fraîche.

Ich stand immer noch, und Pavel trank in aller Ruhe seinen Kaffee. Er dachte, es sei erwachsen, sich nie aus der Ruhe bringen zu lassen.

»Ein Norweger«, sagte Milena, »sehr groß und blond, das genaue Gegenteil von meiner Mutter.«

»Und er ist weggelaufen?« fragte Mama.

Etwas an dem Wikinger schien sie zu interessieren.

»Ja, er war in völlig überreiztem Zustand«, sagte Milena. »Und da hat er das Haus verlassen, wir haben ihn nie wiedergesehen.«

Mama lehnte sich zurück und nestelte an ihrem Morgenmantel. Vielleicht erwog sie gerade, das Haus jetzt auch in völlig überreiztem Zustand zu verlassen. Das tat sie ohnehin mit Vorliebe. Es kam natürlich auch mal vor, daß sie das Haus ganz normal verließ, aber ich glaube, das war ihr zu langweilig. Langweilig – es sollte mich nicht wundern, wenn das ihr Haupteinwand gegen das Leben war, daß es so langweilig war, nicht blutig genug. Wahrscheinlich liebte sie daher auch Opern so besonders, vor allem blutrünstige Opern.

Eine Uhr tickte.

Niemand sagte mehr etwas.

Verhängnisvoll war vor allem, daß Mama nicht vorhatte, schlafen zu gehen. Es war schon Viertel nach eins, doch Mama fand es urgemütlich.

»Er bringt fast nie Mädchen mit nach Hause«, sagte sie plötzlich.

Sie sah mich an.

»Und er auch nicht«, sagte sie mit einem Nicken zu Pavel. »Aber bei ihm ist es was anderes, er ist Musiker.«

Ihre Stimme klang jetzt heiser, vom Rauchen oder vom Alkohol.

Sie hatte zu rauchen begonnen, als sie ihr erstes Kind zur Welt gebracht hatte. Manchmal sagte sie: »Bevor ich Kinder hatte, hab ich nie geraucht, aber mit Kindern hält man es ohne Zigaretten einfach nicht aus.«

»Ach nein?« fragte Andrea. »Haben sie noch nie jemanden mit nach Hause gebracht?« Ihre Frechheit war nicht gespielt, nichts, was sie anderen abgeguckt hatte, ihre Frechheit war vollkommen natürlich, und ich habe nie wieder eine so schöne Frechheit gesehen.

Mama nickte abwesend. In Gedanken war sie schon wieder ganz woanders.

»Noch etwas Tee?« fragte Pavel.

Milena schüttelte den Kopf.

Wenn sie jetzt aufgestanden wären und gesagt hätten: »Dann wollen wir mal wieder«, wäre alles verloren gewesen. Alles umsonst, meine Aktion bei Herrn Hobmeier, das chinesische Restaurant, die Blumen, die amerikanische Bar, alles wäre nutzlos gewesen, weil es nicht zur *Amour fou* geführt hätte.

»Mama«, sagte ich, »wir gehen noch kurz auf Pavels Zimmer ein bißchen spielen.«

Sie erhob sich von ihrem Stuhl.

Andere Menschen stehen auf, Mama erhob sich.

»Ein bißchen spielen. Was für ein Spiel denn?«

»Monopoly«, sagte ich. Es war das erste, was mir einfiel.

»Ist das denn spielen?« fragte Mama.

Ich sah, wie Andrea und Milena sich anschauten und Pavel grinste.

Mama setzte sich wieder hin.

»Mußt du nicht schlafen?« gab ich vorsichtig zu bedenken.

Mama mochte es nicht, wenn andere Leute ihr sagten, was sie tun sollte, nicht einmal, wenn es sich wie eine Frage anhörte.

Sie schüttelte den Kopf, als verjage sie einen Schwarm Fliegen.

»Und du«, sagte sie zu Andrea, »was tut dein Vater?«

Wieder rumpelte mein Stuhl laut über das Parkett.

Alle sahen mich an, bis auf Mama.

Was machte es, was Andreas Vater tat, und wenn er im Gefängnis säße und nie wieder herauskäme, und wenn er im Wald eigenhändig drei Frauen erwürgt hätte, dann hätte ich mich immer noch Andrea zu Füßen werfen und sie anflehen wollen: »Nimm mich mit, laß dies hier nicht zu lange dauern.«

Ich warf mich niemandem zu Füßen. Zwischen dem, was ich tat, und dem, was ich hatte tun wollen, lag eine Wüste, bedeckt mit den Leichen der Menschen, die den Exodus nicht überlebt hatten, die an Austrocknung gestorben oder von der Sonne verrückt geworden waren.

»Mama«, sagte ich, »hör doch auf, solche Fragen zu stellen. Pavel, sag du was.«

Doch Pavel schwieg, und Andrea sagte: »Mein Vater ist nicht weggelaufen, er ist ganz brav.«

Beim Wort »brav« erschien ein Lächeln in Andreas Gesicht, und auch auf Mamas Gesicht breitete sich ein Lächeln aus. In ihrem Kopf erklang nun Musik, ich konnte nur nicht sagen, welche.

»Brav...« sagte Mama, »die meisten Männer sind brav.«

»Ich bin heute bei Rolf Szlapka gewesen«, sagte ich, um sie abzulenken, »er sagte, er hätte wieder weiße Rosen, und er hätte sie für dich reserviert.«

Doch Mama lächelte immer noch. In ihrem Kopf bildeten sich jetzt Gedanken, die sich dort besser nicht gebildet hätten. Das sah man an ihrem Blick, an der Art, wie sie ihre Zigarette ausdrückte, wie sie sich umsah.

Sie stand auf.

Bei anderen Leuten weiß man immer ungefähr, wohin sie gehen wollen, bei Mama wußte man das nie, vielleicht weil sie es selbst nicht wußte, weil sie manchmal den Weg in ihrem eigenen Haus nicht finden konnte. Einmal sagte sie: »Wenn du in einem dunklen Zimmer stehst, Marek, darfst du nicht erwarten, eine Skizze der Stadt zeichnen zu können.« Ich wußte nicht, ob sie das auf sich bezog oder auf mich – und wer wollte überhaupt eine Skizze der Stadt zeichnen? Und wer stand in dem dunklen Zimmer?

Andere Mütter gehen ins Bett oder ins Badezimmer, um sich den Lippenstift abzuwischen, wenn sie um ein Uhr nachts im Wohnzimmer von einem Stuhl aufgestanden sind. Wenn Mama aufstand, konnte sie in überreiztem Zustand aus dem Haus rennen, aber genausogut in überreiztem Zustand zu Hause bleiben. Bei Mama wußte man nie.

Sie ging auf mich zu.

Ich schaute auf ihre rosa Pantoffeln.

Welche Mutter läuft mitten in der Nacht in rosa Morgenschuhen durchs Haus?

Jetzt mußte ich weiterreden, die Aufmerksamkeit ablenken. Ich wandte mich an Milena und Andrea wie ein perfekter Conférencier.

»Mamas Blumenhändler heißt Rolf Szlapka«, quasselte ich über alle Peinlichkeit hinweg, »er reserviert ihr immer weiße Rosen, sein Vater ist BMW-Händler, ein sehr berühmter, in Wien jedenfalls ist er sehr berühmt. Wer was ist, kauft seinen BMW bei Szlapka senior. Mein Mutter liebt BMWs und weiße Rosen über alles, darum kennt sie die Familie Szlapka so gut.«

Pavel lachte, ein bißchen so, wie Papa lachen konnte. »Vor

allem ein bestimmtes Mitglied der Familie«, sagte er gemessen.

Ganz Wien wußte von Mamas Männern, ihre Liebe lag auf der Straße, doch das machte ihr nichts, solange nur sie selbst nicht auf der Straße lag, solange sie nur selbst hoch über der Stadt schwebte und Liebe aus dem männlichen Teil der Wiener Bevölkerung saugte.

Aus den Augenwinkeln beobachtete ich Mama; Milena und Andrea hatten auf meine Ausführungen nicht reagiert. Milena hatte sich mit einem Ruck erhoben, als sei sie nun ihrerseits kurz davor, in völlig überreiztem Zustand das Haus zu verlassen.

Mama stand hinter mir und schlang ihre Arme um mich, wie Verliebte in alten Filmen.

Ich hörte zu sprechen auf. Es hatte doch keinen Sinn. Mamas Aufmerksamkeit ließ sich nicht ablenken.

Wenn sie sich erst einmal etwas in den Kopf gesetzt hatte, war sie wie ein Tiger, der ruhelos durch den Urwald streift. Sie mußte springen, und wenn es ihr Tod wäre, das war ihr egal, denn irgendwo in ihrem Kopf hatte sie eine Stimme gehört, die sagte: »Spring!«

»Er braucht viel Liebe«, sagte Mama.

Ich riß mich los.

»Mama«, rief ich, »hör auf, bitte, hör bitte endlich um Himmels willen damit auf!«

Es war mir egal, ob Papa wach würde. Wahrscheinlich schlief er sowieso mit Watte in den Ohren, er hatte schon genug überreizte Zustände im Kopf, bei der Lebensversicherung kamen ja auch immer wieder überreizte Zustände vor. Schließlich ist Gewinnmaximierung nichts anderes als ein einziger überreizter Zustand, und Papa zufolge sind Aktionäre, die Gewinnmaximierung fordern, schlimmer als hundert Mamas zusammen.

»Pavel, du wirst uns jetzt etwas vorspielen«, sagte Mama. Und gleich darauf zu Milena: »Du stehst nicht richtig, du hängst im Becken durch wie ein sechzigjähriger Mann, wenn du nichts dagegen tust, hast du's in zehn Jahren am Rücken.«

»Na und«, brüllte ich, »dann hat sie's eben in zehn Jahren am Rücken! Na und? Denkst du, das macht ihr was aus? Denkst du, sie macht sich deswegen verrückt, daß sie auch nur eine einzige schlaflose Nacht verbringt, wegen Rückenschmerzen, die in zehn Jahren vielleicht kommen oder auch nicht?«

Andrea kicherte, Milena starrte mich an, als sei ich ein wildes Tier.

Dann packte ich den erstbesten Gegenstand, den ich in die Finger bekam.

Es war eine Vase.

Das Geschenk eines Liebhabers, als Zeichen höchster Auszeichnung ausnahmsweise mal von Mama im Wohnzimmer geduldet.

Ich hielt die Vase über meinem Kopf. Ich sah zu Mama und Andrea und Milena, nur Pavel sah ich nirgends mehr.

Dann fiel mir ein, daß es Mama nichts ausmachen würde, wenn diese Vase zu Bruch ginge, es wäre ihr sogar piepschnurzegal, wenn alle Vasen im Haus zu Bruch gingen. Sie würde über die Scherben hinwegsteigen und sagen: »Pavel wird jetzt noch etwas für uns spielen.«

Ich stellte die Vase vorsichtig auf den Tisch zurück.

»Das war ein Geschenk«, sagte Mama. »Ein Geschenk von Rolf Szlapka.«

So spürt eine Frau nichts

Pavel spielte auf seiner Geige. Es wurde später und später.

Andrea und Milena saßen zusammengesunken auf dem Sofa. Vielleicht schliefen sie mit offenen Augen, manche Leute können das.

Mama saß auf der vordersten Stuhlkante. Sie zitterte. Das hatte mit der Temperatur nichts zu tun. Manchmal zitterte sie auch bei 35 Grad im Schatten, und mitten im Winter konnte sie sagen: »Ich finde es überhaupt nicht kalt, was haben die Leute bloß?«

Als Pavel endlich fertig war, applaudierten wir. Mama applaudierte am lautesten.

Sie gab Pavel und mir einen Gutenachtkuß und Milena und Andrea die Hand. Vor Milena blieb sie kurz stehen.

»Dein Vater ist also ein Wikinger?« fragte sie.

Milena nickte.

»Interessant«, sagte Mama, »sehr interessant. Aber du darfst dich im Becken nicht so hängen lassen.«

Dann ging Mama in ihr Schlafzimmer.

Wir standen im Wohnzimmer wie Partygäste, die zu spät gemerkt haben, daß das Fest vorbei ist. Selbst der Gastgeber ist schon schlafen gegangen.

»Sollen wir noch für ein paar Minuten nach oben?« schlug ich vor.

Wenn man Zeit gewinnen muß, spielt man auf Zeit, egal wie. Jede Sekunde war von lebenswichtiger Bedeutung: In der *Amour fou* gibt es keine wichtigen und unwichtigen Momente, alle Momente sind gleich wichtig, alle Momente haben genauso intensiv zu sein.

Pavel legte seine Geige in ihren Kasten. Seine zierlichen Hände flatterten wieder durch die Luft, als dirigiere er ein ganzes Orchester.

»Für ein paar Minuten dann noch«, sagte Andrea, »jetzt fahren bestimmt sowieso keine Straßenbahnen mehr.«

»Nein«, sagte Pavel, »die fahren schon lange nicht mehr, aber wenn ihr noch ein bißchen wartet, fahren bald wieder die ersten.«

»Du kannst schön spielen«, sagte Milena.

»Ja«, sagte Andrea, »du spielst sehr schön. Bist du ein Genie oder so was?«

Pavel klappte seinen Geigenkasten zu.

Seine Hände, dachte ich, wenn ich ihm eine seiner Hände abhacken könnte, vielleicht wäre ich dann glücklich. Ich hatte irgendwo gelesen, daß *Amour fou* vor einem Tropfen Blut nicht zurückschrecken durfte.

»Nun ja, Genie«, sagte Pavel, »dazu ist es noch ein bißchen früh.«

»Das kann man ja auch schlecht von sich selber sagen«, sagte ich, »daß man ein Genie ist.«

Doch meine Bemerkung wurde ignoriert, ging unter, als sei ich der einzige, der sie gehört hatte.

Wir gingen die Treppe hoch, diesmal etwas weniger vorsichtig, weniger besorgt, Geräusche zu machen.

Wenn Papa bis jetzt noch nicht wach geworden war, würde er hiervon auch nicht mehr wach.

Als wir endlich wieder oben waren und ich mich wieder

an Pavels Schreibtisch gesetzt hatte, wo ich sonst nie sitzen durfte, bei Strafe einer Ohrfeige und einem Sturzbach von Schimpfworten, da war es, als sei die Zeit, die wir im Wohnzimmer verbracht hatten, nie gewesen. Als habe Mama nie die Tür zu Pavels Zimmer geöffnet und gesagt: »Was wollt ihr essen?«

»Ich hab von dem Kaffee einen ganz widerlichen Geschmack im Mund bekommen«, sagte Andrea. »Habt ihr nicht was Süßes und Hochprozentiges?«

Etwas Süßes und Hochprozentiges. Hatten wir bestimmt. Wir hatten alles.

Pavel und Andrea gingen hinunter, auf der Suche nach etwas Süßem und Hochprozentigem, ich blieb mit Milena zurück.

»Du darfst mich nicht betatschen«, sagte Milena.

Ich blickte auf.

Sie lehnte an dem Plakat von Alban Berg.

In ihrem Gesicht und an ihrem Körper versuchte ich den Wikinger zu entdecken, der sich zwei Tage vor ihrer Geburt aus dem Staub gemacht hatte, doch es gelang mir nicht.

»Ich will dich überhaupt nicht betatschen.«

Ein höhnisches Lachen war die Antwort.

Und dann: »Ich darf hier nicht rauchen, was?«

»Ich glaube, Pavel mag das nicht so gern«, sagte ich.

In ein paar Stunden würde es wieder hell werden.

»Sie bleiben lange weg«, sagte ich.

»Vielleicht kommen sie nicht mehr zurück.«

Milena rieb sich ein Auge.

Albert Camus zufolge war die Frage, ob man leben solle

oder nicht, die einzige philosophische Frage von wirklicher Bedeutung. Unter anderem darum, doch das war natürlich sehr naiv, habe ich später Philosophie studiert. Ich hätte auch Chemie studieren können, um Antwort auf diese Frage zu bekommen. Eine Brotfabrik stürmen wäre auch gegangen.

»Ich hab Kopfschmerzen«, sagte Milena, »hast du Aspirin?«

»Nein«, sagte ich, »nicht hier.«

Die Antwort schien ihr zu genügen, denn sie fragte nicht weiter.

Weit entfernt hörte ich Gekicher, doch vielleicht war das auch Einbildung.

»Dein Vater ist also nach Skandinavien zurückgegangen?« fragte ich und schaute zu Alban Bergs Ohr, das hinter Milenas Rücken hervorlugte.

»Er ist nach Grönland gegangen«, sagte sie, »er hat da Arbeit bekommen.«

»Ganz schön kalt«, sagte ich. »Und – hast du noch Kontakt zu ihm?«

»Nein, aber der Südpol ist noch viel kälter, wußtest du das?«

»Ich bin nicht so gut in Erdkunde, es interessiert mich nicht besonders.«

»Mich auch nicht«, sagte Milena, »aber das mit dem Südpol weiß doch jeder.«

Das Gekicher war keine Einbildung gewesen. Das Gekicher kam die Treppe hoch und blieb vor Pavels Zimmer stehen.

»Da sind sie«, sagte Milena, als sei es die U-Bahn, auf die wir beide ungeduldig gewartet hatten.

»Ja«, sagte ich, »da sind sie.«

Die Tür ging auf. Sie kamen herein. Sie waren glücklich, so schien es.

Sie hatten eine Flasche Haselnußlikör dabei.

Bestimmt auch eins von Mamas Geschenken. Mama bekam so viele Geschenke, daß sie nicht wußte, wohin damit.

Sie setzten sich aufs Bett. Das Bett knarrte.

Milena schloß die Tür.

Ich dachte: Ich muß mir alles merken, wenn ich mir alles merke, weiß ich, was *Amour fou* ist, und wenn ich das weiß, kann ich es später in die Praxis umsetzen. Es ist wie mit Autofahren, da liegen zwischen Theorie- und Praxisprüfung auch immer ein paar Wochen, das ist sicherer.

Pavel hielt Andrea fest, und Milena sagte zu mir, während sie noch immer an der Tür stand: »Ich hab keine Kultur.«

»Wie meinst du das?« fragte ich.

»Na ja«, sagte sie, »ihr hier habt Kultur«, und zeigte auf Pavels Instrumente.

Ich sah zu den Instrumenten und dann zu Pavel, der selten glücklich war, weil die Angst, nicht der Beste zu sein oder zu bleiben, ihm die Aussicht auf fast jede Form von Glück raubte.

War das Kultur?

»Ach«, sagte ich, »ich weiß nicht.«

Ich müßte es Mama fragen, doch die würde vielleicht nicht antworten, die Definition eines solchen Wortes war für sie bestimmt auch so etwas wie eine Adresse, die man sich nicht zu merken brauchte.

»Und was hast du?« fragte ich, froh über jede Art von Konversation, selbst wenn sie sich um Kultur drehte.

»Keine Kultur«, sagte Milena resolut.

»Marek«, rief Pavel, »hör auf mit dem Unsinn.« Und als ich mich umdrehte, sah ich, wie sein Mund an Andreas Mund klebte. Oder umgekehrt. Alles geschah mit einer solchen Geschwindigkeit, daß mir die Details entgingen.

»Was ist Kultur?« fragte ich.

Dann sah ich wieder auf das Bett, weil ich wissen wollte, wie es mit Andrea und Pavel weiterging, und ich sah, daß eine von Andreas Brüsten nicht mehr ganz bedeckt war. Wenn es einmal angefangen hat, geht alles so schnell wie 's Brezelbacken. Ich hatte gedacht, daß es langsamer gehen würde. Bedächtiger, Schritt für Schritt, mit langen Pausen, in denen man ins andere Zimmer gehen kann, ans Buffet, eine Tasse Kaffee trinken oder die Qualität der Vorstellung mit Kollegen besprechen.

Auch wurde mir klar, daß Andreas halbnackte Brust mich weniger erschreckte, als ich zunächst befürchtet hatte, aber zwischen mir und der Brust lagen natürlich auch einige Meter. Über Adern und die Farbe der Brustwarze hätte ich keine sinnvolle Aussage machen können. Vielleicht muß man solche Aussagen Doktoren und Krankenschwestern überlassen, die einem mit ernstem Gesicht das Ergebnis einer Untersuchung erklären und ihre Ausführung mit den Worten beenden: »Mit etwas Glück haben Sie noch zehn Jahre zu leben.«

»Was ist deine Definition von Kultur?« fragte ich. Die Stille wurde unerträglich.

»Müssen wir da jetzt drüber reden?« sagte Milena, und

sie stand an der Tür mit den Händen in den Seiten, wie eine Mutter, die ihr Kind zum x-ten Male von der Straße hereinruft.

Es hätte mich nicht überrascht, wenn sie in die Hände geklatscht hätte, doch sie klatschte nicht.

Ich ging auf sie zu. Ich stellte mich neben sie.

Und alles, was ich denken konnte, war: Ich stehe neben der Tochter eines Wikingers.

Andrea war jetzt halbnackt.

»Sie ziehen sich aus«, sagte ich und fühlte mich wie ein Reporter bei einem Billardturnier. Ich befürchtete, daß ich, wenn ich jemanden ausziehen oder jemand mich ausziehen würde, von jetzt an immer denken würde, irgendwo im Zimmer stehe ein Reporter, der im Flüsterton die Adern und die Farbe der Brustwarzen kommentierte.

»Ja«, sagte Milena, »sie ziehen sich aus, das kommt öfter vor.«

»Oh«, sagte ich, »dann ist es ja gut.«

Mit meinem Handrücken fuhr ich über Milenas Wange wie über ein Krokodil, von dem sie mir gesagt hatten, es sei nicht gefährlich, weil all seine Zähne verfault sind.

Sie schob meine Hand weg.

»Du darfst mich ficken«, sagte sie, »aber du darfst mich nicht betatschen.«

Amour fou war ein bißchen wie das Fegefeuer, in dem man brennen mußte, um sauber wieder herauszukommen, besser vorbereitet auf das, was danach kommt.

»Richtig«, sagte ich und dachte an Pavels Hände, an ihren Vater, den Wikinger und an einen Film, den ich mal gesehen hatte, in dem eine Frau ihren Verlobten vor der Polizei versteckt und dem Polizeiwagen hinterherläuft, als sie ihn holen kommen.

Wenn sie Papa festnähmen, würde Mama es nicht mal bemerken. Wahrscheinlich wäre sie den Beamten bei der Festnahme sogar noch behilflich.

»Du mußt deine Schuhe noch ausziehen«, sagte Andrea.

»Kann ich die nicht anbehalten?« fragte Pavel.

»Nein«, sagte Andrea, »ich find's schöner, wenn du sie ausziehst.«

Pavel trug immer Schuhe mit Schnürsenkeln, die kein Ende nahmen. Er mochte keine Stiefel mit Reißverschluß.

Wir sahen zu, wie Pavel mit seinen Schuhen kämpfte und Andrea ihm schließlich half und wie eine Besessene an den Schnürsenkeln herumzerrte. Wir halfen nicht. Das wäre wohl auch unpassend gewesen. Es war ihre Sache, ob sie die Schuhe ausbekamen oder nicht.

»Es ist ein Knoten drin«, sagte ich, als es wirklich langsam peinlich wurde.

Ich ging zu Pavels Schreibtisch und gab ihm eine Schere, mit der er die Schürsenkel durchschnitt. Dann stellte ich mich wieder neben Milena und begann, mein Hemd aufzuknöpfen. Betatschen war vielleicht verboten, Nacktheit schien mir trotzdem so langsam eine unabdingbare Forderung.

Bisweilen riefen Liebhaber von Mama an und sagten: »Ich wollte nur kurz mal deine Stimme hören.«

Worauf Mama antwortete: »So, jetzt hast du sie ja gehört.«

Ich fragte mich, ob Mama sich auch manchmal danach

sehnte, jemandes Stimme zu hören, was für eine Stimme das wohl wäre und was die sagen sollte.

Wenn man sich sehr danach sehnt, jemandes Stimme zu hören, macht es dann noch einen Unterschied, was die Stimme sagt? Oder ist »So, jetzt hast du sie ja gehört, kann ich sonst noch was für dich tun?« auch in Ordnung?

Abends bei Tisch erzählte Mama von Männern, die ihre Stimme hören wollten, ein klein wenig mitleidig über soviel Narretei. Papa konnte nicht darüber lachen.

Papa sagte: »Eure Mutter zieht arme Männer an. Sie ist wie der Sozialismus.«

Ich warf mein Hemd auf den Boden.

Mein Oberkörper war noch unbehaart, denn der Haarwuchs hat erst spät bei mir angefangen.

Milena sah mich an.

Dann zog sie sich die Bluse über den Kopf. Mit einer einzigen Bewegung. So selbstverständlich, daß es schien, als habe sie gar nichts ausgezogen.

Und ich sah sie an, wie ich früher andere Kinder angesehen hatte, wenn wir halbnackt im Behandlungszimmer auf die Ankunft des Schularztes warteten. So wie ich auch im Sandkasten gesessen hatte, als das Kindermädchen zu mir sagte: »Schön spielen, Marek, spiel mit den anderen Kindern.« Ich wußte nicht, wie man das machte, ich saß neben dem Kindermädchen und schaute zu. Kurz darauf wurde das Kindermädchen entlassen. Sie glaubte an Gott, und das fand Papa schlecht für meine Erziehung.

Milena zog sich den BH aus. Er war weiß. Mit Spitzenbesatz.

»Ja«, sagte ich, »Kultur, was ist das eigentlich?«

»Jetzt nicht«, sagte Milena.

Ich hätte alles über ihre Brüste sagen können, kein Detail hätte mir zu entgehen brauchen, wenn ich nur hingesehen hätte.

Unter Andreas Nabel waren Tiere gemalt. Ich konnte nicht sehen, was für welche. Affen, Esel, vielleicht auch Pferde, es konnte alles sein.

Wir beobachteten Pavels und Andreas Leidenschaft, Milena und ich, während wir mit entblößten Oberkörpern an der Tür standen.

Ich hatte Leidenschaft noch nie live gesehen.

Mein Blick folgte Händen, die über Rücken und Pobacken glitten, und unter Unterhosen. Ich fragte mich, ob das angenehm war.

Milena trug etwas, das mich an Pantoletten erinnerte. Ihre Füße spielten mit den Riemchen, und ich sagte: »Das war aber mal eine richtig leckere Pekingente.«

Sie seufzte. »Algerier haben keine Kultur«, sagte sie. »Hast du je von einem berühmten Algerier gehört? Juden übrigens auch nicht.«

Ein berühmter Algerier, darüber mußte ich einen Moment nachdenken.

»Ich kenne nicht so viele Algerier«, sagte ich leise, »ich bin auch noch nie dort gewesen.«

»Siehst du«, sagte Milena.

»Meine Mutter war schon mal dort, glaube ich, die ist am ganzen Mittelmeer herumgereist.«

Plötzlich war Andreas Slip ausgezogen. Er landete auf dem Boden. Es waren Bären darauf abgebildet, ich konnte es ganz genau sehen, und mir wurde schlecht.

Die Pekingente, die ich eben noch in den höchsten Tönen gepriesen hatte, schoß zwanzig Zentimeter höher.

Nicht weil ich vor Andreas Nacktheit erschrocken wäre – ich hatte auch Mama schon nackt gesehen und verschiedene Fotos betrachtet, auf denen nackte Menschen abgebildet waren – und auch nicht, weil Andreas Nacktheit so eklig gewesen wäre. Ihr Körper war makellos und jung, mit einem Diamanten im Nabel, genauso einem wie in der Nase. Ihr Körper war eher allgemein als individuell.

Aber offenbar gab es doch eine Nacktheit, die weh tat, die eine Pekingente zwanzig Zentimeter die Speiseröhre emporschießen ließ. Das ist die Nacktheit, die du auch auf dem Weg zum Zeitungskiosk noch siehst: Du siehst, wie jemand lacht, wie ein Slip mit Bärenmuster ausgezogen wird, wie Hände, die nicht deine sind, ein Bein berühren. Und später, wenn du Erstsemestern ein Seminar gibst, die auch nichts dran ändern können und denen du gerade eine Aufgabe gegeben hast, von der du selbst nur mäßig überzeugt bist, siehst du plötzlich diese Nacktheit wieder vor dir, die du längst vergessen glaubtest. Du siehst sie im Blick einer Frau, von der du dachtest, sie gehöre zu dir, auf einer halb mißlungenen Tanzparty, und du weißt nicht mal, für wen der Blick bestimmt war. Du weißt nicht, wer den Blick gesehen hat, und beschließt, nicht zu wissen, was vor sich geht, weil du es nicht wissen willst. Und dieselbe Nacktheit siehst du ein paar Tage später wieder, wenn du durch ein verlassenes Zugabteil auf der Strecke Linz–Wien läufst, und du fragst dich: »Mit wem noch?« Obwohl es überhaupt keine Antwort auf diese Frage gibt, keine befriedigende Antwort jedenfalls.

Und du denkst an Mama, die am Mittelmeer herumreist und Ansichtskarten mit Zeichnungen von Männern verschickt, von denen sie sich weder Namen noch Adresse merken kann, weil Namen und Adresse unwichtig sind. Und schließlich siehst du diese schmerzende Nacktheit überall. In jedem Laden, auf jedem Berg, an jeder Station.

»Ein berühmter Algerier«, sagte ich, »ja, da fragst du mich was.«

Dann verschwanden Andrea und Pavel unter der Decke, und das meiste geriet außer Sicht.

Amour fou war kein allgemeines Vergnügen.

Herr Georgi, mein Französischlehrer, hatte einmal gesagt: »Literatur, *mes amis,* ist voller unangenehmer Wahrheiten.«

»Mach was«, sagte Milena.

Ihre Stimme klang schneidend.

Weiterreden war ausgeschlossen, was jetzt zählte, waren Taten.

Ich zog meine halbhohen Schnürschuhe aus und fragte mich, ob auch auf Milenas Slip Tiere abgebildet waren und was für Tiere das wohl sein würden.

Auf meiner Unterhose war nichts abgebildet. Meine Unterhose war olivgrün, das war alles.

Milena spielte immer noch mit ihren Pantoletten.

Meine Socken zog ich sicherheitshalber auch mal aus.

Im Zimmer wurde schwer geatmet. Es erinnerte stark an die Geräusche aus Papas Vorkriegsradio.

Überhaupt hatte es etwas vollkommen Vorkriegsmäßiges, körperliche Liebe, etwas Prähistorisches. Milena zog ihren Rock aus.

Ich dachte daran, daß ich sie nicht betatschen durfte, alles andere schon, nur nicht betatschen.

Papa mochte Berührungen auch nicht besonders. Eine Tracht Prügel von Zeit zu Zeit schon. Schlagen ist auch eine Form von Berührung, und Zärtlichkeit kann auch in einer Tracht Prügel liegen, auch wenn ich das erst später gemerkt habe. Als es eigentlich schon zu spät war.

Ihr Slip war schwarz, kohlrabenschwarz. Gott sei Dank keine Tiere. Ich hatte schon gefürchtet, die Tiere würden vor meinen Augen zu tanzen beginnen, wenn ich ihr den Slip ausziehen müßte.

In meinem Kinderzimmer hatte ich eine Tapete mit Tiermuster gehabt.

Mama zog fast nie ihren eigenen Slip aus, sie ließ ihn ausziehen, habe ich mir sagen lassen. Daher weiß ich, daß das Ausziehen von Slips Männersache ist.

»Ja«, sagte ich.

Plötzlich begann Pavel schwerer zu atmen, und die Pekingente, die ohnehin fast schon wieder in meiner Kehle steckte, kam mir noch mehr hoch. Diese Pekingente kam mir vor wie ein Film, der rückwärts abgespielt wurde.

Gleich darauf drückte ich meinen Mund auf den von Milena und küßte sie.

Ich küßte sie, so wie ich heulte. Hemmungslos, tief betrübt und mit langen Schluchzern.

Milena machte sich von mir los und sagte: »Zieh das aus.«

Sie zeigte auf meine olivfarbene Unterhose.

Unsere Unterhosen kaufte immer das Dienstmädchen, und die mochte bunte Farben.

»Bist du …?« hörte ich Andrea fragen.

So wie das Dienstmädchen immer fragte: »Seid ihr mit dem Essen fertig? Kann ich abräumen?«

Pavel antwortete nicht. Jedenfalls nicht hörbar.

Ich zog meine Unterhose aus. Und lächelte.

Lächeln konnte nie schaden.

Auf der internationalen Schule lächelte ich auch oft, selbst wenn ich mit meinem grünen Hütchen mit Federn herumlief, weil die angemessene Kleidung der *Amour fou* noch unbekanntes Terrain für mich war.

Auch Milena zog ihre Unterhose aus, doch ohne zu lächeln.

Dann lehnten wir wieder an der Tür und sahen beide zur Bettdecke, unter der es langsam ruhig geworden war.

Ich fragte mich, was für ein Verhütungsmittel Pavel wohl benutzt hatte und ob sie überhaupt irgendein Verhütungsmittel benutzt hatten.

Milena starrte in meinen Schritt.

Mein Lächeln wurde immer breiter.

Als hätte ich ein Geschenk bekommen, das mir nicht gefiel, aber für das ich doch sehr dankbar sein wollte.

Ich mußte niesen. Dreimal.

»Entschuldigung«, sagte ich.

»Gesundheit«, hörte ich Andreas Stimme unter der Decke hervorkommen.

Dann sagte sie: »Du bist ein Star.« Und Pavel sagte: »Ich werde einer, ich habe mir zwei Jahre gegeben.«

»Du bist es schon«, sagte Andrea. Doch Pavel antwortete: »Gib mir zwei Jahre.«

Auf Pavels Schreibtisch stand eine Schachtel mit Tüchern,

mit denen er sich das überschüssige Öl von den Händen wischte.

Pavel und seine Hände. Vor dem Essen cremte er sie ein, nach dem Essen cremte er sie ein, beim Aufstehen, vor dem Schlafengehen, er dachte, schon ein Holzsplitter im Ringfinger könne seinen Zweijahresplan in Gefahr bringen.

Ich schneuzte mir die Nase mit einem der Tücher, stellte mich wieder an die Tür und fragte: »Hast du schon mal eine Bauchtänzerin gesehen?«

»Ich wollte zuerst nichts sagen«, sagte Milena, »aber... – bist du krank?«

Das hatte mich noch nie jemand gefragt.

Ich sah gesund aus. Soweit ich wußte. Ein bißchen bleich vielleicht, aber das war doch etwas anderes als gleich krank.

Milena hatte schöne braune Augen. Als sie fragte, ob ich krank sei, wurden ihre Augen noch schöner, und ich mußte mehr an Kultur in Algerien denken als je zuvor.

»Nein, eigentlich nicht«, sagte ich. »Nicht daß ich wüßte. Wieso?« Ich hatte mal gelesen, daß sehr leidenschaftliche Liebe als Krankheit aufgefaßt werden konnte. Aber um davon zu sprechen, war es doch noch etwas zu früh.

»Bist du erregt?« fragte Milena.

»Ja, sehr«, sagte ich.

Und ich arbeitete weiter an meinem Lächeln. Als müsse dieses Lächeln mein Meisterstück werden, als würde alles schließlich in einem einzigen großen Lächeln enden.

»Andrea«, sagte Milena, »komm mal her und sieh dir das an.«

»Nein«, sagte ich, »das ist nicht nötig.« Zuschauer waren überflüssig. Niemand brauchte uns zuzuschauen.

In Geschichte hatten wir gelernt, daß manche Gläubigen früher den Körper als eine Strafe Gottes betrachteten. Am Körper konnte man also ablesen, ob Gott einen sehr hart hatte strafen wollen oder nur ein kleines bißchen.

»Sollen wir uns wieder anziehen?« schlug ich vor.

Ein bißchen Nacktheit trug zu einem gelungenen Abend bei, doch man brauchte es auch nicht zu übertreiben.

Milena hielt die Arme vor der Brust verschränkt.

»Nein«, sagte sie. »Dazu ist es jetzt zu spät.«

Andrea kam aus dem Bett, während eine Hand von Pavel noch über ihren Rücken und ihren Po glitt. Sie kam auf mich zu, ihre Nacktheit war ihr nicht im Weg, ihre Nacktheit stand ihr wie angegossen.

Jammerschade, daß manche Leute einen Körper bekommen haben, bei dem zehn gute Schneider mindestens sechs Wochen zu tun hätten, um den Schaden wiedergutzumachen, doch auch darin kann man wohl Gottes Hand erkennen.

Sie blieb vor mir stehen.

Ich sah sie an und lächelte, und sie starrte in meinen Schritt, zusammen mit Milena.

»Die ägyptische Kultur«, sagte ich, »ist eine der ältesten Kulturen der Welt, und Ägypten ist gar nicht weit von Algerien entfernt.«

»Wird er nicht größer?« fragte Andrea.

Ich schaute an mir hinunter.

»Nein«, sagte ich, »größer als so wird er nicht, so ist er am größten.«

Ich hustete, denn meine Kehle war langsam trocken geworden.

»Glaub ich jedenfalls«, fügte ich noch murmelnd hinzu, »ich achte nicht so darauf.«

Andrea saß auf den Knien vor meinem Gemächt.

Scham schien ihr fremd zu sein. Genau wie Mama. Die kannte auch keine Scham, weil sie wußte, daß sie nie etwas falsch machte. Papa sah in Mama vor allem eine Naturkatastrophe. Etwas, das ihm zugestoßen war und das er demütig aushalten mußte, bis es sich ausgewütet hatte. Daß er es in diesem Leben aushielt, war vor allem der Lebensversicherung zu verdanken, denn die Naturkatastrophe, die er seine Frau nannte, hatte keinen Zutritt zum Büro.

»Du hast den Penis eines Zwergs«, sagte Andrea.

Sie sprach ihr Urteil, während sie auf dem Boden kniete.

Aufstehen war für dieses Urteil nicht mal nötig.

Ich versuchte an das Werk der französischen Surrealisten zu denken, doch Andreas Urteil erwies sich als stärker als das Werk aller französischen Surrealisten zusammen.

Ich versuchte noch, an Herrn Hobmeiers Geschäft zu denken und an das Glück, das ich empfunden hatte, als ich mit viertausend Schilling in der Hand vor dem Laden stand, doch von dem Glück war nichts mehr zu spüren, und je mehr Mühe ich mir gab, es in Gedanken zurückzuholen, desto weniger blieb davon übrig, desto mehr schien es, als sei es nie dagewesen, als habe es sich dabei schon immer um bloße Einbildung gehandelt, ein Fiebertraum voller Tierbilder auf der Tapete, die sich zu drehen begannen, sobald man sie ansah.

»Wir wollen dich nicht beleidigen«, sagte Milena. »Aber das ist echt Scheiße.«

»Das machst du mit Absicht, was«, sagte Andrea, »er kann schon größer werden, nicht? Du machst das mit Absicht.«

»Nein, wirklich nicht«, sagte ich. »Entschuldigung, aber größer als so hab ich ihn nie gesehen.«

»Verdammt noch mal«, kreischte Milena, »das kannst du mit mir nicht machen, es ist immer dasselbe, immer krieg ich die Nieten, ich spiel nicht mehr mit.«

»Ganz ruhig«, sagte ich, »ganz ruhig, wir finden schon einen Ausweg.«

Ein Zwerg hatte vielleicht etwas Surrealistisches, aber das war kein Trost. Ein zu kleiner jedenfalls.

»Hast du Pavels Pimmel gesehen?« fragte Andrea.

»Nein, noch nie«, sagte ich, »das Haus ist groß, und wir haben getrennte Badezimmer, wir leben sowieso ein bißchen nebeneinanderher.«

Ich hob meine Unterhose wieder auf.

Nebeneinanderherleben schien mir eine unabdingbare Lebensvoraussetzung. Distanz mußte gewahrt bleiben, Intimität war mehr etwas fürs Familiengrab.

»Pavel«, rief Andrea.

»Jetzt mach dich mal auf was gefaßt«, sagte Pavel.

Er saß auf dem Bett wie ein kleiner Pascha.

»Verdammte Scheiße«, sagte Milena. Und Andrea mußte kichern. Jetzt kniete sie nicht mehr.

»Es eilt nicht«, sagte ich, »ich brauch meinen Bruder nicht unbedingt nackt zu sehen, wir können einander jeden Tag nackt sehen, wenn wir das wollen, und gleich fahren wieder die ersten Straßenbahnen.«

»Die fahren jetzt schon«, sagte Pavel.

Er stieg aus dem Bett. Mein musikalischer Bruder, der jetzt in manchen Flugzeugen ein eigenes Schlafzimmer hat.

Es hing noch ein Kondom daran, das er abriß, und ich dachte zum x-ten Mal in dieser Nacht, daß ich mir alles merken mußte, als komme alles nur noch darauf an. Als geschehe alles nur, um später weitererzählt zu werden, um es berichten zu können. Später, in einem anderen Leben.

Milena stand immer noch neben mir, an die Tür gelehnt.

Und vor mir stand Andrea, nackt. Als ob es so sein müßte. Als ob sie nur nackt ganz zu ihrem Recht kam und blühen konnte.

Mein Bruder stellte sich neben Andrea.

»Siehst du den Unterschied?« fragte Andrea.

»Wir sind anders gebaut«, sagte ich, ohne hinzusehen.

Nicht hinsehen, dachte ich, nicht hinsehen.

Mein Lächeln ließ mich nicht im Stich. Es war noch immer da. Es würde nie mehr verschwinden. Ein Überbleibsel der *Amour fou,* vielleicht das einzige, zusammen mit der Waffel auf meinem Schreibtisch.

Dann siegte meine Neugier, und ich warf einen kurzen Blick auf Pavels Geschlecht. Als vergleiche man eine zwanzigteilige Enzyklopädie mit einem Stück Toilettenpapier. Zwar beide aus dem gleichen Material, aber da hörte die Ähnlichkeit auch schon auf.

»In zwei Jahren bin ich ein Star«, sagte Pavel, »in zwei Jahren bin ich *der* Geiger der Gegenwart.«

»So spürt eine Frau nichts«, sagte Milena.

»Und das ist ja auch nicht der Sinn der Sache«, sagte Andrea.

»Nein«, sagte ich, »das versteh ich, man muß schon was spüren.«

Auch Andrea lächelte jetzt und sagte: »Du bist süß.«

Süß. Süß war ich also. Wer hätte das gedacht?

»Vielleicht solltest du mal zum Arzt«, sagte Milena. »So wie er jetzt ist, sind es nicht mehr als ein paar Zentimeter, weniger als mein halber Finger.«

Weniger als ein halber Finger, das war in der Tat nichts. Es war mir immer viel mehr vorgekommen, aber vielleicht war das eine optische Täuschung gewesen.

»Ist bei deiner Geburt was schiefgegangen?« fragte Andrea interessiert, fast besorgt.

»Nicht daß ich wüßte«, sagte ich, »nicht daß ich wüßte.«

Pavels Geschlecht war eine riesige Gurke, eine fleischfressende Pflanze, die sich der Sonne entgegenreckte. Mein Geschlecht war ein in der Knospe gebrochener Löwenzahn, der sich aufs Grab vorbereitete.

Pavel sagte: »Es liegt in den Genen. Da kann man nichts machen.«

»Ärzte könnten da schon was dran machen«, fuhr Andrea fort. »Genau wie bei Frauen, die keinen Busen haben, da legen die heute einfach ein paar Beutel Wasser rein, dann nähen sie es wieder zu, und dann sieht man nichts mehr.«

»Ja, ja«, sagte ich, »ich weiß. Es ist ein relativ kleiner Eingriff.«

Es war das erste Mal, daß ich mich in Gedanken selbst kastrierte.

Es war eine kleine Operation mit einer großen Schere. Ich hatte keine Angst, ich war vielmehr stolz, auch wenn die Muskeln und Sehnen zäher waren, als ich gedacht hatte, doch als ich endlich die letzte Faser durchtrennt hatte und mein Penis auf den Boden fiel, war es, als sei eine junge Tanne gefällt, um das Wohnzimmer für Weihnachten zu schmücken. Andrea legte mir die Hand auf die Schulter.

»Mach dir keine Sorgen«, sagte sie, »es kann auch vorläufig sein. Mein Busen ist auch ganz spät gekommen, und schau ihn dir jetzt mal an. Vielleicht wächst er ja noch weiter.«

»Blöde Kuh«, zischte Milena.

Ich betrachtete Milenas schwarzen Slip; dann sah ich, wie Andrea zu Pavels Schreibtisch lief und sich mit einem Papiertuch zwischen den Beinen abwischte.

Sie drehte sich zu uns um.

»Wie das tropft«, sagte sie, »es ist doch nichts danebengegangen?«

»Nein«, sagte Pavel, »bei mir geht nie was daneben.«

Sie nahm noch ein Tuch. »Manche Männer machen noch weiter, wenn sie schon gekommen sind, weil sie sich schämen, daß sie so schnell sind, aber das ist nicht ungefährlich. Mancher Samen ist so aggressiv, den fühlt man noch die ganze Nacht in sich, als wär man ein Ameisenhaufen.«

»Es ist wirklich nichts danebengegangen«, sagte Pavel.

Sie zerknüllte das Tuch. »Zu Hause hab ich ein Fickläppchen«, sagte sie.

Wir verabschiedeten uns im Flur.

Pavel trug seinen Bademantel. Ich hatte mich wieder richtig angezogen. Ich mochte Bademäntel nicht besonders.

Ich habe ihn nie wieder so glücklich gesehen. An dem Tag, als er die Frau heiratete, die für immer und ewig ein

Backfisch bleiben wird, flüsterte er mir, bevor wir in die Kirche gingen, ins Ohr: »Weißt du noch, die zwei Mädchen aus Luxemburg?«

Die Straßenbahnen fuhren schon lange wieder, aber Pavel wollte unbedingt ein Taxi rufen.

»Danke für den schönen Abend«, sagte Milena.

»Ach«, sagte ich, »gern geschehen.«

»Da kann man eben nichts machen«, sagte sie.

»Ja«, sagte ich, »da kann man nichts machen.«

Dann flüsterte Milena mir ins Ohr: »Sie ist so eine egoistische blöde Kuh, immer krieg ich die Nieten, und jedesmal fall ich wieder drauf rein.«

Ich hatte Rolf Szlapkas Blumen wieder ordentlich eingepackt.

»Hier«, sagte ich zu Andrea, »vergiß die nicht.«

Rolf Szlapka schlief jetzt in seinem einsamen Bett und träumte vielleicht von Mama. Es war nicht undenkbar, daß sie ihm versprochen hatte, in absehbarer Zeit all ihre Männer für ihn zu verlassen. Daß er nur noch etwas Geduld haben müsse, auch wenn sie das schon seit zwei Jahren sagte. Doch für jemanden, der Namen und Adressen für bedeutungslos hielt, war Zeit natürlich auch nur ein relativer Begriff und ein Versprechen nichts anderes als ein süßes Flöten, eine Musikuntermalung, Ornament einer Liebe, die auf der Straße lag.

Mama konnte Versprechen machen, ohne sie explizit auszusprechen, ein Streicheln konnte bei ihr ein Versprechen sein, ein Nicken, die Art, wie sie einem die Hand schüttelte und einen etwas länger als nötig ansah.

Andrea nahm die Blumen.

Wir mußten auf das Taxi warten. Es könne zehn Minuten dauern, hatte Pavel gesagt.

»Es war toll«, sagte Andrea, »vielen Dank.«

Wir küßten uns, dreimal, wie die Franzosen, sagte sie noch. Lachend und glücklich, so schien es.

Wir hatten verabredet, uns am nächsten Tag wiederzusehen.

Wir wollten etwas Schönes unternehmen. Zusammen.

»Du hast einen netten Bruder«, sagte Andrea, »aber du bist auch nett.«

Ich nahm das Kompliment lächelnd entgegen, mit dem Lächeln, das mich den Rest meines Lebens begleiten sollte: leicht distanziert, aber doch freundlich. Gefroren. Ein Lächeln, das nicht auffiel, ein Lächeln, an dem niemand Anstoß nehmen konnte.

»Ihr habt auch eine sehr nette Mutter«, sagte Andrea, »ich wollte, meine wäre auch so.«

Dann kam das Taxi.

Pavel ging barfuß hinaus.

Ich stand an der Tür und winkte.

Als er zurückkam und die Tür wieder zumachte, fragte ich: »Denkst du wirklich, daß ich krank bin?«

»Nein«, sagte er, »nicht krank. Nur behindert.«

»Aha«, sagte ich.

Wenn das Leben ein Beruf ist, wollte ich kündigen.

Doch ich konnte die Abteilung nicht finden, die für Kündigungen zuständig war.

Der Watzmann

Drei Tage lang verfolgte das Format des männlichen Geschlechts mich vom frühen Morgen bis zum späten Abend. Auch im Schlaf wurde ich von männlichen Geschlechtsteilen verfolgt.

Egal, wen ich sah, an welchem Ort und unter welchen Umständen auch immer, ich sah ständig nur mögliche Formate des männlichen Glieds. Bei Männern studierte ich fieberhaft die Wölbung im Schritt, und bei Frauen versuchte ich mir vorzustellen, welche verschiedenen Formate sie schon in sich gespürt hatten. Und was für sie wohl die Mindestlänge war.

Der Physiklehrer, Herr Kiepe, der mich noch nie angefahren hatte und der auf der internationalen Schule als die Liebenswürdigkeit selbst galt, fuhr mir gegenüber mitten in der Stunde plötzlich aus der Haut und brüllte: »Starr mich nicht so an, du Idiot!«

Ich sah Schweißtropfen auf seiner Stirn, und erst da kam mir der Gedanke, daß er vielleicht Angst hatte, ich könnte sein Geheimnis entdeckt haben, daß nämlich auch er zwischen den Beinen zur Rasse der Zwerge gehörte.

Sagte ich oben, daß meine Kahlheit mit Mica begann, die mich in einem Wiener Kaffeehaus ansprach? Vielleicht aber hat meine Kahlheit auch schon viel früher angefangen, Jahre, bevor die ersten Haare mich verließen, ich notgedrungen Hüte und Mützen zu tragen begann und seither

Perückenläden betrat, als seien es Bordelle, in denen der schmierigste Sex betrieben wurde.

Vielleicht begann alles mit der Entdeckung, daß an meinem ansonsten doch gut gebauten Körper – wie gesagt, viele hielten mich für einen Brasilianer – der Penis eines Zwerges baumelte. Ein Detail, das mir selbst vollkommen entgangen war, all die Jahre und Monate zuvor, absorbiert, wie ich davon war, die *Amour fou* zu studieren. Ich war viel zu sehr damit beschäftigt, die Eskapaden meiner Mama zu verfolgen, um mir über mein Glied Gedanken zu machen, als bringe das Verfolgen dieser Eskapaden mich ihr näher; bis zwei Luxemburger Mädchen mich freundlich und wohlwollend auf mein Handikap aufmerksam machten. Wer es nicht besser wußte, hätte beinah denken können, daß ich ihnen am Herzen lag.

Was ist eine Obsession?

Man kann ganze Bücher darüber vollschreiben, man kann sich in Formulierungen und Diskussionen darüber verlieren, wann gesundes Interesse in ungesundes umschlägt, und endlos über die undeutliche Grauzone dazwischen spekulieren; wann wird aus dem charmanten, jungen Mann ein verbohrtes, aufdringliches Ekel?

Ich habe sogar einmal zu beweisen versucht, daß alles wirkliche Interesse eine ungesunde Erscheinung ist. Sicher ist jedenfalls, daß seit dem Tag, als Milena und Andrea in mein Leben traten, das Format des männlichen Geschlechts zur Obsession für mich wurde. Und nicht nur sein Format, nein, das Geschlechtsteil selbst, das DING AN SICH.

Andere sagen bereits in jungen Jahren »Willkommen«

und lassen damit die Trauer ein, die Melancholie, den Herbst, der schon im März beginnt, oder so etwas Banales wie Krebs oder eine erbliche Muskelkrankheit.

Ich sagte »Willkommen, sitz an meinem Tisch« zu meiner Obsession.

Eine Obsession, die langsam, ganz langsam an Kraft verloren, aber nie mehr ganz aufgehört hat und, wie das bei Obsessionen nun mal so ist, auch nie mehr ganz aufhören wird.

In den ersten Tagen nach meiner Entdeckung kam es mir vor, als sei mein Geschlechtsteil beim falschen Körper gelandet, einem Körper, der nichts mit ihm zu tun hatte. Als habe man das Getriebe einer Ente aus Versehen in einen Mercedes eingebaut.

Wenn ich das Wort »entfremden« nicht so sehr verabscheute, würde ich sagen, daß ich mich meinem Körper entfremdete, so wie Mann und Frau sich nach zwei Jahren Ehe voneinander entfremden können.

Mein Körper versprach allerlei Dinge, die mein Geschlechtsteil nicht zu halten vermochte.

Seltsamerweise nahm ich das eher meinem Körper übel als meinem Glied.

Ich suhlte mich in der Vorstellung, ein Zwerg zu sein, ein mißgestalteter Zwerg sogar, der auf der Straße mit Faltblättern die Leute in einen schmuddeligen Nachtklub zu locken versucht und mit sich überschlagender Stimme die Attraktionen des schmuddeligen Nachtklubs anpreist.

Eine andere, ständig wiederkehrende Vorstellung war, daß ich eine Zwergenfrau heiraten würde, die ich in Supermärkten und Warenhäusern auf meine Schultern heben müßte, weil sie sonst die Regale nicht erreichen könnte.

Wenn ich ein Zwerg wäre, würde mein Geschlechtsteil nicht mehr auffallen. Vielleicht würde eines Tages sogar eine Frau zu mir sagen: »Boah, hast du aber ’nen großen – für einen Zwerg.«

In meiner Phantasie schrumpfte ich immer mehr, bis mein Körper sich in Harmonie mit meinem Glied befand. Zu meiner eigenen Überraschung erschien mir das Verkleinern meines Körpers realistischer als die Vergrößerung von meinem Penis. Und auch viel wünschenswerter.

Ich begann, weniger zu essen, und statt in die französischen Surrealisten vertiefte ich mich nunmehr in schmuddelige Literatur.

Ich erfuhr, daß manche Leute sich als eine Art erotisches Spiel nackte Zwerge zuwarfen. Manchmal verlor ein Zwerg bei solch einem Spiel das Leben, was mir ein würdevolles Ende erschien. Wer bei einem erotischen Spiel sein Leben läßt, kann erhobenen Hauptes das Zirkuszelt verlassen.

Seit dem Tage, an dem ich die beiden Luxemburger Mädchen getroffen hatte, betrachtete ich auch meine Eltern mit anderen Augen.

Einer meiner Vorfahren hatte etwas von einem Zwerg gehabt, und das Chromosom des Zwergs, das Erbmaterial hatte sich aus unerfindlichen Gründen an meinem Körper festgesetzt und nicht an dem meiner Brüder.

Wir glaubten an nichts, doch wer es nicht besser wußte, hätte an einen Einfluß höherer Mächte denken können, eine diabolische Fee, die sich bei meiner Geburt über die Wiege gebeugt hatte.

Selbst in Französisch, einem Fach, in dem ich mir sonst

doch immer besondere Mühe gab – und sei es nur darum, weil der Lehrer und ich die Liebe zu den französischen Surrealisten teilten –, konnte ich mich nicht mehr konzentrieren.

Ich sah nur die graue Wollhose von Herrn Georgi, dem Französischlehrer, der seinen bayrischen Dialekt nie ganz abgelegt hatte – auch nicht, wenn er Französisch sprach –, und seine Ausführungen rauschten an mir vorüber, weil ich mich ständig fragte, ob wohl auch er zur Gilde der heimlichen Zwerge gehörte.

Am Ende der Stunde sagte Herr Georgi: »Bleib sitzen, Marek, ich möchte kurz mit dir sprechen.«

Die anderen Schüler verließen das Klassenzimmer.

Der heimliche Zwerg blieb zurück.

Herr Georgi setzte sich neben mich.

Seine wäßrigen Augen sahen mich freundlich an. Ich starrte auf den Boden, in der festen Annahme, daß er mich jetzt entlarven und sagen würde: »Ich weiß es, Marek, ich sehe es dir an, du brauchst dich nicht einmal auszuziehen, du bist ein heimlicher Zwerg, genau wie ich.«

Doch er fragte nur: »Was hast du bloß? Du bist ganz anders als sonst. Hast du Probleme zu Hause?«

»Zu Hause ist alles in Ordnung«, sagte ich.

Herr Georgi nickte.

»Und deine Mutter? Wie geht's der?«

Er hatte eine Schwäche für meine Mutter, wie so viele.

»Prima«, sagte ich, »wirklich prima.«

»Na ja«, sagte er leise, »es wird die Pubertät sein. Um dich mach ich mir keine Sorgen.« Dann brachte er seinen Mund noch näher an mein Ohr und flüsterte: »Deine Mutter ist die schönste Frau von Wien, Marek, schöner als Romy Schneider.«

Ich wollte gerade sagen, daß meine Mutter nicht die geringste Ähnlichkeit mit Romy Schneider hatte, doch da sah ich die gewaltige Beule in seiner Hose, ein bayrisches Riesengebirge, seinen Watzmann, eine Skilandschaft wie Garmisch-Partenkirchen samt Umgebung, ich sah die Schlange, die sich zwischen seinen Beinen aufrichtete, es schien, als wolle die Schlange – Herr Georgi liebte teure Wollhosen – sich geradewegs durch die Wolle hindurchbeißen.

Ich merkte, wie mir schlecht wurde. Wieder spürte ich Pekingente meine Kehle emporkriechen, ich sah die Nacktheit, die weh tut, und ich hörte Andrea mit unbefangener Stimme sagen, als rede sie über eine Dose Mischgemüse: »Zu Hause hab ich ein Fickläppchen.«

»Herr Georgi«, sagte ich mit trockenem Mund, »meine Mutter hat überhaupt keine Ähnlichkeit mit Romy Schneider.«

Er sagte nichts mehr. Er starrte vor sich hin. An der Tafel stand der Name eines Selbstmörders. Herr Georgi ließ uns vorzugsweise aus der Literatur von Selbstmördern lesen.

»Entschuldigen Sie mich«, sagte ich. Ohne mich noch einmal umzusehen, verließ ich das Klassenzimmer.

Ich rannte nach Hause, Leute grüßten mich, doch ich rannte weiter, ich wollte niemanden mehr sehen.

An einer Ampel blieb ich stehen. Ich brauche einen Arzt, dachte ich.

Ich dachte nicht an einen Arzt, der den Kopf untersucht und das, was ich verlegenheitshalber mal das Innere nennen möchte. Ich dachte an einen plastischen Chirurgen, einen

Vergrößerer von Brüsten, Lippen und männlichen Glieden, einen Wegschneider von Falten und Hängebäuchen. Einen Geradezieher, einen ästhetischen Metzger. Das war es, was ich brauchte, und zwar dringend.

Oh, wir können ganze Bücher mit Erörterungen über geistige Werte und Normen vollschreiben, wir können uns ein Leben lang mit nichts anderem beschäftigen, doch die geistigen Werte und Normen laufen auf Krücken und in orthopädischen Schuhen an ihren verkrüppelten Füßen immer nur der kosmetischen Außenseite hinterher.

Blitzkrieg

Zu der Verabredung mit den beiden Luxemburger Mädchen, am Tag nach meinem ersten Kuß, ging ich gerade noch hin, wenn auch widerwillig. Was gab es jetzt noch zu sagen? Oder zu tun?

So wie ein Kranker bisweilen mit seiner Krankheit identisch wird und in allem und jedem nur noch diese Krankheit gespiegelt sieht, so wurde ich in jenen Tagen für mich selbst mehr oder weniger identisch mit meinem Handikap.

Pavel sagte, ich müsse mitkommen, schon aus Gründen der Symmetrie.

Er sagte: »Zwei Mädchen und ein Mann, das geht nicht gut.«

Über die Entdeckung, die die beiden Mädchen an mir gemacht hatten, redeten wir nicht. Andere Familien glaubten an das Wort und die Kommunikation, wir glaubten an Funkstille. Schweigen war unsere Diät.

Pavel hatte sich mit ihnen vor dem Café Landtmann verabredet.

Es war ein herrlicher Tag, in meiner Erinnerung wahrscheinlich noch viel schöner, als er in Wirklichkeit war.

Wir hatten Südwind. Es war der wärmste einundzwanzigste Mai seit vielen Jahren, hatten sie im Radio gesagt.

»Laß uns zu Fuß gehen«, sagte Pavel.

Wir wohnten nicht weit vom Café Landtmann entfernt.

Normalerweise lief ich vorneweg, und Pavel kam hinterdrein, langsamer, bedächtiger, mit der Aura des Musikers, der die Wirklichkeit doch vor allem als etwas Störendes für die herrlichen Musikwerke betrachtet, die er zu interpretieren gedenkt.

Pavel hat sich wenig geändert. Heute sieht er die Wirklichkeit vor allem als eine störende Komponente in seinen ökonomischen Modellen, und er wird wütend, wenn die Wirklichkeit seinen ökonomischen Modellen und der Weltbank nicht gehorcht, so wütend, daß seine Ehe fast dabei draufgeht, denn auch der Backfisch, der sich seine Frau nennt, will den Gesetzen der Weltbank seltsamerweise einfach nicht gehorchen.

Doch an jenem Tag stolzierte Pavel wie ein Triumphator vor mir her, als hätte er höchstselbst die Türken geschlagen.

Vielleicht lief er so vor mir her, weil ihm klar war, daß er ein für allemal über mich triumphiert hatte, vielleicht, weil eine kleine Verliebtheit ihn einen Moment lang von der ständig lauernden Angst erlöste, er könne Yehudi Menuhin möglicherweise einmal doch nicht übertreffen.

Verliebtheit macht mild. Verliebtheit versöhnt einen mit dem Scheitern, selbst dem eigenen, vielleicht weil Verliebtheit selbst eine Art Scheitern ist. »Sich in jemandem verlieren« – sagt das nicht genug? Darum hat Papa sich auch bestimmt nie in jemandem verloren, nicht einmal in sich selbst.

Ich trottete hinter Pavel her, nicht wie ein Bruder, nicht wie ein Knecht, auch nicht wie ein Besiegter, nein: wie ein Zwerg in Verkleidung.

Wem das übertrieben in den Ohren klingt, der hat noch nie die Macht einer Obsession erlebt.

Eine Obsession verschlingt alles: die Welt, die Realität, die Menschen, bis nur noch ein einziges kleines Detail übrigbleibt, das tausend-, ja vielleicht zehntausendmal vergrößert wird, und dieses kleine Detail erobert deinen Kopf im Blitzkrieg und füllt ihn aus, bis es die ganze Welt geworden ist.

Meine Welt war der Penis eines Zwergs.

Sie waren beide noch schöner und lebenslustiger als am Abend zuvor, Milena und Andrea, noch sorgloser, scheinbar noch unberührt vom großen Verwüster, doch vielleicht sah ich das nur darum so klar, weil ich selbst vom Verwüster berührt und ein Zwerg geworden war, zärtlich wachgeküßt von ihm, dem Heiligen, dem Ewigen, dem Einzigen.

Sie trugen dieselbe Kleidung wie am Vortag, nur hatte Milena keine Pantoletten mehr an.

Pavel küßte sie als erste.

Sie schienen sich sehr zu freuen, uns zu sehen, auch wenn ich nicht umhinkonnte, an einen Slip mit Bären drauf zu denken und an Pavels Hände, als ich Andrea vorsichtig küßte.

»Dreimal«, sagte sie, »wie die Franzosen.«

Vielleicht hatte sie vergessen, daß sie das schon mal gesagt hatte, vielleicht sagte sie das aber auch immer.

»Wie geht's?« fragte Milena.

»Gut«, sagte Pavel, »ausgezeichnet.«

»Ein bißchen wehmütig«, sagte ich.

Andrea runzelte die Stirn.

»Warum das denn«, fragte sie, »an einem so herrlichen Tag? Magst du Abba?«

»Abba…« sagte ich, »manchmal, aber ich muß dafür in Stimmung sein.«

Was soll ich über den Rest des Nachmittags erzählen? Daß wir zuerst zwei Stunden vor dem Café Landtmann saßen und Pavel Andrea und Milena zwang, ein Wiener Schnitzel zu essen? Daß Milena einen Joint rauchte und Andrea und Pavel immer mehr aneinanderklebten, wie Kaugummi an einem Schuh? Ich brauche wohl nicht dazuzusagen, wer der Kaugummi war und wer der Schuh.

Daß ich immer schweigsamer wurde, bis Andrea sagte: »Wie still du bist, und gestern hast du noch so viel geredet.«

Daß wir durch die Stadt liefen, Pavel und Andrea vorneweg, Milena und ich hinterdrein, und daß ich nicht an die Hitze dachte, die schwüle Luft, an Andreas Waden oder an Pavels Hände, die über Andreas Oberschenkel streichelten, als sei sie die neueste Errungenschaft in seiner Sammlung kostbarer Instrumente, die unter seinen Händen in Kürze ebenso brillant aufjauchzen würde wie alle ihre Vorgängerinnen.

Nein: Ich dachte an Zentimeter, an Oberflächen, an spezifische Gewichte, an Kurven, an die Unendlichkeit der Zahl Pi, an tausend Berechnungen, die letztlich doch alle auf dasselbe hinausliefen, und Rechenmaschinen und Computer und Satelliten, die die Erde umkreisten. Doch all diese Geräte konnten nicht davon ablenken, daß das Ergebnis all der Rechenaufgaben identisch war und das Ergebnis auf eine einzige Tatsache verwies, daß nämlich in mir ein heimlicher Zwerg hauste. Glück war eine Frage fehlender Zentimeter. Glück ist immer die Frage von etwas Fehlendem, und später habe ich das auch Mama in einem ihrer klareren Momente einmal fast wortwörtlich so sagen hören. Der Arzt fragte: »Fehlt Ihnen etwas, Frau van der Jagt?«

Sie sah ihn an, so wie sie Männer immer ansah, und sagte: »Was mir fehlt, Herr Doktor, ist Glück, aber das ist nichts Neues.«

Milena schaute immer mürrischer drein.

Auch ihr fehlte etwas.

Ich zeigte auf Häuserfassaden, plapperte Geschichtsbücher nach, kurz: warf mich zum eifrigen Fremdenführer auf, und als das nichts half, machte ich schale Witze.

Wir blieben stehen, weil Milena Zigaretten kaufen wollte, und ich sah, wie Andrea und Pavel in inniger Umarmung ihre eigene Definition der *Amour fou* erarbeiteten.

Ich hielt mir vor Augen, während mir langsam schlecht wurde, auch wenn es diesmal keine Pekingente war, die langsam höher kroch, sondern die Reste eines Wiener Schnitzels, das Milena nicht mehr hatte aufessen können und das dann eben ich verputzt hatte, um etwas zu tun zu haben, ich hielt mir also vor Augen, daß der Zwerg in mir nur auf den richtigen Moment gewartet hatte herauszukommen. Daß es purer Zufall war, daß Milena und Andrea den Zwerg in mir wachgeküßt hatten, daß es auch x-beliebige andere hätten tun können.

Doch ich litt an der alten Krankheit des Menschen, ich suchte nach einer tieferen Bedeutung, der Zufall allein war mir zu zufällig.

Und ich sah, wie Andreas Rock so weit hochgeschoben wurde, daß ich fast eine sichere Aussage über ihren heutigen Slip hätte machen können, Tiere oder keine Tiere, Blümchen oder unifarben oder – wer weiß, warum nicht, schließlich war es der wärmste einundzwanzigste Mai des Jahrhunderts? – vielleicht gar keinen Slip, nur wieder diese Nacktheit, die weh tat.

Mit Wiener Schnitzel in der Speiseröhre betrachtete ich die Leidenschaft auf einer öffentlichen Straße.

Ich habe Leidenschaft studiert, mit dem Fernglas, mit dem Teleskop, mit dem bloßen Auge, aus fünf Zentimetern Entfernung oder mit Doppelglas dazwischen. Ich kann den Kindern, die ich nie haben werde, alles über Leidenschaft erzählen.

Dann kam Milena mit ihrem Päckchen Zigaretten zurück, und ich ging noch eine Weile neben ihr, während ich einen langweiligen Vortrag über das Habsburger Reich hielt und der Zwerg in mir brüllte.

In der Zedlitzgasse sagte Milena: »Andrea ist schön, findest du nicht?«

Und dann flüsterte sie: »Weißt du, was du machen mußt: Jeden Morgen ein rohes Ei essen, manchmal hilft das.«

Ich hielt es nicht mehr aus, und ich sagte: »Tschuldigung, aber ich muß nach Hause, ich seh euch später.«

Ich wartete nicht auf eine Reaktion. Ich lief weg, als sei der Teufel hinter mir her.

An jenem Abend kam Pavel zum Abendessen nicht nach Hause. Sein leerer Teller grinste mich an.

Papa ließ immer für alle Familienmitglieder decken, auch wenn sie nicht zum Essen erschienen.

Ich blieb wach, bis Pavel nach Hause kam. Das war um sechs Uhr morgens.

Der einsame Gott des Erfolgs

Nachdem ich ungefähr eine Woche geschwiegen hatte, merkte ich, daß dieses Schweigen mich nur noch mehr folterte. Ich mußte meine Familie informieren. Ich mußte meiner Mama erzählen, daß sie einen Behinderten zur Welt gebracht hatte. Zwar handelte es sich um eine Behinderung, die sich relativ leicht verbergen ließ, jedenfalls solange man sich sanitärer Beziehungen zu anderen Menschen enthielt. Doch das spielte keine Rolle. Es blieb eine Behinderung.

Außerdem wollte ich mich sanitärer Beziehungen zu anderen Menschen nicht enthalten.

Ich hatte jeden Morgen ein rohes Ei gegessen, doch mehr als Magenbeschwerden hatte ich davon nicht bekommen. Nur das Dienstmädchen sagte ein paarmal: »Wer stiehlt bloß dauernd meine Eier?«

Beim Abendessen, kurz vorm Dessert – an jenem Abend aßen wir rote Grütze, ein Gericht, das Mama besonders mochte, Papa etwas weniger, doch auch seine Erwartungen ans Essen hatte er gelernt, nach unten zu revidieren –, kurz bevor die rote Grütze also aus der Küche kam, sagte ich: »Ich muß euch etwas sagen.«

Es entstand eine Pause. Es war lange nicht mehr vorgekommen, daß jemand etwas sagen wollte. Bei Tisch.

Papa war der erste, der seine Fassung wiedergewann. »Was denn, Marek?« fragte er.

Pavel massierte sich die Hände.

Daniel befühlte sein Kinn.

Mama war es, wie mir schien, vollkommen entgangen, daß ich etwas gesagt hatte, sie kramte in ihrer Handtasche herum.

In der Küche hörte ich das Geräusch von Tellern, die auf die Anrichte donnerten. Das Dienstmädchen hatte schlechte Laune.

»Ich bin behindert«, sagte ich.

Pavel begann zu lachen. Es war ein kurzes Kichern, denn Papa warf ihm einen strafenden Blick zu.

Daniel befühlte immer noch sein Kinn.

Mama sagte, den Blick auf die Handtasche gerichtet: »Hat einer von euch mein goldenes Feuerzeug gesehen?«

Und dann mit einem besorgten Blick in Richtung Küche: »Sie wird doch nicht stehlen?«

Papa verrückte den Dessertlöffel ein paar Zentimeter nach links.

»Dürfen wir aufstehen?« fragte Daniel.

Papa verrückte den Dessertlöffel wieder ein paar Zentimeter nach rechts.

»Niemand verläßt den Tisch«, sagte er, »wir warten auf die rote Grütze, außerdem will Marek etwas mit uns besprechen.«

Während er das Wort »rote Grütze« aussprach, sah er Mama an, doch Mama interessierte sich schon nicht mehr für die rote Grütze. Sie sagte: »Wer hat mein goldenes Feuerzeug genommen?«

»Marek«, sagte Papa, »was möchtest du mit uns besprechen?«

In Gedanken sah ich Andreas Slip mit dem Bärenmuster,

ich sah Pavels Hände, und ich hörte jemanden kichern, wie ich es nie wieder hören sollte, ein vollkommen glückliches Kichern war es, das Kichern Andreas.

Seit ich Andrea kennengelernt habe, bin ich mir sicher: Das Glück kichert.

Ich sah, wie ein paar Schuppen von Daniels Kinn zu Boden schwebten.

»Ich bin behindert«, sagte ich nochmals, und meine Stimme überschlug sich vor Anspannung, als sei meine Behinderung eine Kriegserklärung an die Adresse meiner Familie, was sie in gewissem Sinne ja auch war, denn eine Behinderung führte nicht zum Erfolg, im Gegenteil. Die Familie van der Jagt jedoch diente dem einsamen Gott des Erfolgs.

»Dein Sohn behauptet, er sei behindert«, sagte Papa zu meiner Mutter. Offenbar vertrat er den Standpunkt, daß Behinderungen und Behinderte Mamas Ressort waren.

Mama blickte von ihrer Handtasche auf.

Sie sah mich ein paar Sekunden lang an. Dann schüttelte sie langsam den Kopf.

Die rote Grütze wurde aufgetragen.

»Guten Appetit«, sagte Papa, »das ist Mamas Lieblingsgericht.«

Das sagte er immer, wenn wir rote Grütze aßen. Als wolle er sich dafür entschuldigen, daß wir sie essen mußten.

Mama schob das Dessert von sich, Papa löffelte seine Grütze. Daniel kratzte sich am Kinn. Pavel spielte mit seinem Löffel, und ich wartete, was nun geschehen würde.

Papa war als erster mit seinem Nachtisch fertig, und erst da wurde die Stille durchbrochen.

»Marek«, sagte er, »tut dir irgendwas weh?«

Eine seltsame Frage. Als ob Behinderte immer Schmerzen hätten.

»Möchte jemand meine rote Grütze?« fragte Daniel. »Ich finde sie ungenießbar.«

»Die rote Grütze ist tadellos«, sagte Papa.

»Könnt ihr nicht mit diesem Krach aufhören?« fragte Mama. »Ich suche etwas.«

Ich sagte: »Mir tut nichts weh, Papa, ich bin behindert.«

Aus der Küche kam Walzermusik.

Mamas Lieblingstier war der Marienkäfer. Manchmal fand sie Marienkäfer auf der Straße; dann nahm sie sie mit und setzte sie bei uns zu Hause auf eine Pflanze.

Sie hielten es nie lange bei uns aus, denn Marienkäfer sind keine Haustiere.

Manchmal redete Mama auch mit den Käfern.

An manchen Tagen dachte sie, ihr verstorbener Vater sei als Marienkäfer wiedergeboren worden. Ihr Vater war von seinem Pferd abgeworfen und gegen einen Baum geschleudert worden. Er war sofort tot.

»Kommt her und schaut euch das an«, sagte Mama an solchen Tagen, »euer Opa sitzt auf der Hängepflanze.«

Dann mußten ihre Kinder sich einen Marienkäfer ansehen, in dem sie ihren Vater zu erkennen glaubte.

Papa haßte Mamas Ideen über Reinkarnation. Manchmal sagte er: »Eure Mutter gehört ins Mittelalter.«

All diese Dinge schossen mir durch den Kopf, während ich darüber nachdachte, ob ich meiner Familie die Details meiner Behinderung jetzt schon bekanntgeben oder lieber noch etwas damit warten sollte.

Vielleicht würde Mama wieder zu der Hängepflanze rennen und rufen: »Schaut nur, da sitzt euer Opa.«

Das Dienstmädchen kam herein, sah, daß wir noch nicht fertig waren, und entfernte sich diskret.

»Daniel, wenn du noch länger an deinem Kinn herumkratzt«, sagte Papa, »hast du bald kein Kinn mehr.«

»Dieser Krach hier immer am Tisch«, flüsterte Mama, »das ist die reinste Kaserne!«

Papa faltete die Hände, als leite er eine wichtige Sitzung und mache sich nun daran, endlich die Entscheidung herbeizuführen.

»Marek«, sagte er, »wir können dir nicht helfen, wenn du uns nicht sagst, was du hast. Was tut dir weh?«

Die letzten vier Worte sprach er so laut und deutlich, als rede er mit einem Tauben.

Was tat mir weh? Ich hatte doch schon gesagt, daß mir nichts weh tat.

Wenn mir etwas weh tat, dann war es ein Schmerz, der sich nicht lokalisieren ließ, ein Schmerz ohne Adresse, so wie Mamas Liebhaber ohne Adresse ihr Leben betraten und auch ohne Adresse wieder hinausbefördert wurden.

»Es geht um dein Kind«, sagte Papa zu meiner Mutter, »vielleicht könntest du einen Moment bei der Sache bleiben?«

»Ich such mein Feuerzeug«, flüsterte Mama. »Mein goldenes Feuerzeug.«

Und Daniel sagte: »Ich weiß nicht, was sie hineingetan hat, aber es schmeckt irgendwie chemisch, es schmeckt wie Spülwasser. Sie will uns vergiften.«

Papa nickte mir aufmunternd zu, fast schien er sich zu

freuen, als fühle er sich nun endlich einmal als Vater. Zum zweiten oder dritten Mal in seinem Leben.

»Nun sag's schon, Marek«, sagte er, »wir hören.«

»Ich habe den Penis eines Zwergs«, sagte ich.

Seltsamerweise erstarrte Papas Gesicht nicht beim Wort »Penis«, sondern beim Wort »Zwerg«. Pavel begann hysterisch zu lachen, fast wie eine Frau, Daniel fiel in Ohnmacht, und Mama sagte, während sie abwesend in ihrer Tasche herumkramte: »Kastraten können oft sehr schön singen.«

»Wie meinst du das?« fragte Papa. »Und Pavel, heb Daniel vom Boden auf.«

Das Dienstmädchen kam herein, doch Papa fauchte sie an: »Nein, jetzt nicht.«

Pavel rief: »Ich heb ihn nicht mehr auf, ich heb ihn nicht auf, ich hab Daniel schon so oft aufgehoben, jetzt muß Marek es mal machen.«

»Ich bin behindert«, brüllte ich.

Das Dienstmädchen rannte weg, sie war Geschrei und Gezeter nicht gewöhnt. Erfolgreiche Menschen schreien nicht.

Sollte auch Papa ein heimlicher Zwerg sein, fragte ich mich plötzlich. Es schien mir typisch für die Chromosomen eines Zwergs, ein paar Generationen zu überspringen, doch vielleicht irrte ich mich ja.

»Ich meine«, sagte ich und war überrascht über meine eigene Gelassenheit, »daß mein Glied gut zu einem Zwerg passen würde. Und ich bin nicht der einzige, der diese Meinung vertritt. Unabhängige Quellen bestätigen meine Ansicht.«

Pavel schien fast zu ersticken. Er kicherte, doch es erinnerte mehr an ein verzweifeltes, aber ersticktes Brüllen.

Daniel lag noch immer auf dem Boden.

Sollte auch er, so fragte ich mich, ein heimlicher Zwerg sein? Mit wie vielen heimlichen Zwergen saß ich hier eigentlich am Tisch?

»Ich will nicht, daß du von Kastraten sprichst«, sagte Papa zu Mama, »es geht um deinen Sohn. Vielleicht könntest du dich endlich mal um deinen Sohn kümmern?! Und irgend jemand muß Daniel aufheben.«

Ein hoher Ton entrang sich Mamas Kehle. Dann rief sie: »Ich ertrage diesen Krach nicht länger.«

Über Pavels Gesicht liefen Tränen vor Lachen.

Alle schienen vergessen zu haben, daß ich den Penis eines Zwergs hatte. Nur Daniel war in Ohnmacht gefallen, aber nicht meinetwegen. Er konnte es einfach nicht ertragen, wenn jemand anderes mal ein wenig Aufmerksamkeit bekam, er fiel auch vorzugsweise immer dann in Ohnmacht, wenn Pavel einen Auftritt hatte.

Ich stand auf.

Immer noch sah mich niemand an.

Als hätte ich meine Worte nie ausgesprochen, oder sie hätten sich sofort in einem dicken, undurchdringlichen Nebel aufgelöst.

Dann rief ich: »Ihr habt mir den Penis eines Zwergs gegeben, ihr seid Mörder.«

Das Dienstmädchen kam erschrocken ins Zimmer gelaufen.

Während aus der Küche noch lautere Walzermusik erklang und Mama zur Anrichte rannte, sich eine Schale nahm und sich in sie übergab, sah ich, wie Papa langsam von seinem Stuhl aufstand, um mir gleich darauf die härteste Ohrfeige zu verpassen, die er mir je verpaßt hatte. Es klang wie ein Pistolenschuß.

Dann wurde es still.

Papa setzte sich wieder, ich setzte mich wieder, nur Mama stand noch immer an der Anrichte mit der Schale in der Hand, doch dort stand sie so oft, daß niemand dem noch besondere Aufmerksamkeit schenkte.

»So«, sagte Papa, »jetzt trinken wir Kaffee. Pavel, heb Daniel vom Boden auf.«

Das Dienstmädchen räumte die rote Grütze ab. Bei Daniels Teller blieb sie stehen.

»Räum es ruhig ab«, sagte Papa, »und – Pavel, Constanza: Hebt endlich Daniel auf.«

Mama stand wie versteinert an der Anrichte, die Schale in der Hand.

Niemand brauchte Daniel aufzuheben, denn er stand von selbst wieder auf und setzte sich. Er rollte mit den Augen – er hatte Mamas Theatralik geerbt – und wisperte: »Ich brauche andere Medikamente.«

Papa sagte: »Was macht deine Musik, Pavel? Wann können wir wieder eine Aufführung erwarten?«

Schon allein vom Wort »Medikamente« wurde Papa todkrank.

Papas Frage blieb in der Luft hängen, denn Pavel gab keine Antwort, und Mama sagte plötzlich: »Du darfst ihm nicht ins Gesicht schlagen, Ferdinand.«

Dann lief sie zu mir, sie hatte sich nicht mal den Mund abgewischt, es klebte noch etwas an ihren Lippen, sie kniete sich vor mir hin und murmelte: »Vergib mir, Marek, vergib mir, o bitte, vergib mir.«

Es war ein richtiges Gebet, das sie da zu meinen Füßen murmelte, und dieses Gebet fand ich noch viel schlimmer als den Penis eines Zwergs, tausendmal schlimmer.

»Mama, steh auf!« sagte ich. »Mama, steh bitte auf. Du brauchst mich nicht um Verzeihung zu bitten. Du kannst doch nichts dafür.«

»Pavel«, sagte Papa, jetzt etwas lauter, »wann können wir deinem nächsten musikalischen Auftritt entgegensehen?«

Doch Pavel gab keine Antwort.

Das Dienstmädchen kam herein, nahm Mama beim Arm und führte sie zu ihrem Stuhl. Auch tupfte sie mit einer sauberen Serviette Mamas Lippen ab.

Es kam nicht allzuoft vor, doch immerhin gut zweimal jährlich, daß Mama sich vor einem Familienmitglied auf die Knie warf und in ein für Außenstehende völlig unverständliches Gebet ausbrach.

Mamas Leidenschaft war wie eine Lawine im Frühling, wenn plötzlich zuviel Schmelzwasser freikommt; mit ihr konnte sie ganze Dörfer vom Erdboden fegen. Vielleicht wäre sie glücklich gewesen, wenn sie die ganze Welt tatsächlich weggefegt hätte, wenn sie die Welt in ein schwarzes Loch hätte verwandeln können. Doch die ganze Welt war selbst für Mama etwas zuviel.

Heute glaube ich, daß, was wir damals für Leidenschaft hielten, gar keine Leidenschaft war, sondern etwas ganz anderes, Schmerz zum Beispiel, der einen festen Aufenthalt sucht, eine Adresse, eine Stelle im Telefonbuch.

Als die letzten Reste Erbrochenes von Mamas Kinn entfernt waren, sagte das Dienstmädchen: »Soll ich jetzt den Kaffee servieren?«

»Gern«, sagte Papa, »ein Kaffee scheint mir jetzt ungeheuer festlich. Und Pavel, wann können wir wieder eine deiner musikalischen Aufführungen genießen?«

»Ich habe den Penis eines Zwergs«, brüllte ich. Mich konnten sie ignorieren, die *Amour fou* konnten sie ignorieren, doch den Penis eines Zwergs würde ich ihnen ins Gesicht schleudern.

»Pavel?« sagte Papa.

Daniel friemelte schon wieder an seinem Kinn herum.

Mama wollte gern fliegen lernen, damit sie im eigenen Flugzeug die Welt umkreisen konnte, denn sie haßte Stewardessen. Selbst wenn sie First Class flog, die Stewardessen gingen ihr auf die Nerven; am liebsten saß sie die ganze Zeit im Cockpit beim Piloten.

Ich sah zu Mama, und mir fiel ein, wie oft sie meinen Vater um Flugstunden gebeten hatte. Doch Papa und die Ärzte hatten ihr von Flugstunden ernsthaft abgeraten.

Da Pavel Papas Fragen unbeantwortet gelassen hatte, gab Papa sich zuletzt selbst Antwort. Er war ein praktischer Mensch, wenn es um Fragen und Antworten ging. »Die letzte Aufführung, Pavel, mit dem Cellokonzert von Brahms, die fand ich herrlich. Ihr nicht?«

»Es war nicht Brahms«, sagte Daniel. »Und ich brauche stärkere Medikamente.«

Er war aufs Kinn gefallen, schon vor über drei Monaten. Die Wunde war nicht gut verheilt.

Das Telefon läutete.

Alle erstarrten.

Pavel wollte aufstehen, doch Papa sagte: »Bleibt sitzen, wir sind nicht zu Hause, das Dienstmädchen wird schon abnehmen.«

Er stand auf, ging zur Tür, blieb dort stehen und rief: »Bettina, wir sind nicht zu Hause, niemand ist zu Hause.«

Dann ging er zum CD-Player, legte das zweite Violinkonzert von Mozart auf und setzte sich wieder an den Tisch, wie jemand, der außerordentlich zufrieden ist, eine schwierige Verhandlung wieder mal zu einem guten Ende geführt zu haben.

Früher hatte ich immer Flugzeuge für Mama gemalt, weil ich wußte, daß sie gern ein eigenes Flugzeug gehabt hätte, doch dann hatte Papa gesagt, daß Mama solche Zeichnungen durcheinanderbrächten.

Der Penis eines Zwergs dagegen konnte unser Familienleben nicht länger als vier Minuten durcheinanderbringen. Wahrscheinlich hatten sie es schon wieder vergessen. Um ungestört durchs Leben gehen zu können, ist Vergessen eine unverzichtbare Bedingung. *Amour fou* war nichts für meine Familie.

Das Dienstmädchen kam mit dem Kaffee.

»Wie herrlich«, sagte Papa und schnaubte übertrieben laut, damit wir merkten, daß er den Geruch des Kaffees meinte und nichts anderes. Außerdem liebte es Papa, laut Gerüche einzuschnauben; in Gesellschaft prahlte er regelmäßig, wenn das Gespräch verstummte, mit seinem guten Geruchssinn.

»Würdest du bitte aufhören, dich wie ein Prolet zu benehmen«, sagte Mama, »hier vor den Kindern!«

Mama haßte Papas Geschnauf. Außerdem fand sie es ungehörig, wenn Menschen zeigten, daß ihnen etwas besonders gut schmeckte. Für Mama schmeckte nichts gut genug auf dieser Welt. Was schmeckte, kam nach dem Tod, dachte sie, oder vor der Geburt, aber nicht dazwischen.

Träume von Kriminellen

Wochen gingen vorüber.

Milena und Andrea schrieben eine Karte aus Luxemburg.

Pavel sagte: »Du kannst sie behalten.« Seine Gefühle klebten nicht an Ansichtskarten.

Viel stand nicht darauf. »Viele Grüße aus Luxemburg, und danke für alles. Dancing Queen Andrea und Dancing Queen Milena.«

Vielleicht genügte das.

Ich hatte versucht, meine Erwartungen herunterzuschrauben, so wie Papa das getan hatte, doch meine Erwartungen waren wie kleine Vögel, die aus dem Käfig ausgebrochen waren und die ich nicht mehr einfangen konnte.

Ich beschloß, die Karte doch mal an die Wand zu hängen, man wußte nie. Ich hörte damit auf, Herrn Kiepe in den Schritt zu starren, und auch bei Herrn Georgi zeigte ich wieder mein gewohntes Verhalten: aufmerksam, interessiert, eifrig und freundlich. Wer es nicht besser wußte, hätte denken können, daß alles in Ordnung sei.

Über den Zwerg wurde bei uns zu Hause nicht mehr gesprochen, über die Ohrfeige auch nicht.

So ungefähr alle drei Tage, beim Abendessen, fragte Papa nach Pavels musikalischen Auftritten, und wenn er keine Antwort darauf bekam, gab er sich selbst eine. Daniel friemelte immer noch an seinem Kinn herum, und Mama hatte nach wie vor Schwierigkeiten, sich auf ihr Essen zu konzentrieren. Immer wieder vergaß sie, daß ein Teller vor ihr stand, und dann mußten wir sie daran erinnern, sich doch eine Gabel voll in den Mund zu stecken, aber auch daran waren wir gewöhnt.

Niemand wußte, daß ich beschlossen hatte, ein Zwerg zu werden, gefangen im Körper eines mittleren Riesen.

Ich arbeitete an meinem Gedichtband *Der Zwerg und andere Gedichte.* Ich schäme mich nicht dafür, aber ich bin doch froh, daß letztlich kein Verlag das Risiko auf sich nehmen wollte.

Um mich in die Weltsicht eines Zwergs einzufühlen, begann ich, im Entengang durchs Haus zu laufen.

Papa sagte: »Warum läuft der Junge bloß immer so in der Hocke herum, stimmt was nicht mit ihm?«

Mama sagte: »Er sucht etwas.«

Weil sie selbst dauernd Dinge suchte, dachte sie, bei anderen sei das genauso.

Zu Anfang sagte Papa noch ab und zu: »Marek, jetzt geh doch normal«, aber das gab er bald auf.

Nicht lange darauf wagte ich mich mit meinem Entengang auch in die Öffentlichkeit. Keine sehr lange Strecken, denn das hielt ich nicht lange durch, aber bestimmte Straßen und Gassen durchquerte ich nur noch mit meiner neuen Methode. Die Bankgasse zum Beispiel und die Schenkenstraße.

Manche Leute schauten mir hinterher, aber nach ein paarmal hatten die Händler sich an diese neue Art des Gehens gewöhnt. Einige feuerten mich sogar an und riefen: »Gut so, du machst Fortschritte.«

Zugegeben, es ist eine äußerst ermüdende und anstrengende Art zu laufen, aber je länger man übt, desto leichter wird es.

Zu Daniels Geburtstag lief ich im Entengang mit Häppchen und Getränken durchs Wohnzimmer. »Er hat Talent für den Zirkus«, sagte ein älterer Herr, ein Spezialist für Sterbeversicherungen.

Doch Papa ignorierte die Bemerkung und hielt wieder einen kurzen, doch knackigen Vortrag über seinen bemerkenswert guten Geruchssinn.

Als ich mich auch auf der internationalen Schule mehr und mehr im Entengang fortbewegte, war es wieder Herr Georgi, der sich als erster die Mühe machte, mich darauf anzusprechen.

Eines Tages stellte er sich vor dem Kaffeeautomaten neben mich.

Zuerst fragte er etwas Unverfängliches wegen Wechselgeld. Dann sagte er: »Ich sehe dich so oft in der Hocke herumlaufen, letztens noch in der Wallnerstraße. Übst du für irgend etwas?«

Ich schüttelte den Kopf.

»Oder ist das Mode?« fragte er. »Ist das jetzt Mode bei jungen Leuten?«

Wieder schüttelte ich den Kopf.

»Was ist es denn?«

Ich nahm meinen Kaffee aus dem Automaten und sagte: »Meine Beine sind zu lang, Herr Georgi.«

Herr Georgi trat einen Schritt zurück, er musterte meine Beine, wie Leute einen Kleiderschrank mustern, den sie sich überlegen zu kaufen, und sagte nach einigen Sekunden: »Ich finde sie nicht zu lang. Ich finde sie ziemlich gut proportioniert.«

Proportionen – davon hätte er jetzt nicht anfangen dürfen.

»Ach ja, Sie finden sie also gut proportioniert?« sagte ich und versuchte, so sarkastisch wie möglich zu klingen. »Was verstehen Sie eigentlich von Proportionen?«

Herr Georgi warf Geld in den Automaten.

»Was ist nur los mit dir, Marek?« sagte er. »Du bist in letzter Zeit so aggressiv! Ich finde es gar nicht schlimm, daß du im Entengang herumläufst, ich frage mich nur, was es zu bedeuten hat.«

Ich ging weg, ohne zu grüßen.

An jenem Tag schrieb ich einen langen Brief an die beiden Mädchen in Luxemburg, doch es kam nie eine Antwort.

Auf der internationalen Schule gab es Leute, die sich über meinen Entengang das Maul zerrissen, andere begrüßten es als einen unschuldigen und doch gesunden Zeitvertreib, wie zum Beispiel der Sportlehrer, ein Mann mit braunen Sympathien, und der eine oder andere versuchte sogar, mich zu imitieren. Doch so lange wie ich schaffte es niemand.

Pavel fing ein Verhältnis mit einer Frau aus Ungarn an, und nach und nach verlor er das Interesse an kostbaren Instrumenten. Auch massierte er sich immer seltener die Hände mit seinem Pflegeöl.

Wenn ich auf der Straße einem Zwerg begegnete, was zugegebenermaßen nicht oft vorkam, dachte ich: »Ha, ein Kollege, aber niemand weiß es.«

Ich las viele Bücher über mißgebildete Menschen.

Nach circa einem Monat flüsterte Herr Georgi mir eines Morgens vor Beginn der Stunde zu: »Heute nachmittag würde ich dich gern einem guten Freund von mir vorstellen.«

Ich schwieg.

Nach dem Unterricht paßte er mich am Kaffeeautomaten ab.

»Kommst du mit?« fragte er.

Ich zuckte mit den Schultern. »Wenn's sein muß.«

»Es ist nicht sehr nah«, sagte Herr Georgi, »wir müssen mein Auto nehmen. Wie geht's deiner Mutter?«

Ich nickte; das mußte als Antwort genügen.

»Ist sie in der Stadt?« fragte Herr Georgi und hielt mir die Tür seines VWs auf.

»Sie ist für ein paar Tage nach Barcelona gefahren«, sagte ich.

»Allein?« fragte Herr Georgi. »Ich meine…«

»Ich weiß, was Sie meinen«, unterbrach ich ihn. »Nein, Herr Georgi, nicht allein. Meine Mutter kann nicht allein sein, wenn sie allein ist, wird sie verrückt.«

Ich setzte mich neben ihn.

Er startete.

Herr Georgi glaubte an das Gute im Menschen, jedenfalls ging er immer davon aus.

Wir fuhren ans andere Donauufer.

Das Gespräch blieb einsilbig. Ich hatte ihn ein paar meiner Gedichte lesen lassen, und er hatte mich ermutigt weiterzumachen, doch er war ein Idealist, und er ermutigte jeden. Er war so idealistisch, daß er sogar einen Selbstmörder noch ermutigt hätte weiterzumachen.

Ein paar Wochen vor Weihnachten ließ er immer einen Weihnachtsbaum in der Klasse aufstellen.

»So, Kinder«, sagte er dann, »wir haben einen Weihnachtsbaum! Interessierte können mir helfen, ihn zu schmücken.«

Wie jemand eine aufrichtige Liebe zu den Surrealisten empfinden und sich mit fast dem gleichen Eifer für Weihnachtsbäume begeistern konnte, war mir ein Rätsel. Manchmal mußte Herr Georgi den Weihnachtsbaum allein schmücken. Dann hatten sich keine Interessierten gefunden.

Schließlich hielten wir vor einem Herrenhaus.

»Hier wohnt mein Freund, Professor Hirschfeld«, sagte er.

»Oh«, antwortete ich nur.

Herr Georgi klingelte. Er hatte nicht gesagt, warum wir hier waren, ich hatte auch nichts gefragt.

Professor Hirschfeld war ein mittelgroßer, fast kahlköpfiger Mann mit langen Koteletten.

Er führte uns in ein altmodisch eingerichtetes Wohnzimmer. Viel dunkles Holz, düstere Gemälde und eine Standuhr.

»Kaffee?« fragte Professor Hirschfeld.

Herr Georgi sagte: »Ja, gern, für uns beide.«

»Vielleicht«, dachte ich, »ist Professor Hirschfeld Verleger, vielleicht hat *Der Zwerg und andere Gedichte* Herrn Georgi ja doch besser gefallen, als er sich zuerst hat anmerken lassen.«

Professor Hirschfeld sah aus, wie ich mir einen Verleger immer vorgestellt hatte: staubig, leicht vernachlässigter Körper, durchdringender Blick und eine charmante, fast gespielt wirkende Zerstreutheit.

Mit Porzellantassen, auf denen Pferde abgebildet waren, kam Professor Hirschfeld ins Zimmer zurück.

Dann brachte er Kaffee und Zucker; der Zucker steckte in Tütchen, die offensichtlich aus dem Flugzeug stammten, denn sie trugen den Aufdruck »Austrian Airlines«. Vielleicht war Professor Hirschfeld ja die Wendung in meinem Leben, auf die ich so lange gewartet hatte.

Im Geist sah ich eine Zeitungsüberschrift vor mir: »Hinreißendes Debüt eines Fünfzehnjährigen. Rimbaud von Wien macht von sich reden.«

»So, bitte schön«, sagte Professor Hirschfeld, »wie geht es dir?«

»Ausgezeichnet«, sagte ich, »und Ihnen?«

Im Fernsehen hielt Reich-Ranicki meinen Gedichtband in die Luft und belferte: »Das beste, was ich seit zwanzig Jahren gelesen habe! Dieses Buch bedeutet eine kopernikanische Wende in der gesamten deutschsprachigen Poesie.«

Professor Hirschfeld schlürfte seinen Kaffee und sagte: »Entschuldigung, ich kann euch kein Gebäck anbieten.«

Herr Georgi hüstelte. »Das macht nichts.«

Professor Hirschfeld stellte seine Tasse wieder auf den Tisch, wischte sich den Mund ab, nieste ziemlich laut und sagte: »Herr Georgi hat mir von deinem interessanten Hobby erzählt.«

Nun ja, Hobby – ein Hobby fand ich meine Gedichte nicht gerade.

»Es ist kein Hobby«, sagte ich.

»Was ist es denn?« fragte Professor Hirschfeld.

Was war es? Wie sollte man es nennen, ohne sich selbst lächerlich zu machen?

»Es ist sehr wichtig«, sagte ich und dachte an Papa, den ich schon oft hatte sagen hören: »Ich habe mein Hobby zum Beruf gemacht, darum bin ich ein so zufriedener Mensch.«

»Tust du das oft?«

Ich sah zu Herrn Georgi, doch der wich meinen Blicken aus.

»Regelmäßig«, sagte ich.

»Und was sagen deine Eltern?«

»Nichts.«

»Nichts? Stellen sie dir keine Fragen?«

»Seine Mutter ist ziemlich oft auf Reisen«, sagte Herr Georgi, und wieder mied er meinen Blick.

»Eine Geschäftsfrau?«

»So kann man es nennen«, sagte ich.

Ich sah zu den Gardinen. Sie waren ganz grau.

Mama mochte keine Vorhänge. Mama brauchte Luft und Sonne.

»Kannst du es uns mal eben vormachen?« fragte Professor Hirschfeld.

»Jetzt«, fragte ich, »hier?« Doch schon während ich die Frage aussprach, begriff ich, daß sie all die Zeit etwas ganz anderes als meine Gedichte gemeint hatten.

Es war ein Gefühl, als hätten sie mir mit einer großen Suppenkelle auf den Kopf geschlagen, und nicht nur einmal, nein, gleich ein paarmal hintereinander. Als sei mein Kopf ein Steak, das weich geklopft werden müsse, und jetzt, da es weich genug war, würden sie mich brutzeln und braten.

»Mach's uns doch kurz mal vor«, sagte Professor Hirschfeld.

»Weißt du noch, Marek? So wie du gegangen bist, als ich dir in der Wallnerstraße begegnet bin!«

Herr Georgi stand auf und begann, im Entengang durch Professor Hirschfelds Wohnzimmer zu laufen.

»So bist du gegangen, weißt du noch«, sagte er, »und im Chemielabor, letzten Mittwoch, bist du auch so gelaufen, kannst du dich noch erinnern?«

Ein schrecklicher Verdacht beschlich mich.

Vielleicht hatte Herr Georgi jetzt endgültig den Verstand verloren. Vielleicht war die Flasche wieder das Zentrum seines Lebens geworden.

Er wohnte allein mit einer Sammlung tropischer Fische und war schon einmal, lange bevor ich auf die Schule kam, in eine Anstalt aufgenommen worden. Die offizielle Version war, daß es sich um Rückenbeschwerden handelte, doch die Eingeweihten, und das waren so ziemlich alle an der Schule, wußten, daß der Alkohol seine Welt in eine Wahnvorstellung ohne Ausgang verwandelt hatte, so daß er in jene Klinik in den Bergen mußte, wo sie ihm Stück für Stück wieder den Blick für die Realität zurückzugeben versuchten.

Professor Hirschfeld zeigte auf Herrn Georgi, der immer noch auf dem Boden hockte, und sagte: »So gehst du also immer die Straßen entlang?«

»Na ja, immer! Ab und zu«, sagte ich, »immer ist etwas übertrieben.«

»Du brauchst keine Angst zu haben«, sagte Professor Hirschfeld. »Ich möchte nur kurz mal ganz genau sehen, wie du gehst.«

Er stand auf und begann jetzt auch im Entengang durchs Zimmer zu laufen. Zusammen mit Herrn Georgi.

»Mach doch kurz mal mit«, sagte er.

Ich ließ mich von meinem Stuhl gleiten. »Viel schaden kann's nicht«, dachte ich, »und wenn ich ihnen damit eine Freude mache...«

Also spazierte ich im Entengang ein wenig hinter ihnen her.

Sie stellten sich an wie die letzten Idioten. Sie waren völlig untrainiert.

Am Anfang tun die Muskeln im Oberschenkel schon nach ein paar Schritten weh; man muß sich langsam steigern. Jeden Tag ein paar Meter mehr.

»Sie machen es ganz falsch«, sagte ich. »Sie müssen es langsam steigern; wenn man am Klavier anfängt, kann man doch auch nicht erwarten, gleich Mozart zu spielen.«

»Und du hast es also langsam gesteigert?« fragte Professor Hirschfeld.

Er kauerte immer noch auf dem Boden.

»Ja«, sagte ich, »wenn ich etwas wirklich will, halt ich durch.«

Professor Hirschfeld stand als erster auf.

Herr Georgi tat es ihm nach.

Zuletzt stand auch ich auf und setzte mich wieder.

»Warum interessieren Sie sich so für diese Art zu gehen?« fragte ich.

»Ich habe so was noch nie gesehen«, sagte Professor Hirschfeld, »noch nie.«

»Professor Hirschfeld ist Wissenschaftler«, sagte Herr Georgi.

Das Wort »Wissenschaftler« hallte bedeutungsschwer durch den Raum, es war ein wichtiges Wort für Herrn

Georgi, ein Beruf, den er selbst hatte ergreifen wollen. Doch dann kam der Alkohol dazwischen, und alles, was ihm von der Wissenschaft geblieben war, war die internationale Schule in Wien.

»Und was für eine Wissenschaft betreiben Sie?« fragte ich.

»Traumdeutung«, sagte Professor Hirschfeld, »seit fast vierzig Jahren stehe ich mit den Träumen anderer Leute auf und gehe auch mit ihnen zu Bett.«

Es kam wieder Leben in seinen alten Körper. Seine Augen begannen zu glänzen.

»Professor Hirschfeld hat die Träume von Kriminellen untersucht«, sagte Herr Georgi, »und er ist dabei, ein wunderbares Buch darüber zu schreiben.«

Professor Hirschfeld nickte eifrig, und abermals beschlich mich der Verdacht, daß ich zwei Männer vor mir hatte, die dabei waren, den Verstand zu verlieren.

»Interessant«, sagte ich, »und – haben Sie viele Kriminelle untersucht?«

Professor Hirschfeld fuchtelte mit dem Finger.

»Nicht irgendwelche Kriminelle«, schmetterte er durchs Wohnzimmer, als spreche er vor einem ganzen Hörsaal. »Nur Gewaltverbrecher. Ausschließlich Gewaltverbrecher.«

»Keine Taschendiebe also«, sagte Herr Georgi und schenkte noch etwas Kaffee nach.

»Mit Taschendieben geb ich mich nicht ab«, rief Professor Hirschfeld, »die müssen woanders hingehen. Fast fünfhundert Fälle habe ich untersucht. Und nicht nur in Europa: In Japan bin ich gewesen, in Neuseeland, in Chile. Und überall habe ich die Träume von Kriminellen mit denen von nicht Vorbestraften verglichen.«

Er zappelte auf seinem Stuhl hin und her vor Aufregung.

So wie manche Leute eine Vorliebe für Brahms oder Mozart hatten, so hatte dieser Mann offenbar eine Vorliebe für Kriminelle, die ein Gewaltdelikt begangen hatten.

»Und was wollen Sie jetzt von mir?« fragte ich.

Ich mußte an Milena denken und an Algerien, wo es ihr zufolge keine Kultur gab, und an ihren Vater, den Wikinger, und die Karte, die sie mir zusammen mit Andrea geschickt hatte, und daran, daß ich nie den Nachtzug nach Luxemburg nehmen würde.

»Ich glaube, daß Professor Hirschfeld dir helfen kann«, sagte Herr Georgi.

»Warum?« fragte ich.

»Weil Kurt – Professor Hirschfeld – ein Freund von mir ist.«

»Und warum sollte ich Hilfe brauchen?«

Sie wissen alles, schoß es mir durch den Kopf. Sie haben schon immer alles gewußt.

Professor Hirschfeld setzte eine Lesebrille auf, warf einen Blick in ein Notizbuch, setzte die Brille wieder ab und fragte: »Was empfindest du, wenn du im Entengang durch Wien läufst?«

»Ich konzentriere mich«, sagte ich.

»Worauf?«

»Auf meine Oberschenkelmuskeln. Aber was ich nicht verstehe: Wo ist der Zusammenhang zu Ihrem Fachgebiet?«

»Es gibt keinen«, sagte Professor Hirschfeld.

Auf einer Anrichte stand eine Karaffe mit einer dunklen, rötlichen Flüssigkeit, wahrscheinlich Portwein.

»Ich möchte dir helfen«, sagte Professor Hirschfeld.

»Wobei denn?«

Ich kannte meine Gedichte auswendig, damals jedenfalls, und fühlte plötzlich einen seltsamen Drang, sie vorzutragen.

An jeder Straßenecke Wiens wollte ich meine Gedichte vortragen, denn es ging nicht darum, damit reich zu werden, reich wurde man mit Versicherungen, es ging darum, sie unter die Leute zu bringen, wie Hepatitis C, wie einen Virus, der sich schnell ausbreiten mußte.

Vielleicht war es auch kein Portwein, sondern Armagnac oder Haselnußlikör, der da auf der Anrichte stand.

»Fühlst du dich anders als die anderen?« fragte Professor Hirschfeld. »Hast du das Gefühl, daß du Dinge sagst, die sie nicht begreifen können, und daß sie Dinge sagen, die du nicht begreifst?«

»Darüber hab ich eigentlich nie nachgedacht.«

Papa war immer eindeutig gewesen: Schweigen ist die beste Form der Kommunikation, und was gab es an Schweigen zu verstehen? Schweigen war wie die weiße Leinwand, bevor der Film anfing, daran gab es nichts zu begreifen. Schweigen war nicht der x-te Traum eines Kriminellen, der gedeutet werden mußte.

»Warum lesen Sie nicht meine Gedichte?« schlug ich vor.

»Schreibst du Gedichte?«

Professor Hirschfeld sah Herrn Georgi an, und Herr Georgi sagte: »Ja, ja, Marek ist sehr begabt, nicht wahr, Marek, *Der Wichtel,* das hast du doch geschrieben?«

»Der Zwerg«, rief ich, »nicht *Der Wichtel, Der Zwerg,* ein Wichtel ist kein Zwerg, Herr Georgi, Sie sagen immer zu allen, sie sollen weitermachen, zu allen, aber es hat nichts zu bedeuten, Sie haben die Gedichte nicht mal gelesen.«

Und dann stand ich auf und begann, meine Gedichte vorzutragen.

Ich ruderte mit den Armen. Bei einigen Strophen stampfte ich auf den Boden, und bei der Strophe, in der der Zwerg einen Fensterputzer angreift, spuckte ich durchs Zimmer, weil der Zwerg im Gedicht auch spuckte, und als ich das lange Gedicht – vier Seiten – ganz zu Ende vorgetragen hatte, kam eine merkwürdige Ruhe über mich.

»Sehr interessant«, sagte Professor Hirschfeld, »richtig mitreißend, ich glaube, ich kann dir helfen.«

In dem Moment bekam ich den ersten großen Wutanfall meines Lebens, als komme die Wut von fünfzehn Jahren hier in Professor Hirschfelds Wohnzimmer plötzlich zum Ausbruch. Viele Wutanfälle sollten noch folgen, bis mein Leben ein einziger großer Wutanfall zu sein schien, dem nur ein Herzstillstand ein Ende machen konnte, oder zwei zusammenklappende Lungen oder der elektrische Stuhl.

»Ihr wollt mir helfen«, brüllte ich, »dabei braucht ihr selber Hilfe. Ihr seid blind für die Schönheit meiner Worte, weil ihr eigentlich schon tot, weil ihr eigentlich nur aus Versehen noch nicht begraben seid, aber über euren Köpfen wächst schon Gras, ihr seht es nur nicht, weil ihr immer auf andere herabseht, aber ich bin der Zwerg, und nicht der Wichtel, Herr Georgi, kein Wichtel, und ich schaue nach oben, und ich sehe das Gras über euren Köpfen wachsen und aus euren Ohren kommen und aus eurem Mund und aus eurer Nase, und bis jetzt habe ich aus Höflichkeit geschwiegen, aber ich schweige nicht länger. Ihr seid wie zwei Stücke dreihundert Jahre alter Kabeljau. Toter als Wien, toter als die Lebensversicherungen, wenn ich euch nur ansehe, fallt ihr schon auseinander, bleibt nichts von euch übrig, nichts, absolut nichts.«

Ich lief zur Anrichte und packte die Karaffe. Ich nahm den Stöpsel ab und setzte sie an den Mund, aber mußte alles sofort wieder ausspucken, denn das Zeug war viel zu stark für meine ungeübte Kehle.

»Ich will keine Hilfe von euch«, rief ich. »Ich will euch helfen, ich will das Gras mähen, das über euren Köpfen wächst, ich bin die göttliche Mähmaschine. Ja, hört mir nur zu, ihr Toten, ich bin die göttliche Mähmaschine.«

Danach trug ich das zweite Gedicht aus meinem Gedichtband vor, und es war ein Gefühl, als steige ich den Berg hinab, die steinernen Tafeln auf dem Rücken. Als ich fertig war, setzte ich mich wieder und schlug die Beine übereinander. Professor Hirschfeld zupfte an seinen Koteletten, Herr Georgi betrachtete interessiert die grauen Gardinen.

Was in dem Moment von der *Amour fou* noch übrig war, war die Gier nach Rache, geboren aus Haß. Haß auf mein eigenes Geschlechtsteil, Haß auf Menschen, die Wichtel mit Zwergen verwechselten, Haß auf die Geliebten meiner Mama, die ihr mit billigem Schmuck eine Freude zu machen glaubten, Haß auf den Sportlehrer, Haß auf Luxemburg und die Zugfahrt, die ich nie machen sollte, Haß auf die Surrealisten, die mich mit einer Musik betört hatten, die auf Erden nicht mehr gespielt wurde, Haß auf den Französischlehrer, der mich mit den Surrealisten bekannt gemacht hatte, Haß auf die Lebensversicherungen, Haß auf das Geld, das an mir klebte, Haß auf den Ballettänzer, der ich nicht geworden war, Haß auf den Dichter, der ich nicht werden sollte, Haß auf Rimbaud, Haß auf eine Kultur, an die ich nicht mehr glaubte, Haß auf die Menschen, die dachten, daß die Kultur an den Stadtgrenzen von Wien aufhörte, Haß auf das Geniekonzept, Haß und immer nochmals Haß, was letztlich alles auf den einen Wunsch hinauslief: Rache am Leben selbst. Man sagt, Liebe erzeuge Leidenschaft, doch der Gott der Rache ist stärker als alle Liebe zusammen.

Auf der Straße versuchte jemand sein Auto zu starten, doch es gelang ihm nicht.

Schließlich brach Professor Hirschfeld das Schweigen. »Ein Schnaps würde uns jetzt allen guttun, oder?«

»Lieber nicht«, sagte Herr Georgi hastig, »bei Schnaps werd ich zudringlich«, und er lachte höflich über seinen eigenen Witz.

Professor Hirschfeld schenkte mir und sich ein Glas voll ein, doch nicht aus der Karaffe, aus der ich getrunken hatte, sondern aus einer Flasche, die er aus der Küche holte.

»Das ist reine Natur«, sagte er, »etwas Besseres als das hier kriegst du nirgends.« Und plötzlich stellte ich mir vor, daß er das auch zu den Kriminellen gesagt und daß er Schnaps mit ihnen allen getrunken hatte, bevor er sich auf den nächsten Traum stürzte.

»Was ist eigentlich aus den Kriminellen geworden«, fragte ich, »die Sie untersucht haben?«

Professor Hirschfeld lehrte sein Glas in einem Zug und sagte: »Die meisten sitzen im Gefängnis, manche in einer geschlossenen Anstalt, andere sind tot, und einer hat den Weg in die normale Gesellschaft zurückgefunden und ist jetzt Professor für Biochemie.«

»Haben Sie nie Angst gehabt?«

»Dazu hatte ich keine Zeit.«

Dann riß Professor Hirschfeld ein Blatt aus seinem Notizbuch und schrieb eine Telefonnummer darauf.

»Das ist meine Nummer«, sagte er, »du kannst mich anrufen. Egal wann, egal, worüber du sprechen möchtest.«

Ich steckte mir den Zettel in die Tasche.

»Untersuchen Sie immer noch Kriminelle?«

»Nein«, sagte Professor Hirschfeld, »momentan bin ich dabei, die Ergebnisse meiner Untersuchungen auszuwerten. Ich weiß nicht, was schwieriger zu deuten ist, die Träume der Kriminellen oder meine Untersuchungsergebnisse.«

Er stand auf. »Ich müßt mich jetzt entschuldigen.«

»Ja«, sagte Herr Georgi schnell. Auch er stand auf, nahm Professor Hirschfelds Hand und sagte: »Kurt.«

»Schon in Ordnung«, sagte Professor Hirschfeld. »Gern geschehen.«

Dann gab er mir die Hand. Auf der Straße versuchte immer noch jemand, sein Auto zu starten.

»Wenn du möchtest, kannst du auch deine Mutter mitbringen.«

»Wenn ich komme, komme ich allein«, sagte ich.

»Du darfst auch kommen, um Gedichte vorzutragen«, sagte Professor Hirschfeld. »Ich verstehe nicht viel von Poesie, aber ich mag den Klang der menschlichen Stimme, selbst wenn derjenige eine feuchte Aussprache hat.«

Ich schwieg.

Professor Hirschfeld blieb in der Tür stehen, und als wir bei Herrn Georgis Auto waren, drehte ich mich noch einmal um.

Professor Hirschfeld winkte.

Seine Weste flatterte im Wind, und ich mußte wieder an die Kriminellen denken, die alle auf demselben Stuhl gesessen hatten wie ich.

»Was für ein seltsamer Mann«, sagte ich.

»Ja«, sagte Herr Georgi.

Er setzte mich in der Nähe unseres Hauses ab.

»Bis morgen«, sagte er, »und entschuldige, daß ich Wichtel und Zwerge verwechselt habe.«

»Macht nichts«, sagte ich, »macht wirklich nichts.«

Ich ging auf mein Zimmer, las zum x-ten Mal die Karte der Luxemburger Mädchen und öffnete das Fenster.

Fräulein Oertel

Es wurde Sommer.

Daniel fiel öfter in Ohnmacht als je zuvor. Er sagte: »Es geht zu Ende«, doch niemand schenkte dem die geringste Beachtung.

Große und wichtige Dinge kündigten sich an.

Was für Dinge, wußte ich nicht, nur, daß sie groß und wichtig sein würden.

Mein Vorgefühl täuschte mich nicht, aber so wie Professor Hirschfeld seine Untersuchungsergebnisse nicht deuten konnte, so konnte ich mein Vorgefühl nicht deuten.

Es war da, das spürte ich eindeutig, aber was es mir sagen wollte, konnte ich nicht verstehen.

Die Intensität meiner Versuche, als Zwerg durchs Leben zu gehen, nahm nach und nach ab.

Ich lief immer seltener im Entengang, und wenn ich es tat, auch weniger lang. Und eines Tages tat ich es überhaupt nicht mehr, doch ich glaube nicht, daß das irgend jemandem irgendwie auffiel.

Papa, Mama und meine zwei Brüder hatten sich damit abgefunden, daß ich im Entengang durchs Leben gehen wollte, und als ich diesen Vorsatz gegen einen anderen tauschte, fanden sie sich mit der gleichen Selbstverständlichkeit auch damit ab.

So alle drei Wochen erkundigte sich Herr Georgi höflichkeitshalber nach meinen dichterischen Fortschritten. »Bekomme ich bald mal wieder was zu lesen?« fragte er dann.

»Ja, natürlich«, sagte ich, »es kommt.« Doch ich gab ihm nie wieder etwas. Leute, die nicht mal den Unterschied zwischen Wichteln und Zwergen kannten, verdienten meine Gedichte nicht. Auch sagte er eines Tages: »Fotografieren ist doch auch was Kreatives, Marek!?«

Mama begann unter Kopfschmerzen zu leiden, Papa steckte mitten in einer Fusion, Pavel gab die Musik auf, und ich versuchte, die *Amour fou* in die Praxis umzusetzen.

Etwas weniger hoffnungsfroh als beim ersten Mal. Kandidatinnen sah ich überall, in Warenhäusern, in Straßen- und U-Bahnen, in Theatern, Apotheken und Parks, doch wie ich inzwischen wußte, war es sehr gut möglich, daß die Kandidatinnen die *Amour fou* überhaupt nicht als höchste und einzige Lebenserfüllung betrachteten, ja daß einige vielleicht sogar sagen würden: »Lieber wach ich mit der Grippe auf als mit so einer *Amour fou.*«

Sie roch nach gerösteten Kastanien. Der Gott der Rache hatte eine Kunstlehrerin auserwählt, die nach gerösteten Kastanien roch, um mich definitiv in seine Armee einzugliedern. Und weil jeden Winter an vielen verschiedenen Orten in den Wiener Straßen Kastanien geröstet werden und die Winter hier lang sind, werde ich jedes Jahr von Oktober bis März daran erinnert, daß der Gott der Rache mich verführt hat, wie auch die *Amour fou* das einmal tat.

Ich begegnete ihr in der Bibliothek. Die Bibliothek, in der ich Bücher las und auslieh, um noch mehr über die *Amour fou* zu erfahren.

Sie sprach mich an, und ich antwortete, mir nicht der geringsten Gefahr bewußt.

Sie war fünfzehn Jahre älter als ich und lud mich zu sich nach Hause auf eine Tasse Tee ein.

Sie wohnte bei ihrer Mutter, hatte ein paar Jahre zuvor den Krankenschwesternberuf gegen die Kunstakademie eingetauscht und gab seitdem Handarbeitskurse. Sie unterrichtete an einer Abendschule. Ihre Schüler waren Erwachsene. Auch gab sie, weil die Abendschule nicht gerade großzügig zahlte, Privatstunden.

Sie hieß Fräulein Oertel.

Als wir zu ihr nach Hause kamen – wir mußten drei Stockwerke hochsteigen, denn der Fahrstuhl funktionierte nicht –, schloß sie die Schiebetüren zwischen Wohn- und Eßzimmer und sagte: »So, dann stören wir meine Mutter nicht so sehr.«

»Nur keine Umstände«, sagte ich. Doch Fräulein Oertel sagte: »Eine Tasse Kräutertee ist schnell gekocht.«

In der Küche hörte ich sie mit ihrer Mutter reden.

Fräulein Oertel hatte sehr kurzes Haar, einen regelrechten Bürstenschnitt. Ich mochte langes Haar lieber, das im Wind flattern, vor Augen und Nase fallen und das man hochstecken konnte, doch ich hatte gemerkt, daß es keine Rolle spielte, was ich lieber mochte.

Ich saß in einem Sessel, in dem ich mich verlor, ich verschwand darin wie eine Maus in der Falle.

Ich sah mich um, während Fräulein Oertels Stimme immer lauter wurde, als hätten sie in der Küche eine Meinungsverschiedenheit.

Sie hatte mich angesprochen. »Was tun Sie nur immer hier«, sagte sie, »ich sehe Sie so oft in der Bibliothek.«

Wir standen vor der Buchrücknahme an. Ich hatte den Termin überzogen.

»Ich suche Bücher über die *Amour fou*«, sagte ich, »die *Amour fou* ist meine Lebensaufgabe.«

So waren wir miteinander in Kontakt gekommen.

Auch als wir beide unsere Bücher zurückgegeben hatten und ich meine Strafgebühr bezahlt hatte, setzten wir unser Gespräch fort.

Ich lief mit ihr mit. Fräulein Oertel ging Richtung Blindenabteilung.

»Ist es für Sie selbst?« fragte ich.

Sie hatte nicht den Eindruck gemacht, blind zu sein oder auch nur sehbehindert.

»Ach, nein«, sagte sie, »es ist für eine Freundin.«

Fräulein Oertel erzählte, daß sie Kunstunterricht gab und Thomas Bernhard bewunderte.

Ich sagte: »Ich nicht so besonders, er schenkt Österreich viel mehr Aufmerksamkeit, als es verdient.«

Ich gebe zu, dieser Satz stammte wörtlich aus dem Mund meines Deutschlehrers, aber was ist *Amour fou* ohne ein Opfer von Zeit zu Zeit?

Außerdem, wenn man näher darüber nachdenkt, schlagen wir uns doch alle mit geliehenen Meinungen durchs Leben, die wir häufig auch noch falsch verstanden haben.

Seltsamerweise spürte ich mich nicht im geringsten von ihr angezogen und empfand schon gar nichts von dem, was ich gespürt hatte, als ich Andrea sah. Hier war keine Nacktheit zu finden, die weh tun konnte.

Doch ich dachte: »Hauptsache Kontakt. Jetzt bloß weitermachen!«

Fräulein Oertel war sehr groß und hatte auch sonst viele Eigenschaften, die eher charakteristisch für einen Mann sind.

Sie kam aus der Küche zurück.

»So«, sagte sie.

Plötzlich rief sie: »O Gott, ich hab das Sieb vergessen.«

Sie schoß davon und kam mit einem Sieb zurück.

Das Gespräch verlief recht vergnüglich, soweit das zwischen zwei Menschen möglich ist jedenfalls, die sich nicht viel zu sagen haben und deren kommunikative Eigenschaften eher unterentwickelt sind.

Sie erzählte eine lange Geschichte von der Insel Sylt, wo sie ihre große Liebe kennengelernt hatte, einen Türken, verheiratet natürlich, aber das war noch nicht das Schlimmste, sagte sie. Was dann wirklich das Schlimmste war, sollte ich in dem Moment nicht erfahren, denn plötzlich unterbrach sie sich und sagte: »Ja, und ich weiß immer noch, wie ich eine sterile Zone anlegen muß.«

»Entschuldigung, Fräulein Oertel«, sagte ich, »aber was ist eine sterile Zone?«

»Ich habe nichts vergessen«, sagte sie, »nichts. Ich weiß, wie ich bei Männern einen Blasenkatheter einführen muß, ich weiß, wie man die Körpertemperatur mißt, ich weiß, wie ich jemanden in Narkose lege, wie ich schlechte Nachrichten überbringen muß und wie man jemandem eine Phenol-Injektion gibt. Das weiß ich alles noch, als hätte ich es gestern erst gemacht. Und wie man eine Magensonde einführt, nicht zu vergessen. In der Prüfung über Magensonden war ich die Beste in der ganzen Klasse.«

Sie schenkte etwas Kräutertee nach und sah mich mit einem derart ausgehungerten Blick an, als würde sie am liebsten jetzt gleich auch bei mir einen Blasenkatheter einführen. Und eine sterile Zone anlegen, auch wenn ich immer noch keine Ahnung hatte, was ich mir darunter vorstellen sollte.

Ich mußte an Papa denken, obwohl ich nicht wußte, warum.

»Tut es Ihnen leid, daß Sie die Krankenpflege für die Kunstakademie aufgegeben haben?«

Sie schüttelte langsam den Kopf. »Überhaupt nicht«, sagte sie, »aber es war eine ordentliche Ausbildung, und ich habe nichts vergessen.«

Herrn Georgi zufolge leben die Menschen in Wien ausnahmslos in der Vergangenheit. Ich hatte immer gedacht, daß er das sagte, weil er selbst in einer Art Vergangenheit lebte, einer Vergangenheit vor seiner Zeit in der Bergklinik, wo sie ihn seiner letzten Halluzinationen beraubt haben. Wahrscheinlich nahm er sich selbst, wie viele andere Menschen, einfach als Maß aller Dinge, doch vielleicht hatte er auch recht, vielleicht war Wien tatsächlich eine Stadt für Menschen, die sich lieber nicht mit der Zukunft einließen.

»Ich beobachte dich schon eine ganze Weile«, sagte Fräulein Oertel, »wie du immer dasitzt. In der Bibliothek. Ich beobachte gern Leute.«

»Und Ihre Freundin ist also blind?« fragte ich.

»Ja«, sagte sie, »meine beste Freundin ist blind. Darum gehe ich immer in die Bibliothek, um ein paar Hörbücher für sie auszuleihen. Am liebsten hört sie Isabel Allende.«

Plötzlich wurden die Schiebetüren aufgerissen, und eine imposante Gestalt im blauen Kleid blieb zwischen den Türflügeln stehen wie ein General, der seinen Blick über das Schlachtfeld schweifen läßt.

Frau Oertel war Bäckersfrau gewesen, wie ihre Tochter mir in der Blindenabteilung der Bibliothek erzählt hatte.

Sie hatte dicke, weiße Arme. Eine unbestimmte Drohung ging von ihr aus.

»Mutti«, sagte Fräulein Oertel, »das ist Marek van der Jagt.«

»Marek«, sagte ich, »Marek mit einfachem ›k‹.«

Frau Oertel kam auf mich zugestürmt, wenn ich es nicht besser gewußt hätte, hätte ich gedacht, daß sie mir eine schallende Ohrfeige versetzen wollte. Doch solche Gedanken mußte ich unterdrücken, darum stand ich mühsam aus dem unbequemen Sessel auf. Sie war zwei Köpfe größer als ich. Sie schüttelte mir kräftig die Hand.

»Kommst du wegen Zeichenunterricht?« fragte Frau Oertel.

»Nein«, sagte ich.

»Kommst du modellieren?«

Ich sah zu ihrer Tochter, ich wußte nicht, was für eine Antwort von mir erwartet wurde.

»Ich habe ihn auf eine Tasse Tee eingeladen«, sagte Fräulein Oertel, die im Vergleich zu ihrer Mutter klein und weiblich wirkte.

»Oh«, sagte Frau Oertel, die Teebesuch offenbar nur mäßig zu schätzen wußte.

»Dann will ich mal wieder«, sagte ich. Doch Fräulein Oertel rief: »Nein, nein, bleib doch, es ist noch Tee da.«

Frau Oertel setzte sich in einen ebensolchen Sessel wie den, in dem auch ich saß, die Sessel waren offenbar Maßanfertigungen für sie, für Menschen mittlerer Größe jedoch ging von den Sesseln eine ähnliche Drohung aus wie von Frau Oertel selbst.

Niemand sagte mehr etwas.

Vielleicht verschlug ich den Leuten ja die Sprache.

Ich hüstelte ein paarmal, mit dem Taschentuch vor dem Mund.

»Jetzt sind es zehn Monate«, sagte Fräulein Oertels Mutter und zündete sich ein Zigarette an.

Ich verfolgte den Rauch. Hatte ich nicht irgendwo gelesen, daß *Amour fou* sich unter den seltsamsten Umständen und in den unerwartetsten Augenblicken manifestieren konnte und daß selbst die Alten, die Sterbenden, die Mißgebildeten, die Verworfenen den Samen der *Amour fou* in sich trugen?

Sollte die *Amour fou,* die ich jetzt schon so lange suchte, sich in einer Bäckersfrau und ihrer Tochter manifestieren?

»Zehn Monate sind es jetzt«, sagte Frau Oertel und inhalierte derart gierig, als sei sie fest entschlossen, den letzten Rest Leben aus ihrer Zigarette zu saugen. »Aber es ist ein Gefühl, als wär es erst gestern geschehen. Hat sie dir davon erzählt?«

Ich sah zu Fräulein Oertel. Von irgendwoher kam ein Geruch nach gebratenem Fett.

»Ich spreche nicht gern darüber«, sagte Fräulein Oertel.

»Am Morgen war mein Mann noch frohgemut in die Bäckerei gegangen, am Nachmittag kam plötzlich ein Anruf. Weg, von einem Moment zum anderen. Er bediente gerade einen Kunden. Einfach weg.«

»Das tut mir leid«, sagte ich. Der Geruch nach gebratenem Fett wurde immer stärker. »Kann es sein, daß in der Küche etwas auf dem Herd steht?« fragte ich.

Fräulein Oertel stand auf und ging mit entschlossenen Schritten in die Küche. Dann war ich allein mit ihrer Mutter.

»Sie wohnen schön«, sagte ich.

»Schön«, sagte Frau Oertel, »nennst du das hier schön?« Mit viel Kraft drückte sie ihre Zigarette aus.

»Ich habe den Laden sofort verkauft«, sagte Frau Oertel. »Das Kind will ihn doch nicht übernehmen.«

Das Kind, das war Fräulein Oertel.

Irgendwie konnte ich gut verstehen, daß sie die Bäckerei ihrer Eltern nicht übernehmen wollte, aber man soll Menschen nicht mit ungefragten Ratschlägen und Meinungen auf die Pelle rücken.

»Wir hätten den Laden schon viel früher verkaufen sollen«, sagte Frau Oertel, »die Gegend ist nicht mehr das, was sie mal war. Die Leute wissen nicht mehr, was gutes Brot ist.«

»Ja«, sagte ich.

»Mein Mann hatte es an den Knien. Seine Knie waren völlig verschlissen. Er lief am Stock. Der Doktor hatte gesagt: ›Sie brauchen neue Knie, aber dann sind Sie ein Jahr lang außer Gefecht.‹ Davor hatte er Angst. Er hat gesagt, für ein Paar neue Knie wollte er den Laden nicht vor die Hunde gehen lassen. Aber manchmal denke ich, er hatte einfach keine Lust auf neue Knie und hat deshalb nicht gekämpft und sich gedacht: Laßt mich doch in Ruh mit meinen alten Knien. Magst du was zu naschen?«

Aus einem Schrank holte sie eine Schale mit sauren Drops.

»Nein, danke«, sagte ich.

Fräulein Oertel kam zurück. Sie wurde immer schöner, doch vielleicht lag das ja nur an meinem Willen, Schönheit an Stellen zu entdecken, wo sie ziemlich rar war.

»Du hast das Gas angelassen«, sagte Fräulein Oertel. »Die Eier sind total angebrannt.«

»Dann will ich mal wieder«, sagte ich.

»Möchtest du ein Spiegelei?« fragte Frau Oertel.

»Meine Mutter kocht immer für meine Schüler«, sagte Fräulein Oertel. »Ich sage immer, ich kann dir Privatunterricht geben, aber das ist dann inklusive Essen.«

Die alte Frau Oertel lachte. »Schau ihn dir an, so ein dürrer Hering.«

Frau Oertel mochte Besuch vielleicht hassen, auf jeden Fall schien sie fest entschlossen, mich zu mästen.

Ich mußte an allerlei Märchen denken, meine allzu lebendige Phantasie ging wieder mit mir durch, denn plötzlich sah ich mich in einem Kochtopf verschwinden, den Frau Oertel mit einer großen Suppenkelle rührte, während Fräulein Oertel aus dem anderen Zimmer rief: »Laß es nicht anbrennen, Mutti.«

Ratio, so ist mir nach beinahe vier Jahren intensiven Studiums berühmter Philosophen in Kurzfassung klargeworden, ist etwas, woran man glauben kann wie an einen Gott oder eine lüsterne Nonne, aber mehr auch nicht.

So wie Professor Hirschfelds Suche schließlich bei den Träumen von Kriminellen endete, so endete meine Suche nach der *Amour fou* bei Fräulein Oertel und ihrer Mutter. Behaupte niemand, der Gott der Rache habe kein Gespür für Ironie.

In Frau Oertels Wohnzimmer dachte ich noch, es sei meine Ratio, die mir befehle, meine überhitzte Phantasie zu unterdrücken, so wie kultivierte Männer ihre Geilheit unterdrücken, wenn sie im falschen Moment das Haupt erhebt.

»Er sitzt immer in der Bibliothek«, sagte Fräulein Oertel.

Frau Oertel zündete sich eine zweite Zigarette an.

»Ich erzählte gerade von Vatis Knien«, sagte sie.

»Ja, die waren völlig verschlissen«, sagte ihre Tochter.

Frau Oertel inhalierte zufrieden. »Der Krieg, Granatsplitter, die haben sie ihm danach nicht ordentlich rausgeholt. Ja, damals hatten sie andere Sorgen. Trotzdem kann ich immer noch besser eine Tomate auskratzen, als die seine Knie ausgekratzt haben. Stimmt doch, oder?«

»Ja, Mutti.«

»Dann werd ich mal wieder«, sagte ich.

»Zuerst werd ich ein paar Spiegeleier für dich braten«, sagte Frau Oertel, »du fällst uns ja noch vom Fleisch. Mach den Aschenbecher mal leer.«

Ihre Tochter stand auf und leerte den Aschenbecher.

»Am Anfang habe ich sehr gelitten, aber dann ist es doch auch wieder eine Erholung, wenn man nach fünfzig Jahren endlich mal selbst Herr im Hause ist.«

»Fünfzig Jahre, das ist eine lange Zeit«, sagte ich.

»Und seit fünf Jahren ging das schon hin und her wegen seinen Knien: operieren, nicht operieren, oder nur das eine Knie operieren? Und das Kind wollte den Laden nicht übernehmen. Angefleht haben wir sie. Sie war nicht dazu zu bewegen. Nachträglich betrachtet war das auch gut so, der Laden wäre sowieso innerhalb von drei Monaten pleite gegangen, wenn sie hinter der Theke gestanden hätte. Stimmt doch, oder?«

»Ja, Mutti«, sagte Fräulein Oertel, »mich darfst du nicht hinter eine Ladentheke stellen«, und sie lachte schnell und schrill.

Frau Oertel ging in die Küche, um Spiegeleier zu braten, die diesmal nicht anbrennen würden, und ihre Tochter sagte: »Setzen wir uns aufs Sofa.«

»Ja«, sagte ich, »tun wir das mal.«

Zusammen saßen wir auf dem Sofa und betrachteten ein kleines Ölbild, das einen Wasserfall darstellte.

»Hat ein Onkel von mir gemalt«, sagte Fräulein Oertel, »auch ein Talent!«

»Schön«, sagte ich.

Der Geruch gebratenen Specks zog durch die Wohnung.

»Du bist was Besonderes«, sagte sie, »weißt du das?«

Ich lächelte. Mein berühmtes Lächeln.

»Wie war das nun damals auf Sylt? Wie ist das ausgegangen mit Ihrer großen Liebe?«

»Oh«, sagte sie und setzte sich wieder ein Stück von mir weg. »Nicht gut.«

Ich sah, daß Fräulein Oertel traurig wurde.

Ihr Mund begann zu zittern.

Das war nie ein gutes Zeichen.

»Er hat mich an seinen Bruder weitergegeben«, flüsterte sie und kam wieder ein wenig näher.

»Der Türke?«

»Ja«, sagte sie, »und sein Bruder an seinen Cousin, und der an seinen besten Freund.«

Ich biß mir auf die Lippe.

Wie verhält man sich richtig? Lächeln, sich auf die Lippe beißen, eine freundliche Frage stellen, sich etwas Staub von der Jacke klopfen? Wer dazugehören will, muß sich in Klischees bewegen, ob es nun als Mensch, als Schriftsteller oder als Fahrradhändler ist. Denn wenn man über Originalität spricht, meint man in Wirklichkeit Klischees mit etwas neuem Geschenkpapier drum herum oder meinetwegen einem alten, das man sorgfältig gebügelt hat. Weiter als bis zu gemäßigter Überraschung darf man nicht gehen. Ich wollte so gern mit meiner *Amour fou* dazugehören, daß sie anerkannt würde, und wenn es nur von einer einzigen Person wäre, und sei es Fräulein Oertel.

»Wie schrecklich«, sagte ich.

Jetzt begann es auch noch nach Bratwurst zu riechen. Was bereitete Frau Oertel da eigentlich alles zu, in ihrer Küche?

Fräulein Oertels Mund zitterte noch etwas mehr als zuvor.

»Haben sie Sie vergewaltigt?«

Die Frage verließ meinen Mund, ehe ich darüber hatte nachdenken können.

»Nein«, sagte sie, »ich hab einfach gemacht, was sie von mir verlangten. Ich hab ihn doch geliebt. Und so bin ich von Hand zu Hand gegangen, da auf Sylt.«

Das kleine Gemälde mit dem Wasserfall drängte sich mir immer intensiver auf.

»Und ich war noch so jung«, sagte Fräulein Oertel. »Er hat ein junges Mädchen ausgenutzt. Jetzt ekelt mich vor ihm.«

Doch als ich ihr in die Augen sah, erkannte ich Ekel, vermischt mit einer großen Dosis Begierde. Weiterzufragen schien mir nicht vernünftig.

»Und Sie haben in Ihrer Ausbildung also auch gelernt, schlechte Nachrichten zu überbringen?«

»O ja«, sagte Fräulein Oertel, »ich hatte eine Eins in der Prüfung, ich war die Beste, es ist wirklich eine Kunst für sich, schlechte Nachrichten zu überbringen, so, daß der Empfänger sie auch akzeptieren kann.«

Erst jetzt merkte ich, wie kalt mir war. Doch man begegnete auch nicht jeden Tag jemandem, der auf der Insel Sylt von Hand zu Hand gegangen war. Außerdem wurde ein Ei für mich gebraten.

»Sagen wir doch du zueinander«, schlug Fräulein Oertel vor.

Ich nickte. »Deine Mutter legt sich ja richtig ins Zeug«, sagte ich.

Ich bekam keine Antwort.

Sie hatte den Arm um mich gelegt, und ich glaubte ein unterdrücktes Schluchzen zu hören.

»Bist du danach noch oft von Hand zu Hand gegangen?«

»Nein«, sagte sie, »nur da auf Sylt.«

Jemand schrie. Es war die alte Frau Oertel, doch es hätte auch ein alter Mann in Todesnot sein können.

»Ich glaube, deine Mutter ruft«, sagte ich.

Fräulein Oertel wischte sich Tränen aus den Augen. Zum Glück benutzte sie kein Make-up. Nicht heute jedenfalls.

Wir gingen in die Küche.

Es war für drei Personen gedeckt; an einem kleinen Tisch.

Ein Spiegelei lag fettglänzend zusammen mit einem Stück undefinierbarer Wurst und ausgebratenem Speck auf einer Scheibe Brot.

Intensive Übelkeit überkam mich.

»Iß«, sagte Frau Oertel, »das wird dir guttun.«

Ich setzte mich.

»Es sind Landeier«, sagte Frau Oertel, »ich habe sie heute morgen selbst eingesammelt.«

»Unser Nachbar hält vor der Stadt Hühner«, erklärte die Tochter.

»Idyllisch«, flüsterte ich.

Dann wurde es still, nur ein Wasserhahn tropfte noch, ich schloß die Augen und nahm einen Bissen.

Es gab keine *Amour fou* mehr, es gab nur noch Frau Oertel, die Landeier vom Nachbarn und die Insel Sylt, wo man von Hand zu Hand ging.

Nach dem Essen der Spiegeleier, der undefinierbaren Wurst und als Nachtisch einem gelben Pudding mit harten schwarzen Streuseln darin, die sich bei Nachfrage als Rosinen herausstellten, legte Fräulein Oertel Parfüm auf, und wir setzten uns wieder auf das Sofa, gegenüber dem Bild mit dem Wasserfall.

Ich war zermürbt. Wie ich hier wegkommen sollte, war mir ein Rätsel, es schien mir auch nicht einmal mehr das wichtigste. Das Essen im Magen zu behalten hatte erste Priorität. Ich begann, meiner Mama zu ähneln, auch wenn die sich nie besondere Mühe gegeben hatte, ihr Essen bei sich zu behalten.

»Bist du auch schon mal von Hand zu Hand gegangen?« fragte Fräulein Oertel.

Ich dachte an Milena, die in Pavels Zimmer an der Tür stand.

»Nein, noch nie«, sagte ich.

Fräulein Oertel stand das Haar noch steiler empor als vorher, und schweres Parfüm vermischte sich mit gebratenem Speck zu einem undefinierbaren Geruch, der zum Glück nicht mehr an geröstete Kastanien erinnerte. Doch das war es dann auch.

In der Küche wurde abgewaschen, Frau Oertel hatte gesagt: »Das mach ich schon, geht ihr euch mal amüsieren.«

»Hat es dir geschmeckt?« fragte Fräulein Oertel.

Ich nickte.

Würgen ist etwas, das man für sich allein tun sollte.

Eigenartig war nur: Je mehr ich würgen mußte, desto überzeugter war ich, daß das, was zwischen Fräulein Oertel und mir stattfand und noch stattfinden würde, tatsächlich *Amour fou* sein könnte.

Hatte irgendein obskurer Surrealist nicht geschrieben, daß man durch ein Meer von Schlamm und einen Ozean Eiter waten mußte, bevor man auch nur einen kleinen Strahl der *Amour fou* auffangen durfte?

Der Strahl, der mich traf, war Fräulein Oertel.

»Ich werde dir ein paar von meinen Zeichnungen zeigen«, sagte sie, »komm mit.«

Wir gingen eine Treppe höher und kamen in ein kleines Zimmer mit einem großen, ziemlich altmodischen Bett, auf dem eine gelbe Tagesdecke lag.

»Echte Handarbeit«, sagte Fräulein Oertel.

Ich nahm die Decke zwischen die Finger und befühlte den Stoff.

»Hat meine Oma gemacht, unglaublich, nicht wahr?«

»Unglaublich«, sagte ich.

»Sie ist schon zehn Jahre tot«, sagte Fräulein Oertel.

Aus dem Kleiderschrank holte sie eine Mappe mit Zeichnungen.

Sie setzte sich neben mich aufs Bett und zeigte mir ihre Kunstwerke.

Ich schaute zu und schwieg. Ab und zu flüsterte ich ein unverständliches Kompliment.

Neben dem Kopfkissen schlief ein kleiner Plüschelefant. Auch sah ich ein zusammengefaltetes Taschentuch. Und einen Pyjama.

Als Fräulein Oertel mir ihre Zeichnungen gezeigt hatte, applaudierte ich. Sie nickte dankbar und legte die Mappe in den Schrank zurück.

»Vier Jahre meines Lebens«, sagte sie, »aber es ist nicht umsonst gewesen.«

Sie setzte sich wieder neben mich und fragte, wie mir ihr Zimmer gefiel.

»Sehr gut«, sagte ich.

»Soll ich dir noch was zeigen?«

»Was du willst.«

»Den hab ich schon, seit ich vier bin«, sagte sie und zeigte auf den Elefanten.

Ich machte ihr ein Kompliment für den Elefanten, so wie ich ihr für alles Komplimente gemacht hatte, selbst für den Staub auf dem Fußboden.

»Ich beobachte dich schon seit langem, ist dir das aufgefallen?«

»Nein«, sagte ich.

Ein verheirateter Türke auf der Insel Sylt erschien vor meinem inneren Auge. Vielleicht war es überhaupt nicht seine Schuld gewesen, vielleicht hatte sie ihn mit einem geschlitzten Badeanzug verführt.

»Du gehst so schön«, sagte Fräulein Oertel, »so konzentriert, so stolz.«

Stolz, das hatte mir noch nie jemand gesagt.

Ich mußte an eine Diskussion an der internationalen Schule denken, ob eine Fähigkeit gleichzeitig auch Erkenntnis bedeutete, ob die Fähigkeit also, die wir Gehen nennen, darauf hindeutete, daß die Person auch Kenntnisse über das Gehen besaß.

Solche Diskussionen führten wir an der internationalen Schule ständig, und sie brachten mich auf die Idee, daß auch Leben eine Fähigkeit war, über die manche Menschen verfügten und andere eben nicht.

»Du gehst auch schön«, sagte ich.

Sie begann zu strahlen, doch vielleicht bildete ich mir das nur ein.

»Aber nicht stolz«, sagte sie, »so wie du.«

Fräulein Oertel nahm meine Hand. Sie streichelte sie und sagte: »Weich, wie von einem Baby.«

Ich dachte daran, daß Fräulein Oertel wußte, wie man eine sterile Zone anlegte und wie man schlechte Nachrichten überbrachte, und es schien mir, daß sie sowohl das eine als auch das andere innerhalb kürzester Zeit bei mir tun würde. Und bei einer einzigen sterilen Zone würde es bestimmt nicht bleiben, so wie ihre Mutter es auch nicht bei einem einzigen Ei belassen hatte.

Dann fragte ich mich, ob der Türke auf Sylt auch die Haut eines Babys gehabt hatte.

Plötzlich, mit meiner Hand noch in der ihren, fragte sie: »Wie findest du meine Bluse?«

Ich betrachtete ihre Bluse, die mir überhaupt noch nicht aufgefallen war. All meine Aufmerksamkeit hatte sich auf ihre Frisur gerichtet und auf ihren von Zeit zu Zeit zitternden Mund.

»Es ist Seide. Magst du Seide?«

»Ja«, sagte ich, »sehr.«

»Aber sie taugt nichts, wenn du sie gegen das Licht hältst, siehst du lauter Löcher.«

»Ich sehe keine Löcher«, sagte ich.

»Sie haben mich betrogen.«

Fräulein Oertels Lippe begann schon wieder zu zittern, und ich betete zum nichtexistenten Gott, mich doch bitte nicht mehr so häufig zitternden Frauenlippen auszusetzen.

»Ich sehe keine Löcher«, sagte ich noch einmal.

»Du mußt sie gegen das Licht halten«, sagte Fräulein Oertel und begann sich die Bluse aufzuknöpfen.

Sie trug keinen BH.

»Sie haben mich betrogen«, sagte sie, »es ist billiger chinesischer Nepp.«

»Aber in China machen sie doch auch sehr schöne Sachen«, sagte ich.

Mehr konnte ich nicht mehr sagen, denn in dem Moment warf Fräulein Oertel ihre Bluse aufs Bett und drückte mir unmittelbar darauf eine ihrer Brüste mit solcher Kraft ins Gesicht, daß es schien, als sei sie fest entschlossen, mir ein für allemal den Mund zu stopfen.

Ich blieb stocksteif sitzen, vielleicht würde die *Amour fou* dann endlich beginnen.

Mindestens zwei Minuten blieben wir so sitzen. Auf dem Bett.

Dann nahm Fräulein Oertel ihre Brust aus meinem Mund, nahm ihre Bluse vom Bett, hielt sie gegen das Licht und sagte: »Jetzt schau mal.«

Ich schaute und mußte zugeben, daß in ihrer Bluse tatsächlich lauter kleine Löcher waren.

»Haben die Motten dran gefressen?«

»Nein«, sagte sie, »es ist billiger chinesischer Nepp.«

Wenn sich das Wort »stolz« auf irgend etwas anwenden ließ, dann auf Fräulein Oertels Brüste. Sie hingen nicht, es krochen keine Krampfadern darüber, und sie waren auch nicht so gruslig gebräunt, am Strand oder im Sonnenstudio, denn das mag ich nicht.

Fräulein Oertel sah meinen Blick und sagte: »Ich bin Sabine, aber meine Freunde nennen mich Bine.«

»Möchtest du, daß ich Bine sage?«

»Ja«, sagte sie, »sag Bine.«

Dann begann sie an meinem Pullover zu zerren.

»Warte«, sagte ich.

Zusammen zogen wir an meinem Pullover, bis es uns gelungen war, ihn mir über den Kopf zu ziehen.

Mit dem Blick einer fachkundigen Krankenschwester betrachtete Bine Oertel meinen Bauch und meine Brust. Dann nahm sie eine meiner Brustwarzen zwischen Daumen und Zeigefinger und begann sie hin und her zu reiben, als sei es eine Knoblauchzehe, die kleingedrückt werden mußte.

Wieder war meine Phantasie der Realität im Wege, denn plötzlich sah ich die alte Frau Oertel mit der Suppenkelle in der einen und einem großen Kochtopf in der anderen Hand die Treppe hinaufkommen.

Dann ermannte ich mich. Was ist ein bißchen Schmerz an der Brustwarze? Wer sich weigert, Schmerzen zu leiden, verdient die *Amour fou* nicht.

Ich drückte meinen Mund auf den Bines und versuchte, meine Gedanken auszuschalten, etwas, das mir leider nur teilweise gelang.

In gewisser Literatur heißt es immer: »Unsere Zungen spielten ein feuriges Spiel miteinander.« Nun, unsere Zungen spielten überhaupt kein Spiel, dazu war gar keine Zeit, unsere Zungen waren wie zwei Krebse, die gekocht wurden und es nur noch nicht glauben wollten.

Plötzlich machte Fräulein Oertel sich los.

Sie machte einen Schritt zurück und fuhr sich mit der Hand in den Mund.

Sie holte ein langes, braunes Haar heraus. Es war von mir.

»Entschuldigung«, sagte ich, »sie gehen aus.«

»Macht nichts«, sagte Fräulein Oertel.

Das Haar, das sie in der Hand hatte, sah aus wie ein Wurm.

Sie sagte: »Ich mag es, wenn du meine Brüste ansiehst.«

»Ich auch«, sagte ich, »ich schau sie mir gerne an.«

In dem Moment erklang von unten die Stimme der alten Frau Oertel. Seltsamerweise tat die Stimme dem Zauber des Augenblicks keinen Abbruch, im Gegenteil, es wurde davon nur noch schöner.

Ich nahm eine von Bine Oertels Brustwarzen zwischen Daumen und Zeigefinger und tat mit ihr das gleiche, was Bine Oertel zuvor mit meiner gemacht hatte.

»Ich geh kurz mal nach unten«, sagte Bine, »nachsehen, was meine Mutter will.«

Sie zog sich die Bluse wieder an und rannte die Treppe hinunter.

Ich setzte mich aufs Bett und spielte mit dem Gedanken, bei Fräulein Oertel zu übernachten, natürlich nur, wenn ihre Mutter nichts dagegen hatte.

Zwar spürte ich eine leichte Angst, doch Angst war dazu da, überwunden zu werden.

Angst war eigentlich nichts anderes als Phantasie, die mit einem durchging.

Sind Leidenschaft und Selbstbeherrschung miteinander vereinbar?

Im Falle Bine Oertels bestimmt nicht.

Sie kam die Treppe hinaufgestürmt wie eine Besessene, warf die Zimmertür zu und sagte: »Meine Mutter guckt jetzt fern.«

»Kommt was Schönes?« fragte ich.

»Ein Krimi«, sagte Fräulein Oertel und begann ihre Bluse wieder aufzuknöpfen. »Meine Mutter ist verrückt auf Krimis.«

In meiner linken Brustwarze fühlte ich immer noch einen unbestimmten Schmerz.

Mama hatte oft gesagt, daß man vom Kneifen Krebs bekommen konnte. Mama hatte noch mehr Angst vor Krebs als vor dem Alleinsein.

Meine Lippen waren rauh, ich mußte sie eincremen. Meine Lippen waren oft rauh, aber ich war zu faul, all die verschiedenen Cremes und Salben darauf zu schmieren. Eine Person in der Familie, die mit Ölen und Salben herumwurstelte, war mehr als genug.

Bine Oertel kniete sich vor mich und begann, mir die Schuhe auszuziehen.

Sie hatte die Geschicklichkeit einer alten, sorgsamen Krankenschwester, die wußte, was sie tat.

Ich mußte mich ihr überlassen wie einem Chirurgen im Operationssaal. Dann zog sie mir auch die Socken aus und steckte sich meinen großen Zeh in den Mund. Ich lachte leise, vor allem aus Verlegenheit, denn so gut konnte der große Zeh nicht riechen, und wirklich lecker schmecken würde er wohl auch nicht.

Papa hatte ein Gerät, mit dem er sich jeden Sonntagmorgen die Hornhaut von den Füßen entfernte.

Auch Pavel machte ab und zu von dem Gerät Gebrauch, doch ich nicht, denn ich hatte noch keine Hornhaut.

»Liebst du ihn immer noch?« fragte ich.

Fräulein Oertel nahm meinen Zeh aus dem Mund.

Jetzt, da der Speichel auf meinem Zeh abkühlte, merkte ich, wie kalt es in Fräulein Oertels kleinem Zimmer war.

Ich hörte, wie unten knackend und knisternd ein Fernseher eingeschaltet wurde, und plötzlich kam mir der Gedanke, daß Menschen Störsender sind, wandelnde Sendemasten, die versuchen, andere Sender aus ihrer Frequenz zu verdrängen.

Ich wollte Fräulein Oertel gern lieben, mich ihr zu Füßen werfen und ihr alles erzählen, was ich wußte, was ich dachte und was ich vor anderen Menschen verborgen gehalten hatte, weil meine Gedanken mir angst machten. »Ich bin der Zwerg«, wollte ich sagen, »der Zwerg, der dein Leben verändern wird, der Zwerg, auf den du immer gewartet hast, vielleicht, ohne es zu wissen.«

Doch es waren zu viele Störsender im Äther, die Liebe zu Fräulein Oertel kam nicht durch, es endete in Rauschen, Knacken, Seufzen, schweren Atemzügen, Pieptönen, als ob wir beide in der Intensivstation an einer ganzen Batterie Kontrollgeräten hingen.

»Wen?« fragte Bine.

»Den Türken. Liebst du ihn immer noch?«

»Sechs Jahre habe ich auf ihn gewartet«, sagte sie, meinen Fuß in der Hand. »Das ist doch genug, findest du nicht?«

»Mehr als genug.«

Aus dem Fernseher unten kam jetzt Musik.

Bine legte ihre Hand auf mein Knie und zog an meinem Gürtel, der einmal Daniel gehört, doch den er mir geschenkt hatte, weil er ihm nicht mehr gefiel.

Daniel war ein Snob, wie viele in unserer Familie, doch für ihn war es die Lebenserfüllung, eine Religion mit unzähligen Götzen, die immer mal wieder ihr Blatt überreizen und vom Sockel gestürzt wurden.

»Du hast so einen herrlichen Körper«, sagte sie.

»Findest du?« fragte ich.

Sie nickte. Wann würde sie die schlechte Nachricht überbringen, und wie würde sie dabei vorgehen?

»Halb Kind, halb Mann«, sagte sie.

Sie nahm mir den Gürtel ab.

Halb Kind, halb Mann, das war ein schwaches Kompliment.

Wenn sie das auch zu dem Türken gesagt hatte, konnte ich verstehen, warum er sich für seine Frau entschieden hatte.

Ich trug an dem Tag eine Cordhose, sie knöpfte sie auf. Eine Hand lag auf meinem Bauch.

Es war eine kalte Hand.

Der Gedanke, daß ich ein Sendemast war, ging mir nicht mehr aus dem Kopf.

Dann legte sie mich auf den Rücken, und während sie ihre Hose und Schuhe noch anhatte, setzte sie sich auf meinen Bauch, und ihre Hände spielten mit meinem Adamsapfel.

»Ich habe mich nicht rasiert«, sagte ich. »Entschuldigung.«

»Was gibt's denn da zu rasieren«, sagte Fräulein Oertel und lachte.

Offenbar hatte Fräulein Oertel keine Motive, mich zu erwürgen, aber nur offenbar. Wer töten will, findet immer ein Motiv. Wollust braucht keine Motive.

Doch Bine Oertel erwürgte mich nicht. Bine Oertel streichelte meine Wange und sagte: »Mein Gott, was bist du schön!«

Leugnen hat keinen Sinn, ich kann mich auch nicht auf Gedächtnislücken berufen, denn so viele Gedächtnislücken ich auch habe, der Tag, an dem ich Fräulein Oertel kennenlernte, weist nicht die kleinste Leerstelle auf.

Ein gutes Gedächtnis ist unentbehrlich für einen Schriftsteller, habe ich jedenfalls mal in einem Interview mit einem Autor gelesen, der lebenswichtige Dinge vergessen hatte.

Doch gibt es auch so etwas wie ein *zu* gutes Gedächtnis, oder besser gesagt: so etwas wie einen Auswahlmechanismus, der penetrant die falschen Dinge konserviert?

Gut, ich werde die Ereignisse systematisch und chronologisch berichten, und wenn ich irgendeine Emotion bei der Beschreibung eines bestimmten Geräuschs oder abgeklemmten Körperteils empfinde, werde ich diese Emotion unterdrücken.

Dabei bin ich mir nicht einmal sicher, ob ich überhaupt irgend etwas empfinden werde, Professor Hirschfeld sagte, ich sei emotional erfroren.

Unten im Wohnzimmer genoß Frau Oertel die neueste Folge von *Der Alte.*

Ich nehme jedenfalls an, daß sie sie genoß, denn sie war sichtlich besserer Laune, als ich ihr später am Abend in der Küche wieder begegnete.

Bine Oertel entkleidete mich wie ein Baby, dem man die Windeln wechseln muß.

Sie übernahm alles, ich brauchte nichts zu tun.

Ich ließ sie gewähren, denn ich dachte: »Die *Amour fou* hat angefangen, laß es geschehen, folge der Schleimspur der Schnecke, die Leidenschaft heißt.«

Bine Oertel leckte die Brustwarze, die sie eben noch gequetscht hatte, und dann auch die andere und meinen Nabel, und sie hinterließ vierspurige Autobahnen von Speichel auf meinem Bauch und meiner Brust.

Wenn der Mensch, so dachte ich, sich mit anderen Augen betrachten könnte, würde er sehen, daß er in einem vergessenen Winkel des Universums lebt, in einem Gebäude, verwüstet von Erdbeben, niemals restauriert, verlassen von Architekten und Baufirma; davorstehende Passanten würden den Kopf schütteln und sagen: »Wie können Menschen in so was nur wohnen?«

»Du schmeckst so schön nach Salz«, sagte Bine Oertel.

»Ja«, sagte ich, »du auch.«

Ich hatte noch nicht viel gemacht, doch das sollte noch kommen.

Alles mußte noch kommen. Alles mußte noch beginnen.

Wie lange kann man mit dem Gedanken leben, daß alles noch kommen muß? Kann man mit diesem Gedanken auch sterben, oder wird man davon am Ende doch ganz neurotisch?

»Meinem Pferd habe ich früher auch immer große Salzstücke gegeben, darauf sind sie ganz verrückt.«

»Hast du ein Pferd gehabt?«

»Ja, ein Pony«, sagte sie.

Dann öffnete sie den Knopf und den Reißverschluß meiner Hose, und eine Hand wühlte durch mein Schamhaar.

»Wir sind von Gott und der Welt verlassen«, sagte ich.

Ich mußte wieder an das erdbebenverwüstete Gebäude denken.

Fräulein Oertel zog mir die Hose aus.

Ich hob meine Pobacken ein wenig an, um ihr zu helfen.

Jetzt zog sie mir auch die Unterhose aus.

Der Mund, der eben noch meinen großen Zeh geschmeckt hatte, schmeckte jetzt mein Geschlecht; nach Format und Substanz kam es aufs selbe heraus. Nur daß an meinem großen Zeh noch ein Nagel wuchs.

Fräulein Oertel seufzte.

Jedenfalls interpretierte ich ihr Stöhnen als ein Seufzen.

Und das Seufzen interpretierte ich als einen Klagegesang, den alten und ewigen Klagegesang, der noch immer nichts an Aktualität verloren hat: »Gott, warum ich? Gab es keine besseren Kandidaten?«

Ich schob ihren Kopf beiseite und sprang vom Bett.

»Was ist?« fragte Bine Oertel.

»Du mußt ehrlich zu mir sein«, sagte ich.

»Ich bin ehrlich.«

»Du mußt mir alles sagen.«

»Ich habe dir alles gesagt.«

»Ich will lieber die Wahrheit hören als höfliche Lügen.«

»Ich erzähl dir keine höflichen Lügen.«

»Ich ertrage diese höflichen Lügen nicht länger.«

Fräulein Oertel, nur am Oberkörper nackt, stand nun auch vom Bett auf und lief auf mich zu. »Was ist los, Marek?« fragte sie. »Ich bin doch ehrlich zu dir gewesen. Gut sechs Jahre habe ich auf den Türken gewartet, so bin ich nun mal, fast sieben Jahre bin ich ihm treu gewesen, diesem Arschloch.« Ihr Mund zitterte wieder.

Und auf Sylt bist du von Hand zu Hand gegangen, dachte ich.

»Paß auf«, sagte ich, »es geht mir nicht um den Türken oder wie lange du auf ihn gewartet hast. Es geht mir *darum,* um *das* da, und ich will die Wahrheit hören.«

Ich zeigte auf den nagellosen Zeh zwischen meinen Beinen.

Fräulein Oertel sah mich fassungslos an.

»Aber du bist doch schön«, sagte sie.

Die Nachhilfestunden in Philosophie und in anderen Fächern, die ich momentan gebe, haben sich zu einer regelrechten Industrie ausgewachsen.

Einen Abschluß habe ich nicht, vielleicht werde ich nie zu Ende studieren, doch der Nachhilfeunterricht blüht wie nie zuvor.

Ich komme zu den Leuten nach Hause. Große Wohnungen, kleine Wohnungen, ein schickes Büro, ein staubiges Sofa – der Nachhilfelehrer macht alles mit.

Ich bin ein geduldiger Nachhilfelehrer, der, wenn er schon Meinungen hat, sich diese Meinungen nicht anmerken läßt. Ich bin Lieferant von Wissen, und in Gesprächen mit Eltern betone ich immer wieder, daß der schlechte Schüler vielleicht durchaus über dieses Wissen verfügt, er es aber nicht parat hat und anwenden kann.

Dabei lächle ich dann immer freundlich, doch voll Zuversicht, wie ein Präsidentschaftskandidat.

»Ich werde Ihrem Kind beibringen, sein Wissen anzuwenden«, sage ich dann nach einer kurzen Pause.

Ich bin ein Nachhilfelehrer ohne Ideale, darum bin ich so effizient.

Ich will keinen Enthusiasmus vermitteln, im Grunde will ich den Schüler sein Wissen nicht einmal wirklich anwenden lassen, das würde die Sache nur unnötig komplizieren.

Persönlichen Kontakt mit dem Schüler meide ich.

Vielleicht gehe ich mit dem Schüler mal ein Bier trinken, doch das ist kein persönlicher Kontakt. Das ist professionell.

Als ich in Anwesenheit Fräulein Oertels meinen zweiten großen Wutanfall bekam, was wußte ich damals? Welches Wissen wandte ich an?

Woran glaubte ich? Muß man an Wut glauben?

Wenn ich an irgend etwas geglaubt habe, wenn ich immer noch an irgend etwas glaube, dann an Wut, und an Worte, die dieser Wut Ausdruck verleihen, die die Wut vom einen Sendemast zum anderen übertragen.

Ich bin zu deterministisch eingestellt, um zu glauben, daß ich ebensogut hätte beschließen können, nicht an Wut zu glauben, sondern an etwas ganz anderes, wie zum Beispiel an Mutterglück.

Fräulein Oertel sagte: »Du bist schön.«

Fräulein Oertel sagte: »Du bist schön, so wie du bist.«

Und ich raste: »Diese Lüge verzeihe ich dir nie, Bine. Du lügst mich an, du lügst wie alle anderen, du bist kein Haar besser, du bist sogar noch schlimmer.«

Fräulein Oertel zog sich weiter aus und sagte: »Du hast einen schönen Schwanz.«

Ich rief: »Ein Klumpen Fleisch bist du, der hinten nicht weiß, ob er vorne lebt.«

Fräulein Oertel kicherte.

Gedichte aus *Der Zwerg und andere Gedichte* zitierte ich, wenn auch mit Fehlern, denn es gab bestimmte Strophen, die ich nicht mehr so genau auswendig kannte. Offenbar machten meine Gedichte wenig Eindruck, so leidenschaftlich ich sie auch vortrug, denn alles, was Fräulein Oertel tat, war, sich nackt vor mir hinzuknien und das Geschlecht, das so sehr an einen großen Zeh erinnerte, in den Mund zu nehmen.

»Ich werde die Tempel reinigen«, rief ich, »ich werde die Geldwechsler und falschen Priester mit der Peitsche vertreiben. Deine Mutter werde ich aus dem Tempel vertreiben, denn ihr Brot ist schlechtes Brot, ihr Speck ist schlechter Speck, ihre Eier sind faule Eier, und ich werde die Granatsplitter aus der Leiche deines Vaters herauspulen, denn ich dulde keine Lügen mehr.«

Fräulein Oertel fuhr fort, mein verfluchtes Geschlechtsteil in den Mund zu nehmen, es herauszuholen und es sich wieder hineinzustopfen, als unterscheide sich meine Tirade in nichts von den 8-Uhr-Nachrichten. Als höre sie so etwas jeden Tag.

Als Fräulein Oertel endlich aufstand, war die Erektion ein Faktum, doch noch immer erinnerte das Ganze mehr oder weniger an meinen großen Zeh.

Fräulein Oertel sah mich erwartungsvoll an, und ich spuckte ihr ins Gesicht.

Wenn sie auf meine Tirade schon nicht reagierte, wenn es sie kalt ließ, daß ich die Tempel reinigen wollte, würde sie ja vielleicht auf meinen Speichel reagieren.

Doch es folgte kein Kinnhaken.

Auch meine Augen wurden nicht ausgekratzt.

Die Mappe mit den Zeichnungen wurde auch nicht auf meinem Kopf kaputtgeschlagen.

Vielmehr geschah folgendes – Fräulein Oertel sagte: »Du bist mir vielleicht ein komischer Vogel, Marek.«

Sie nahm mich mit ins Bett.

Sie machte sich nicht mal die Mühe, die Spucke aus ihrem Gesicht zu wischen.

Während Fräulein Oertel mich entjungferte, fühlte ich mich wie ein Sendemast, ein Störsender. Dabei gab es überhaupt keine anderen Sender.

Fräulein Oertel fühlte sich, soweit ich das beurteilen konnte, nicht als Störsender.

Fräulein Oertel fühlte sich als Mensch, und ich schließe nicht aus, daß sie Lust empfand.

Soweit ein Sendemast Lust empfinden kann, fand ich es auch ganz nett.

Als sie von mir herunterstieg, sagte sie: »Zum Glück habe ich vor drei Monaten wieder mit der Pille angefangen. Es lag in der Luft. Es lag einfach in der Luft.«

»Hör mal«, sagte ich und stand vom Bett auf, »was mir gerade eingefallen ist: Eigentlich sind Menschen Störsender.«

Fräulein Oertel sah mich an. Sie öffnete den Mund, doch es kam kein Laut heraus. Sie schüttelte den Kopf, als hätte ich etwas sehr Merkwürdiges gesagt.

»Hast du denn überhaupt keinen Respekt vor mir?« sagte sie und gab mir eine Ohrfeige.

Die zweite in ein paar Monaten.

Ihr Mund zitterte wieder so eigenartig. »Entschuldigung«, sagte sie, »Entschuldigung, das wollte ich nicht.«

»Macht nichts«, sagte ich, »das bin ich gewöhnt.«

»Wie fandest du's eigentlich?«

»Was?«

»Mit mir. Wie fandest du's?«

»Sehr schön«, sagte ich, »aber das mit dem Störsender darfst du nicht falsch verstehen. Ich dachte, es wäre wichtig. Wenn Menschen Störsender sind, erklärt das eine ganze Menge.«

Ich sah Tränen, viele Tränen, und Fräulein Oertel sagte: »Bedeutet das hier denn gar nichts für dich?«

»Viel«, antwortete ich, »viel mehr, als ich sagen kann.«

Sie wischte sich mit dem Handrücken über die Augen. »Auf Sylt bin ich von Hand zu Hand gegangen, aber danach habe ich fast sieben Jahre gewartet, Marek. Ich habe auf dich gewartet.«

»Ja«, sagte ich. »Das ist nett.«

Es wurde an die Tür geklopft.

Wir blieben beide stocksteif stehen.

Frau Oertel rief: »Der Apfelkuchen ist gleich fertig, Kinder.«

Ich versteckte mich in Fräulein Oertels Kleiderschrank. Es war eine Eingebung. Früher hatte ich mich oft in Mamas Kleiderschrank versteckt, weil es da so gut roch.

»Nicht reinkommen, Mutti«, rief Fräulein Oertel.

Wir hörten Gerumpel, Krachen, undefinierbare Geräusche. Was machte Frau Oertel da? Warum ließ sie uns nicht in Ruhe? Bine Oertel war volljährig. Sie gab Unterricht an der Abendschule. Handarbeiten. Bine Oertel war kein Kind mehr.

»Ich hatte überhaupt nicht vor hereinzukommen«, rief die alte Frau Oertel. »Aber jetzt will ich doch mal sehen, was in meiner eigenen Wohnung so vor sich geht.«

Sie öffnete die Tür. Doch es war kein Öffnen, wie normale Menschen das tun würden. Frau Oertel warf sich mit ihrem ganzen Gewicht gegen die Tür. Dann stand sie im Zimmer.

Die alte Frau Oertel trug Herrenpantoffeln. Das konnte ich deutlich durch den Spalt in der Schranktür erkennen: große blaue Herrenpantoffeln mit Quasten.

Fräulein Oertel und ihre Mutter schwiegen.

Ich stand immer noch hinter der Schranktür und betrachtete Bine Oertels Knie. Sie schienen mit einer eigenartigen Flüssigkeit gefüllt zu sein.

Das Schweigen der beiden Frauen wurde langsam belastend.

Ich mußte etwas unternehmen. Ich hatte diese Situation auf dem Gewissen. Und ich konnte nicht für immer im Schrank stehenbleiben.

Außerdem war Frau Oertel nicht von allen guten Geistern verlassen, ihr war bestimmt auch klar, daß ich nicht aus dem Fenster gesprungen war. Es gab also zwei Möglichkeiten: Entweder ich lag unter dem Bett, oder ich steckte im Schrank. Die alte Frau Oertel schien mir jemand zu sein, der nicht eher ruhen würde, bis er mich gefunden hatte, und wenn er dafür jeden Stein einzeln umdrehen müßte.

Dann, bevor ich darüber hatte nachdenken, bevor ich irgendein Für und Wider hätte abwägen können, trat ich aus dem Schrank und begann zu sprechen: »Die Tempel sind besudelt, Frau Oertel. Volk, das dort nicht hingehört, hat sich auf den vordersten Bänken breitgemacht und die Kostbarkeiten in die eigenen Scheuern geschafft, Ziegen und Kühe laufen herum, während der Opferstein schon längst geschlossen ist, man hört nur noch die Sprache der Irren, die Tempel sind besudelt, Frau Oertel, doch ich habe einen

Traum, ich werde die Tempel reinigen, und ich werde mit der Peitsche kommen und mit dem Besen, mit meinem Staubsauger werde ich jeden Winkel des Tempels bearbeiten, und nicht bloß husch, husch, so hier ein Wischer, da ein Wischer, nein – gründlich reinigen, das ist es, was ich tun werde. Ich bin der Störsender, und ihr seid die Funkstille, ich rüttle am Tor eurer Familiengräber, ich wecke die Toten zum Leben mit meiner Peitsche.«

Ich sprach ruhig und gemessen, ich dachte immer mehr: »Das ist gar nicht dumm, was ich da sage, das sollte ich öfter tun.« Die alte und die junge Frau Oertel sahen mich an, als seien sie ernsthaft interessiert.

Als verkaufte ich homöopathische Artikel an der Tür und sie könnten etwas von meinen Produkten gebrauchen oder wären auf jeden Fall geneigt, mir für einen angemessenen Betrag etwas von meinen Waren abzunehmen.

Doch mitten in meinem Monolog wich Frau Oertel einen Schritt zurück und schloß sorgfältig die Tür.

Als sie fast wieder unten war, hörte ich sie noch einmal rufen: »Der Apfelkuchen ist gleich fertig, Kinder.«

Schweigend kleideten Fräulein Oertel und ich uns an.

Keine zehn Minuten später saßen wir zu dritt auf dem Sofa, vor dem Bild mit dem Wasserfall, tranken Kaffee und aßen Apfelkuchen. Warmen Apfelkuchen mit Schlagsahne.

Eier mit Speck waren vielleicht nicht ihre stärkste Seite, Apfelkuchen backen konnte Frau Oertel wie keine zweite.

»Die Folge von *Der Alte* heute war richtig spannend«, sagte sie.

»Oh, das ist schön, Mutti«, sagte Bine Oertel.

Sie aß gierig.

Ich dachte an Dancing Queen Andrea, die jetzt irgendwo in Luxemburg saß, vielleicht fuhrwerkte sie gerade mit ihrem Fickläppchen herum. Nichts war ausgeschlossen.

Bestenfalls könnte ich später einmal Kurse in *Amour fou* geben, Haftgefangenen zum Beispiel, die vom rechten Weg abgekommen waren, doch gern in die Gesellschaft zurückkehren wollten.

Die echte, die lebendige *Amour fou,* die in der Wirklichkeit vorkam und nicht bloß in Büchern, würde mir jedoch auf immer verschlossen bleiben.

Frau Oertel aß nach der Bemerkung über die spannende Folge schweigend weiter, doch als sie den größten Teil ihres Stücks Apfelkuchen verputzt hatte, sah sie mich durchdringend an und sagte: »Und du willst also die Tempel reinigen?«

Ich wischte mir den Mund ab.

»Ja«, sagte ich.

»Wurde auch Zeit«, sagte sie und tat sich etwas Milch in den Kaffee. Ich sah, daß Bine Oertel mich einen Moment beunruhigt ansah, als fände sie das Reinigen der Tempel doch eine eher mäßige Idee.

»Mutti, ich möchte lieber nicht mehr, daß du Vatis Pantoffeln anziehst.«

Mutti ließ ihren Teller mit einem Knall auf dem Tisch landen.

»Du hast mir nichts zu verbieten, Bine, es wär Verschwendung, die Pantoffeln nicht anzuziehen, sie waren fast neu, ich hatte sie ihm gerade erst geschenkt, keine drei Wochen, bevor es zu Ende ging.«

Was Frau Oertel am meisten zu stören schien, war die Tatsache, daß der Tod keine Rücksicht auf die Pantoffeln genommen hatte, die sie ihrem Mann gerade erst gekauft hatte.

»Aber sie erinnern mich so an Vati«, klagte Bine, »bitte, zieh sie nicht mehr an, es ist, als stände Vati vor mir, wenn ich dich in seinen Pantoffeln sehe.«

Frau Oertels Gesicht erstarrte, eine Tirade von Flüchen entfuhr ihr wie kleine Rülpser. Dann faßte sie sich und sagte: »Bine, wenn du nicht bald einen Mann findest, wirst du eine alte Jungfer.«

Bines Mund zitterte heftig. War unser Haus das Haus der Stille, so war dieses Haus sichtlich das Haus der Tränen.

»Noch ein Stück?« fragte Frau Oertel.

»Ich muß jetzt wirklich gehen«, sagte ich, »ich hab morgen einen langen Tag.«

Ich hatte mit Professor Hirschfeld darüber gesprochen, daß meine Phantasie stärker ist als die Realität, daß ich eigentlich niemanden sehe, nur meine eigenen Geschöpfe. Kann man seine eigenen Geschöpfe vermissen?

»Noch etwas Kaffee?« fragte Frau Oertel.

Plötzlich fand ich die alte Frau Oertel viel interessanter als die junge, auch wenn sie sehr ihrem Mann zu gleichen schien und auch wenn sie ziemlich eigensinnige Vorstellungen über Nahrung und die Art und Weise hatte, wie man sie zu sich nehmen sollte.

»Eine halbe Tasse«, sagte ich, »aber dann muß ich wirklich los.«

Bine sagte: »Morgen gebe ich wieder meinen Kursus.«

Worauf Frau Oertel bemerkte: »Dieses Modellieren geht mir auf die Nerven.«

Ein leichtes Kichern entwich Bine.

»Manche wollen nicht bloß zeichnen«, sagte Frau Oertel, »sondern auch noch modellieren. Das geht mir auf die Nerven, weil: Wer darf hinterher den ganzen Kram wieder wegräumen?«

Es war deutlich, wer den Kram hinterher wieder wegräumen durfte.

Ich trank schnell meine halbe Tasse aus und stand auf.

»Danke für alles«, sagte ich, »es war ein schöner Abend.«

»Komm bald mal wieder«, sagte Frau Oertel. »Meine beste Freundin ist schon eine Woche nicht mehr hier gewesen, weil der Fahrstuhl nicht funktioniert.«

Die alte Frau Oertel drückte mir fest die Hand.

»So ein paar Treppen«, sagte ich, »schrecken mich nicht ab.«

Dann riß ich meine Hand los und ging zu Bine Oertel, unschlüssig, ob ich ihr die Hand schütteln oder sie küssen sollte.

»Danke für alles«, sagte ich. »Es war sehr schön.«

»Ich seh dich doch mal wieder in der Bibliothek, oder?«

»O ja, natürlich«, sagte ich.

»Ich bring dich noch schnell zur Haustür.«

»Viel Erfolg«, rief Frau Oertel mir hinterher.

Im Treppenhaus hing immer noch der Geruch nach gebratenem Speck.

Auf der Straße gab ich Bine Oertel schnell einen Kuß, bevor sie mir die schlechte Nachricht überbringen konnte.

»Adieu«, sagte ich, »meine Liebste.«

Diese drei Worte rührten mich mehr als die nackte Bine Oertel selbst.

»Adieu«, sagte Bine, »Liebster«, und strich mir eine Strähne aus der Stirn.

Dann ging sie hinein.

Zu Hause auf meinem Zimmer hörte ich ›Dancing Queen‹. Doch auch Abba half nichts.

Ich ging ein paar Wochen nicht mehr in die Bibliothek, worauf ich beschloß, mich in einer anderen Bibliothek anzumelden, etwas, das ich mir hinterher sehr übelgenommen habe.

Weder Bine Oertel noch ihre Mutter habe ich je wiedergesehen.

Was nicht heißen soll, daß sie aus meinem Leben verschwunden wären.

Das Geschlechtsteil hat viele Funktionen

Im dritten Jahr der *Amour fou* bekam Papa Beschwerden an der Herzklappe, doch die Ärzte sagten, daß er damit problemlos hundertzehn werden könnte. Meine Brüder opferten unserem Familiengott, und ihr gesellschaftliches Ansehen nahm nach und nach zu.

Mama lebte in einem Rausch von Verliebtheit, der so viel Energie und Gefühle von ihr forderte, daß sie an manchen Tagen nicht mehr genau wußte, wie viele Kinder sie gleich wieder zur Welt gebracht hatte. Auf wen ihre Verliebtheit sich richtete, war nicht mehr zu verfolgen.

Ich besuchte Paris und das Rimbaud-Museum; allein. Ich irrte durch das Museum und die Stadt mit dem Kopf voller Theorien über die *Amour fou* – langsam war ich Experte geworden, wenn die Praxis auch widerspenstig blieb. Und ungefähr alle sechs Wochen ging ich zu Professor Hirschfeld.

Wir sprachen über seine Arbeit und die Fortschritte dabei, oder besser gesagt: deren Ausbleiben. Professor Hirschfeld hatte keine Angst vor dem Tod, doch um so mehr vor dem Gedanken, er könnte sterben, bevor er sein Forschungsprojekt abgeschlossen hätte. Schon ein paarmal hatte er mich auf den Speicher mitgenommen, wo sich sein Archiv befand. »Hier«, sagte er und zeigte auf Dutzende, ja Hunderte numerierter Mappen, die aussahen, als bereite er einen Prozeß gegen einen Mafiaboss vor. »Hier liegen meine Aufzeichnungen: die Träume von fünfhundert Kriminellen neben denen von fünfhundert nicht Kriminellen. Irgendwo hier liegt der Beweis, er ist in den Aufzeichnungen versteckt, aber ich habe ihn einfach noch nicht finden können.«

Die Angst, vor dem Ende seines Forschungsprojekts zu sterben, verfolgte Professor Hirschfeld dermaßen, daß er auf dem besten Weg war, zum Alkoholiker zu werden.

Ich wollte fragen, ob er seine eigenen Träume auch schon mal analysiert hatte, aber das wagte ich nicht.

Es war mein letztes Jahr an der internationalen Schule.

Jeweils zwei Wochen vor Weihnachten ließ Herr Georgi immer noch einen Weihnachtsbaum im Klassenzimmer aufstellen, den er kurz darauf allein schmückte und dann in der ersten Januarwoche ebenso allein auch wieder verbrannte.

Seine Engelsgüte war ein Dogma, das für alle unverrückbar feststand.

Und ich?

Ich schrieb keine Gedichte über Zwerge mehr, obwohl ich immer noch auf gespanntem Fuß mit der Wirklichkeit stand, mit jenem großen Zeh, den mir ein höheres Wesen ohne jede Rücksprache zwischen die Beine geklebt hatte. Angst vor Blut und physischem Schmerz hatten dafür gesorgt, daß meine Phantasien, diesen Zeh mit einem Kartoffelmesser vom Rest meines Körpers zu trennen, sich zerstreut hatten. Doch der Krieg ging weiter.

»Hallo, Baby«, sagte Pavel, als wir eines Tages gleichzeitig nach Hause kamen, »und – immer noch behindert?« Dabei klopfte er sich vors Gemächt.

Hätte er nicht »Hallo, Baby« zu mir gesagt, hätte ich

Doktor Ahorn vielleicht nie aufgesucht, und wenn er es nur einmal gesagt hätte, hätte ich die Idee vielleicht auch noch fallenlassen. Doch Pavel nannte mich überhaupt nicht mehr »Marek«, sondern nur noch »Baby« oder, um genau zu sein, »Hallo, Baby«. Wenn sich ihm die Gelegenheit bot, klopfte er sich dabei regelmäßig vors Gemächt.

Ich mußte diesen Krieg gewinnen. Ich war kein Hallo-Baby, ich war Marek van der Jagt.

Zu guter Letzt suchte ich Hilfe bei einem plastischen Chirurgen. Jetzt, da ich die Hoffnung aufgegeben hatte, meinen Zustand in einen nie versiegenden Quell schöpferischer Energie zu verwandeln, mußte ich eben die plastische Chirurgie zu Hilfe rufen. Ich würde mich mit Sublimation nicht zufriedengeben, ich würde das Unkraut mit Stumpf und Stiel ausreißen und eine blühende Pflanze an seine Stelle setzen.

Ein früherer Liebhaber meiner Mama gab mir die Adresse von Doktor Ahorn, dem berühmtesten Schönheitschirurgen der Schweiz und Österreichs zusammen. Er hatte eine Praxis in Wien und eine in Genf. Dem Liebhaber erzählte ich, es gehe um den Freund einer Freundin. Er fragte nicht weiter.

Ich besuchte Doktor Ahorn, wie andere ihren ersten Bankraub unternehmen.

In einer nahe gelegenen Konditorei trank ich mir mit widerlich süßem Likör Mut an. Sie hatten nichts anderes. Dann lief ich sechsmal um Doktor Ahorns Haus herum, bis ich mir zuletzt die Kapuze meiner Jacke über den Kopf zog, eine Sonnenbrille aufsetzte und klingelte.

Eine Sekretärin oder Arzthelferin öffnete, ich schob sie beiseite und schloß die Tür hinter mir, noch bevor sie es tun konnte. Dann setzte ich meine Sonnenbrille ab und sagte: »Ich habe einen Termin bei Doktor Ahorn, mein Name ist Marek van der Jagt.«

Erst später fiel mir ein, daß sie mich für einen schrecklichen Flegel halten mußte, einen Mann ohne Manieren, der freundliche Arzthelferinnen beiseite schiebt.

Sie betrachtete mich von oben bis unten und sagte dann, ziemlich herablassend: »Kommen Sie mit, dann trage ich Sie ein.«

In einem blendendweißen, blitzblanken Vorzimmer setzte ich mich auf eine Ledercouch. An den Wänden hingen Fotos von Frauen, die sich hier hatten richten lassen. Auch hing dort eine Karte, auf der stand: »Danke, Doktor Ahorn, Sie haben mein Leben verändert.« Ich sah noch mehr Fanpost. Doktor Ahorn mußte ein glücklicher Mann sein.

Die Assistentin wollte alles wissen.

»Ist das wirklich nötig?« fragte ich. »Geht das nicht, daß Sie nur eine Nummer und ein Codewort notieren, wie bei einer Schweizer Bank?«

»Wir sind keine Bank«, sagte sie.

»Das ist mir klar, aber vielleicht genügen eine Nummer und ein Codewort ja trotzdem fürs erste?«

»Wir gehen äußerst vertraulich mit den persönlichen Daten unserer Patienten um.«

»Ja, das glaube ich Ihnen, aber ich hätte doch lieber nur eine Nummer und ein Codewort.«

Sie ließ sich nicht erweichen.

Zu guter Letzt habe ich ihr halt alles gesagt. Bis auf die peinlichsten Details.

Selbst meine Schuhgröße wollte sie wissen.

Danach saß ich noch fast anderthalb Stunden in einem Wartezimmer, bis eine andere Assistentin, diesmal eine etwas freundlichere, mich in Doktor Ahorns Sprechzimmer brachte.

Doktor Ahorn war ein hoch aufgeschossener Mann. Für Mama schon etwas zu groß, sie liebte nichts, was über ein Meter achtzig hinausging. Ich konnte Männer schon recht gut durch Mamas Brille beurteilen. Er hatte ein nervöses Zucken im linken Auge.

Er schüttelte mir herzlich die Hand und sprach dann zwanzig Minuten über die neuesten Entwicklungen auf dem Gebiet der plastischen Chirurgie und darüber, wie viele Widerstände er als plastischer Chirurg anfänglich hatte überwinden müssen. Er sagte: »Ich wage zu behaupten, daß die plastische Chirurgie mehr Menschen glücklich gemacht hat als die Chirurgie am offenen Herzen.«

Er beugte sich vor, und ich merkte, welch große Befriedigung ihm der Gedanke schenkte, so viele Menschen glücklich gemacht zu haben. Etwas, das man ihm kaum übelnehmen konnte. Auch der plastische Chirurg sucht ab und zu ein wenig Sinn in seiner Arbeit.

»Natürlich kann man unter dem Messer auch sterben«, sagte er, »aber Autofahren ist riskanter.«

Aus seiner Brusttasche holte er einen eleganten Füllfederhalter und schrieb meinen Namen auf ein weißes Blatt Papier.

»Ich hatte schon alle Altersstufen hier«, sagte Ahorn.

Dann schrieb er neben meinen Namen mein Geburtsdatum.

»Unsere Welt ist das Äußere«, sagte Ahorn, »Ästhetik ist kein übertriebener Luxus.«

Ich zog meinen Regenmantel aus, den ich zusammen mit Mama gekauft hatte.

Nie hatte ich mir einen Schönheitschirurgen wie Doktor Ahorn vorgestellt. Doch warum sollte ein Schönheitschirurg auch unbedingt selbst ein Wunder an Schönheit sein müssen?

»Bei Patienten, die finanziell weniger leistungsfähig sind, akzeptiere ich auch Ratenzahlung, denn ich glaube, daß jeder das Recht auf ästhetische Korrektur seines Äußeren hat, so wie auch jeder das Recht hat auf ein Auto.«

Er lachte.

Ob er wußte, warum ich hier war? Am Telefon hatte ich nichts gesagt, und auch seiner Assistentin gegenüber war ich bezüglich des Grunds meines Besuches betont vage geblieben.

»Um welchen Teil des Gesichts handelt es sich?« hatte sie gefragt.

»Es handelt sich nicht um das Gesicht, es handelt sich um den Körper«, antwortete ich.

»Und um welche Teile des Körpers?« fragte sie, während ihre Finger mit den perfekt lackierten Nägeln über der Tastatur schwebten. Wie viele Unglückliche hatte sie wohl schon in Professor Ahorns Computer eingegeben, schoß es mir plötzlich durch den Kopf.

»Um verschiedene«, hatte ich gesagt, »zu viele, um sie jetzt alle aufzuzählen.«

Ahorn faltete die Hände. Ich sah einen Ehering. »Was kann ich für dich tun, Marek?«

Ich sah mich um. Alles war so sauber, so neu auch.

Einen Moment lang erwog ich, aufzustehen und mich auszuziehen, damit Ahorn selbst sehen konnte, was es bei mir zu tun gab, doch der Mut fehlte mir. Selbst hier.

Die Banalität der Worte, die ich würde aussprechen müssen, war mir zuwider.

Doch es ging um eine Schande, und Schande war keine banale Angelegenheit, auch wenn sie sich zwischen den Beinen versteckte.

Ich beugte mich vor.

»Es geht um eine Schande«, sagte ich.

Das nervöse Zucken in seinem linken Auge wurde vorübergehend stärker.

Vielleicht dachte er, er habe es mit einem Irren zu tun oder daß ich ihn indirekt bedrohte. Doch diesmal würde ich nicht über die Tempel sprechen und auch nicht darüber, daß ich sie reinigen wollte. Professor Hirschfeld hatte einmal zu mir gesagt: »Ich kenne Leute, die tun, als wären sie verrückt, um nicht leben zu müssen. Jeden Tag fahren sie mit dem Bus in die Tagesklinik, nur um nicht am Leben teilnehmen zu müssen. Ein interessantes Konzept, findest du nicht? Oder ist Tun-als-ob vielleicht selbst schon ein Symptom der jeweiligen Krankheit?« Professor Hirschfeld hatte mich abwartend angesehen. Doch es kam keine Antwort, die Antwort blieb irgendwo in mir liegen, so wie andere Antworten wohl für immer in Professor Hirschfelds Archiv verborgen lagen. Ein Archiv, in dem nach seinem Tod vielleicht nie wieder jemand etwas suchen würde. Ich hatte Professor Hirschfeld von meinem Vorhaben, Doktor Ahorn zu besuchen, nichts erzählt. Professor Hirschfeld verhielt sich zur plastischen Chirurgie wie das Feuer zum Buch.

Der Doktor hustete. Wieder fiel mir sein Trauring auf. Es war ein besonders dicker.

Wie findet man Worte für eine Niederlage, eine Niederlage, die in nichts anderem besteht als darin, wahrgenommen zu werden? Meine Niederlage waren die Blicke der anderen.

Mein Bruder war keine Schande, auch Papa nicht, Mama hätte eine sein können, doch für die war das ganze Leben ein einziger Skandal.

»Wie meinst du das?« fragte Ahorn.

Ich holte tief Luft.

»Es gibt große und kleine Schanden, Herr Doktor«, sagte ich, »unter meinem Nabel befindet sich momentan eine große Schande.«

Ahorn kratzte sich an der Wange. Das nervöse Zucken schien wieder stärker zu werden.

»Ich bin mir nicht ganz sicher, ob ich verstehe, was du meinst«, sagte er.

»Ich kann es Ihnen zeigen«, sagte ich.

Jetzt mußte ich durchhalten.

»Nein, nein, erzähl erst mal«, sagte Doktor Ahorn.

Es war klar, daß er von Schande nicht viel verstand, daß er im Leben noch nicht viel erlebt hatte.

Dieser Besuch war ein Irrtum.

Anstatt plastische Chirurgie bei mir anzuwenden, wollte Doktor Ahorn mit mir über die Definition eines Wortes diskutieren. Oder hatte er nur Angst davor, mich nackt zu sehen?

»Die Schande beginnt damit, gesehen zu werden«, sagte ich.

Ahorn sah mich besorgt an.

»Ich bin deiner Meinung, daß das Wohlgefallen der anderen eine wichtige Aufgabe in unserem Leben ist und daß die plastische Chirurgie uns helfen kann, diese Aufgabe besser zu erfüllen, aber ich würde das, was wir hier tun, nicht gern mit Schande in Zusammenhang bringen.«

Er hatte langsam gesprochen, seine Worte sorgfältig wählend, als mache er eine Aussage vor Gericht. Während er mir zuhörte, biß er sich wiederholt auf die Unterlippe. Für jemanden, der ständig über die Ästhetik des Körpers redete, fand ich das merkwürdig.

Ich fühlte Wut in mir aufsteigen. Wut über sein Unverständnis, Wut über seinen nervösen Tick, Wut über die Erniedrigung, Wut über seine Kleidung, Wut über seinen Trauring und Wut über mich selbst, der ich hier saß.

»Ich will's kurz machen. Untenrum bin ich ein Zwerg.«

Ahorn schrieb etwas auf, doch ich konnte nicht sehen, was.

»Genau«, sagte er, »untenrum.« Er hustete.

Als könne man auch obenrum ein Zwerg sein.

Er betrachtete den Zettel, den er mit meinem Namen, meinem Geburtsdatum und einer undefinierbaren Notiz vollgekritzelt hatte, und sagte dann: »Geh jetzt bitte ins andere Zimmer, dort werde ich dich untersuchen. Und zieh dich bitte aus«, rief er mir hinterher, als wäre ich nicht selbst darauf gekommen.

Ich ging ins andere Zimmer, wo ich mich langsam entkleidete.

Ich hörte ihn mit jemandem sprechen, ich hörte ihn sogar lachen.

Als ich fast nackt war – ich trug nur noch meinen Pullover, schließlich ging es bei mir nicht um eine Brustvergrößerung –, kam der Doktor ins Zimmer.

»Zieh den Pullover auch aus«, sagte er.

Er zog sich Handschuhe an.

In einem Film hatte ich mal gesehen, wie ein Fahnder einen Handschuh angezogen hatte, um Kokain aus dem After eines Verdächtigen herauszuholen.

»Soll ich mich hinlegen?«

»Nein«, sagte er, »bleib ruhig stehen.«

Er ging in die Knie.

Ich fühlte, wie eine behandschuhte Hand vorsichtig meinen Oberschenkel festhielt.

Ich blickte geradeaus zur Tür. Jeden Moment konnte sie aufgehen, und eine der vielen Assistentinnen konnte hereinkommen und sagen: »Doktor Ahorn, es ist dringend.«

Dann würde sie mich sehen und dann vielleicht kreischen, schrill und laut.

Doch die Tür öffnete sich nicht, und der Schönheitschirurg drückte sanft in meine Hoden.

Darauf lief das Leben also hinaus. Wenn man mich auffordern würde: »Faß das Leben mal in ein paar Worten zusammen, Marek«, würde ich von Doktor Ahorn erzählen und seiner behandschuhten Hand, die in meine Hoden drückte. »Der Rest ist Nebensache«, würde ich sagen, »bloßes Ornament, der Rest sind Luftschlangen, die meine Mama aufgehängt hat und die andere wieder von der Decke gerissen haben.«

Ahorn bekam einen Hustenanfall und wandte sich ab, blieb aber trotzdem vor mir in der Hocke.

»Entschuldige«, sagte er, als er sich ausgehustet hatte, »die Luft hier ist ziemlich trocken.«

»Ja«, sagte ich.

»Wie im Flugzeug. Ich fliege ziemlich oft.«

»Ja«, sagte ich wieder.

»Ich hab schon eine Schüssel Wasser auf die Heizung gestellt, aber das hilft auch nicht richtig.«

Ich nickte nur noch.

Dann hob Ahorn mein Geschlecht an und betrachtete es von unten.

Wieder hörte ich ihn husten.

Eine Prozession von Menschen zog an meinem inneren Auge vorüber, Andrea, Milena, Fräulein Oertel, Mama, Pavel, und alle husteten sie.

Ahorn stand auf.

»Du kannst dich wieder anziehen«, sagte er. »Ich warte auf dich im anderen Zimmer.«

Der Doktor verließ den Raum, und ich nahm meine Unterhose von einem Stuhl.

Mein Geschlecht wirkte kleiner denn je. Es war regelrecht dabei zu verschwinden.

Bald wäre es überhaupt nicht mehr da. Dann wäre ich endlich der Geschlechtslose.

Doktor Ahorn saß an seinem Schreibtisch. Er schrieb.

Jemand hatte mir eine Tasse Kaffee hingestellt.

Ich setzte mich und mußte an den Giftbecher des Sokrates denken.

Ahorn schaute auf, schrieb weiter, legte seinen Füller hin und lächelte.

Ich nahm einen Schluck.

»Marek«, sagte Ahorn.

Er hustete.

»Macht dir die trockene Luft auch so zu schaffen?«

»Nein«, sagte ich.

Was war das hier? War ich wegen trockener Luft hierhergekommen?

Wieder hustete er.

»Wie du weißt, gibt es größere und kleinere Geschlechtsteile.«

Er faßte sich ans Kinn, als wisse er nicht, wie er jetzt fortfahren sollte.

Irgendwo im Haus hörte ich einen Hund bellen.

»Wie es auch größere und kleinere Ohren gibt«, fuhr Ahorn plötzlich fort, »und größere und kleinere Füße, Nasen und Münder. Es gibt Menschen mit Schuhgröße 37 und welche mit Schuhgröße 45. Du hast…«

Er blätterte in seiner Mappe.

»Du hast Schuhgröße 40.«

»Ja«, sagte ich.

Ich war doch nicht wegen meiner Füße hier, mit denen war alles in Ordnung.

»Ich habe Schuhgröße 42«, sagte Ahorn.

»Schön für Sie«, sagte ich.

»Mein Vater hatte Schuhgröße 44.«

»Schön«, sagte ich nochmals.

Ahorn faßte sich wieder ans Kinn.

Er schaute, als sei er in tiefes Nachdenken versunken. Ein plastischer Chirurg, der über Schuhgrößen und trockene Luft plauderte und mir mit seiner behandschuhten Hand vorsichtig in die Hoden drückte. Ja, das war das Leben, es gab kein Entkommen, und ich konnte es mir nicht erlauben, wollte es mir nicht erlauben, blind für die Schönheit von all diesem zu sein. Auch an Doktor Ahorn war bestimmt etwas Schönes zu entdecken, ich mußte mir nur etwas mehr Mühe geben.

»Marek«, sagte er, »ich will dich nicht anlügen. Dein Geschlechtsteil gehört zweifellos zu den kleineren, aber als plastischer Chirurg muß ich mir die Frage stellen: Ist es so klein, daß sich eine Operation lohnt? Ist es so klein, daß wir eine Operation auch nur erwägen dürfen, verstehst du, was ich meine?«

»Ja«, sagte ich.

Es wurde an die Tür geklopft.

»Ja, bitte?« sagte Ahorn.

Eine Assistentin kam herein.

»Frau Pepplau geht nach Hause, Herr Doktor.«

Ahorn nickte.

Die Tür wurde wieder geschlossen.

»Wo war ich stehengeblieben?« fragte er.

»Bei der Operation«, sagte ich.

»Genau.« Er seufzte. »Schau, Marek, nimm eine Brustvergrößerung, einer unserer meistverlangten Eingriffe, obwohl ich in letzter Zeit eine bemerkenswerte Zunahme von Brustverkleinerungen festgestellt habe. So ein Eingriff, so eine Brustvergrößerung, ist viel einfacher als der, der mit deinem Problem zu tun hat. Als Mediziner muß ich mir immer die Frage stellen: Läßt sich ein Eingriff verantworten? Ist das Geschlecht so klein, daß wir operieren müssen? In deinem Fall kann ich jetzt schon eine klare Antwort geben: Es ist klein, daran gibt's nichts zu rütteln, aber nicht so klein, daß ich eine Operation auch nur in Betracht ziehen würde. Schon allein darum, weil auch eine solche Operation nicht ganz ohne Risiko ist. Was wir gewinnen können, steht in keinem Verhältnis zu dem, was wir möglicherweise verlieren.«

Wieder hörte ich das Bellen.

Was wir gewinnen können, steht in keinem Verhältnis zu dem, was wir möglicherweise verlieren. Von was für Verlusten redete er da? Mein *Geschlecht* war dabei zu verschwinden! Er konnte das nicht wissen, aber ich sah es, ich war ständiger Zeuge. Ich sah es mit bloßem Auge.

»So ist das, Marek«, sagte Doktor Ahorn. »Das ist meine Meinung. Als Arzt.«

»Keine Operation?« sagte ich.

»Keine Operation«, sagte er.

»Und was dann? Tabletten?«

Ahorn lehnte sich zurück. Er blickte freundlich lächelnd durchs Sprechzimmer, als sitze er zum ersten Mal hier.

Es kam keine Antwort.

Er beugte sich vor, lehnte sich wieder zurück, doch noch immer kam keine Antwort.

Erst nach einigen Minuten hörte ich ihn flüstern: »Leben, Marek, weitermachen mit dem Leben«, doch vielleicht war das nur Einbildung.

»Aber ich habe das Gefühl, daß es langsam verschwindet«, sagte ich, »jeden Tag etwas mehr. Eben, als ich hinsah, war es schon wieder etwas kleiner als gestern.«

»Daß was verschwindet?« fragte Ahorn.

»Das Geschlecht«, flüsterte ich.

Ahorn trommelte auf seinen Schreibtisch.

Er pfiff eine Melodie.

Vielleicht dachte er nach, vielleicht war er melancholischer Stimmung wegen des Verschwindens meines Geschlechts. Alles, was verschwindet, kann melancholisch stimmen, selbst das Verschwinden eines fremden Geschlechtsteils.

Schließlich hatte Ahorn sich ausgepfiffen.

»Alles, was menschlich ist«, sagte Ahorn, »hat einen Anfang und ein Ende, sagte Richter Falcone, der den Mut hatte, die Mafia zu bekämpfen und dafür mit dem Leben bezahlte.«

Was hatte die Mafia jetzt wieder hiermit zu tun?

»Vor kurzem habe ich ein herrliches Buch über Richter Falcone gelesen, aber das nur am Rande«, sagte Ahorn, und er lächelte, als sei er stolz darauf, daß er zwar das Äußere operierte und schöner machte, aber trotzdem nicht unbelesen war.

Ich nickte ernsthaft.

»Du verschwindest«, sagte Doktor Ahorn, »und dann verschwindet auch dein Geschlecht, aber die Wahrscheinlichkeit, daß dein Geschlechtsteil verschwindet, bevor du verschwunden bist, ist sehr gering, natürlich kann das Geschlechtsteil irgendwann anfangen, schlecht zu funktionieren, wie ein Bein, das weh tut, oder ein Auge, das nicht mehr richtig sieht, das Geschlechtsteil hat viele Funktionen, das brauche ich dir nicht zu erklären, du bist ein aufgeweckter junger Mann, aber ich kann dir verraten, daß Schwierigkeiten beim Wasserlassen vor allem bei älteren Männern ein Leiden sind, das oft – und viel öfter – vorkommt als dieses andere. Aber wovon reden wir hier? Du hast noch Zeit, Marek, du bist noch jung.«

Jung, das hätte er nicht sagen sollen.

»Wenn ich wüßte, daß es hilft, würde ich mein Leben dafür hergeben. Ich würde mit allem bezahlen.«

Der Doktor trommelte wieder auf den Schreibtisch.

Er wurde mir fast sympathisch.

»Ein Held«, sagte er, »ist jemand, der bereit ist, für sein Ideal zu sterben. Richter Falcone ist für ein Ideal gestorben. Nicht alle Ideale sind das Sterben wert. Ich vermute, daß man für die meisten Ideale besser nicht stirbt.«

Damit stand Ahorn auf.

»Viel Erfolg, Marek«, sagte er und setzte flüsternd hinzu: »Wenn du lieber keine Rechnung nach Hause möchtest, kannst du auch draußen direkt bei meiner Assistentin bezahlen.«

Im Wartezimmer saß eine Frau mit einem Hund auf dem Schoß.

Die Assistentin hatte die Rechnung schon vorbereitet.

»Gibt es hier in der Nähe einen Geldautomaten?« fragte ich.

Ich rannte nach Hause. »Macht Platz«, wollte ich den Leuten zurufen, »macht Platz, der Geschlechtslose kommt!«

Mein Ideal war das Sterben nicht wert.

Nicht mal eine Operation.

Es war gut, das zu wissen.

Die *Amour fou* war ein nichtswürdiges Ideal, nicht zu

vergleichen mit der Freiheit, dem Sozialismus oder der Gerechtigkeit, selbst wenn es nur für wenige war.

Ich mußte Mama, Papa und den anderen recht geben: Das Leben war eine nichtswürdige Erfindung.

Das Schwein

Ein paar Wochen nach meinem Besuch bei Doktor Ahorn entdeckten die Ärzte, daß Mama einen kleinen Tumor im Kopf hatte.

Sie sagten, es sei harmlos, er stecke da schon seit Jahren und könne problemlos noch Jahre dort drinbleiben.

Für ein paar Tage war Papa besonders lieb zu Mama. Was allen im Haus ein unbehagliches Gefühl vermittelte – als sei Mama schon tot, denn aus allem, was Papa sagte, konnte man schließen, daß die Toten mehr Recht auf Liebe hatten als die Lebenden.

»Du solltest mit den Kindern verreisen«, sagte Papa eines Abends, »in die Berge, mal richtig zur Ruhe kommen.«

Papa fuhr selbst immer gern in die Berge, um dort zur Ruhe zu kommen, darum fand er, daß andere das auch tun sollten.

Mama dachte, sie müsse sterben. Bei jedem Abendessen sagte sie ein paarmal: »Das ist wahrscheinlich meine letzte Mahlzeit.«

Hatte sie den größten Teil meiner Jugend dem Leben unversöhnlich gegenübergestanden, so legte sie jetzt die gleiche unversöhnliche Leidenschaft dem Tod gegenüber an den Tag, den sie bei näherem Hinsehen doch als ein noch bösartigeres Übel betrachtete.

Anrufende Verehrer bekamen zu hören: »Komm besser nicht, ich liege im Sterben.«

Die meisten Verehrer, die das ein paarmal zu hören bekommen hatten, gaben auf, nur die hartnäckigsten unter ihnen wollten meine Mama auch dann noch verehren, wenn sie im Sterben lag.

Manche Leute haben das Bedürfnis, sich angesichts des nahenden Todes mit ihren Nächsten zu versöhnen. Doch meine Mutter stand über jedweder Form von Versöhnung, und von Versöhnung mit ihren Nächsten wollte sie schon gar nichts wissen.

Der Gedanke, bald sterben zu müssen, machte sie erst richtig erbarmungslos.

»Wenn ich euren Vater sehe«, sagte sie eines Abends, »kriege ich keinen Bissen runter.«

Darauf ging Papa mit dem Teller in die Küche, denn das mit dem Tumor machte ihm doch sehr zu schaffen, außerdem wahrte er gern den lieben Frieden.

Ein andermal sagte sie: »Ihr seid meine Kinder, aber ihr seid Mißgeburten, ich kann's nicht ändern. Es ist die Wahrheit.«

Danach begann sie herzzerreißend Klavier zu spielen, während ihr die Tränen über die Wangen liefen, denn für Musik blieb Mama bis zuletzt sehr empfänglich.

Wieviel Mühe die Ärzte sich auch gaben, Mama auf andere Gedanken zu bringen, sie war fest davon überzeugt, daß ihr Leben zu Ende ging, daß es eher eine Frage von Tagen als von Wochen war, und gestärkt von diesem Gedanken machte sie mit der Mehrzahl ihrer Liebhaber kurzen Prozeß.

Sie sagte: »Jetzt nehme ich kein Blatt mehr vor den Mund.« Als hätte sie das früher jemals getan.

»Im Bett warst du ein Versager«, hörte ich sie eines Tages ins Telefon rufen, »außerhalb übrigens auch.«

Selbst Blumenhändler Szlapka, der doch bereit war, sich in der Hoffnung auf ein heimliches Schäferstündchen mit meiner Mama eine Menge gefallen zu lassen, gab es schließlich auf.

»Sie hat sich verändert«, sagte er, als ich ihm auf der Straße begegnete, »sie ist nicht mehr dieselbe.«

»Es ist vorübergehend«, sagte ich. Wider besseren Wissens.

Rolf Szlapka sah mich an. Er nickte.

Wir liebten beide dieselbe Frau, wenn auch auf verschiedene Weise, und wir wußten beide, daß es nicht vorübergehend war.

Mama, die sich schon immer ein bißchen vor Menschen geekelt hatte, begann sich nun ganz schrecklich vor ihnen zu ekeln.

Sie sagte: »Du weißt, wie reinlichkeitsliebend ich bin, wenn ich Leute berühre, muß ich mir hinterher sofort die Hände waschen, darum berühre ich sie auch lieber gar nicht mehr – ich kann mir doch nicht den ganzen Tag die Hände waschen?«

In der Wohnung lief das Dienstmädchen ständig mit dem Staubtuch vor ihr her, um die Türgriffe abzuwischen, und man gab sich alle Mühe, den Schmutz der Welt vor Mamas Blick zu verbergen.

Die allerhartnäckigsten Liebhaber ließen Blumen vorbeibringen oder brachten sie selbst, doch weiter als bis zur Haustür kamen sie nicht mehr, und die Blumen hielten es bei uns meist auch nicht länger als ein oder zwei Stunden aus.

Wenn Mama Blumen sah, die ihr nicht gefielen, landeten sie im Mülleimer. Ihre Aggressionen beschränkten sich nicht länger auf Mensch und Tier, ihr Zorn erstreckte sich jetzt auch auf die Pflanzenwelt.

Wobei ich anmerken muß, daß Mama nie einen Menschen oder ein Tier getreten oder geschlagen hat. Ich habe sogar ein paarmal erlebt, wie sie für ein Pferd Partei ergriff.

Durch Wien fahren viele Pferdekutschen, für die Touristen.

Ab und zu kam es vor, daß Mama von Mitleid ergriffen wurde, wenn sie sah, wie ein armes, abgehalftertes Pferd eine Gruppe Touristen durch Wien zerren mußte. Sie fand, daß Touristen auf eigenen Beinen durch Wien laufen sollten.

Eines Nachmittags, ich war zwölf, sah sie, wie ein Pferd von seinem Kutscher geschlagen wurde, und während ihr kleine Tränen übers Gesicht liefen, sagte sie: »Marek, frag, wieviel das Pferd kostet.«

Ich lief zum Kutscher und fragte, wieviel das Pferd kostete.

Der Kutscher begann zu lachen, doch als er Mama sah, nannte er sofort einen Preis.

Mama öffnete ihre Handtasche und schrieb einen Scheck.

Das Pferd wurde ausgespannt, und wir nahmen es mit nach Hause. Zuerst wollte es sich nicht von der Stelle bewegen, als sei ihm die Kutsche ans Herz gewachsen. Weder Mama noch ich hatte viel Erfahrung mit Pferden, obwohl sie in ihrer Jugend dem Vernehmen nach häufig geritten war. Sie sagte: »Ich hab es ganz und gar verlernt. Und um jetzt noch mit einer Manege anzufangen, dazu bin ich doch ein bißchen zu alt.«

Wir ließen das Pferd auf der Straße vor unserem Haus stehen, und Papa war eine Woche lang damit beschäftigt, das Pferd zu verkaufen. Er mußte zwei wichtige Fusionsverhandlungen dafür sausenlassen, denn schon bald begann sich die Polizei für das Pferd zu interessieren.

Zwei Beamte kamen schon am ersten Tag, noch bevor Papa nach Hause gekommen war.

»Der öffentliche Bürgersteig ist doch kein Stall, Frau van der Jagt«, sagte der eine Beamte. Er hatte einen langen, grauen Bart.

Ich stand neben Mama, und an der Art, wie sie meine Hand drückte, konnte ich merken, daß ihre Vorstellung von Bürgersteigen nicht ganz mit der der Beamten übereinstimmte. Sie mochte auch keine Bärte.

»Kein Stall?« fragte sie, »aber was denn dann? Wenn der öffentliche Bürgersteig kein Stall ist, was ist er dann, Herr Wachtmeister?«

Mama hatte Schwierigkeiten mit dem Arm des Gesetzes, und daß sie nie versucht hat, diesen Arm umzudrehen, liegt meiner Meinung nach einzig und allein daran, daß das Gesetz sie nicht genug interessierte.

Die Situation wäre bestimmt eskaliert, wenn in dem Moment nicht einer von Papas Geschäftsfreunden, Herr Kopaceck, vorbeigekommen wäre, der die Beamten mit vagen Versprechungen und einem Schnaps nach Hause schickte. Herr Kopaceck kaufte und verkaufte Geschäftshäuser.

Er redete immer von seinen »Ladenobjekten«. Dann sagte er: »Dann mach ich mal weiter mit meinen Ladenobjekten.«

Er ist immer noch ein Geschäftsfreund meines Vaters, und vor kurzem sagte er zu mir: »Wär das nicht was für dich, Marek, so ein Handel mit Ladenobjekten? Wär das nicht was für dich?«

Doch was ich sagen will, ist, daß Mama niemals Tiere mißhandelt und einmal sogar ein Pferd gekauft hatte, um es vor seinem grausamen Kutscher zu retten.

Doch als Papa fast täglich, manchmal sogar zweimal, beim Frühstück und beim Abendessen, Mama davon zu überzeugen versuchte, daß es wirklich besser sei, für ein paar Tage in die Berge zu fahren, um auf andere Gedanken zu kommen, dachte sie bestimmt nicht an Pferde. Sie dachte überhaupt nicht an Tiere, auch nicht an Menschen übrigens. Nein, sie muß vielmehr daran gedacht haben, daß sie bald nicht mehr sein würde, denn das war ihr Hauptgesprächsthema zu der Zeit.

Die Stimmung im Haus wurde immer gedrückter, soweit das überhaupt noch möglich war.

Daß ich dabei war, ein geschlechtsloser Mensch zu werden, schien mir plötzlich unbedeutender Kleinkram. Was war schon ein Geschlecht, wenn man näher darüber nachdachte? Wenn man es hatte, war es gut, aber wenn man es nicht hatte, ging es auch. Die Leute merkten doch keinen Unterschied.

Mama sagte: »Wenn ich in den Spiegel sehe, muß ich nicht lachen, dann muß ich heulen.«

»Und dabei siehst du so gut aus«, sagte Papa.

Es war Tatsache, daß Mama gerade in jenen Tagen sehr gut aussah. Aber auch, daß Mama sich mehr denn je im Spiegel betrachtete, als sei Sterben ein Pickel oder ein Fältchen, das sich nicht länger zuschminken ließ.

Sie spendete viel Geld für gute Zwecke – an Vereine, aber auch an Leute, die ihrer Meinung nach nicht in der Lage waren, selbst ein ordentliches Einkommen zu erwirtschaften.

Gute Zwecke entdeckte sie in den letzten Wochen vor ihrem Tod überall, außer in ihrem eigenen Haus.

Ein paar entfernte Verwandte von ihr riefen an, doch sie sagte: »Ihr habt zwanzig Jahre nichts von euch hören lassen, jetzt braucht ihr mich auch nicht mehr anzurufen.«

Schließlich traf Papa eine Entscheidung.

»Ich hab ein schönes Hotel für dich gefunden, hoch in den Bergen«, sagte er. »In Bayern. Da wirst du zur Ruhe kommen.«

Papa liebte Bayern. Vielleicht, weil der Hauptsitz seiner Versicherung in München lag und er regelmäßig dorthin mußte oder weil die bayrische Volksart ihm behagte, ich weiß es nicht, jedenfalls fuhr Papa immer gern nach Bayern.

Wir aßen an dem Abend Hirsch mit gefüllter Birne.

Papa liebte nicht nur Bayern, sondern auch Wildgerichte. Papa liebte männliche Dinge, auch wenn er nicht übermäßig viel Sport trieb. Im Winter sauste er hin und wieder auf Skiern einen Hang hinunter, und einmal im Monat verabreichte er seinen Kindern eine Tracht Prügel, aber weiter ist seine Begeisterung für den Sport nie gegangen.

Ich habe ein Foto von ihm, auf dem er einen Kopfstand macht, aber jeder tut ab und zu mal etwas, das nicht zu seinem Charakter paßt.

Papa schob eine Broschüre über den Tisch, Richtung Mamas Teller.

»Das Arabella Sheraton Alpenhotel«, sagte er triumphierend, als mache schon allein das Aussprechen des Namens ihn glücklich. »Kopaceck ist dagewesen, und er sagt, es sei phantastisch, schöne Zimmer, herrliche Aussicht und gute Bedienung.«

Er wußte, daß Mama außerordentlich großen Wert auf gute Bedienung legte. Sterben hin oder her, die Bedienung durfte nicht nachlassen.

Mama sah auf die Broschüre, ohne sie zu öffnen.

»Es liegt an einem See«, sagte Papa, »hoch in den Bergen. Frische Luft. In der Nähe von Schliersee, da bin ich mal gewesen, als ich noch jung war.« Er lächelte.

Papa schwelgte nicht oft in Jugenderinnerungen. Offenbar war seine Erinnerung an Schliersee mal eine besonders schöne.

Ich fragte mich, ob er seine Versicherungspolicen genauso anpries wie das Arabella Sheraton Alpenhotel, doch dann fiel mir ein, daß er für solche Arbeiten ja Leute in Dienst hatte.

»Vielleicht kann Marek dich ja begleiten«, schlug er vor.

Ihm war auch klar, daß Daniel und Pavel nicht dazu zu bewegen wären.

Mama zuckte mit den Schultern.

Sie nahm einen ihrer Ohrringe ab und spielte damit.

Es wurde abgeräumt.

»Was soll ich da?« fragte Mama. Sie zeigte auf die Broschüre. Auf der Vorderseite war ein Hotel abgebildet, an einem See, mit Bergen im Hintergrund.

Mama hatte eine Stimme, die jeden zum Schweigen bringen konnte. Auch wenn sie glaubte, bald sterben zu müssen, ihre Stimme brachte noch immer jeden zum Schweigen.

Als Papa ihr nicht antwortete, fragte sie nochmals: »Was soll ich denn da?«

»Wandern«, sagte Papa leise, »ein bißchen Sonnenbaden.«

»Ja, grad' im November«, höhnte Mama.

»In den Bergen«, sagte Papa, »ist das anders, da hat die Sonne viel mehr Kraft.«

Ich betrachtete Mama, wie sie dasaß, ihre kerzengerade Haltung, ihr sorgfältig frisiertes Haar, eine ihrer Handtaschen immer in Reichweite.

Viele fanden sie schön, und ich muß zugeben, daß sie in dem Glauben, bald sterben zu müssen, noch schöner war als zuvor.

»Die Berge«, murmelte Mama, »ihr wollt mich los sein, ich darf nicht mal in meinen eigenen vier Wänden sterben.«

Papas Gesicht verfinsterte sich.

»Du darfst sterben, wo du willst«, rief Daniel, »aber beeil dich ein bißchen damit.«

Papas Gesicht verfinsterte sich noch mehr.

Auch der nahende Tod hatte Mama nicht davon abhalten können, sich – wie jeden Herbst – eine komplett neue Frühjahrsgarderobe anzuschaffen. Es waren wieder viele Hot pants dabei, denn an ihrer Vorliebe für Hot pants hatte auch der Tod nichts ändern können.

»Wenn du mal heiratest«, sagte sie plötzlich zu mir, »mußt du gut auf die Hüften achten. Breite Hüften sind wichtig zum Kinderkriegen.«

»Ja, Mama«, sagte ich.

»Breite Hüften«, sagte Daniel. Er schüttelte den Kopf.

Und Pavel lachte übertrieben. Selbst beim Lachen mußte

er übertreiben. Zum Glück hat er das Lachen ein für allemal aufgegeben, als er anfing, für die Weltbank zu arbeiten.

Vor kurzem habe ich Pavel einmal gefragt, ob er sich noch daran erinnern könne, wie Mama einmal gesagt hatte, daß breite Hüften so wichtig seien, doch das konnte er nicht. Sein Gedächtnis ist wie ein entwerteter Geldschein. Es ist zwar noch da, aber man kann nichts mehr damit anfangen.

»Constanza«, sagte Papa, »ich möchte, daß du in die Berge fährst. Diese fixe Idee, daß du bald sterben mußt, muß irgendwie aus deinem Kopf.«

Das Dienstmädchen öffnete die Tür. »Gnä' Frau«, sagte sie, »es ist jemand an der Tür. Er sagt, es sei dringend.«

Mama stand auf, sie sagte nichts.

Wir blieben am Tisch sitzen. Ich dachte an breite Hüften und die seltsamen Orte, wo man sich von Wahnideen befreien und Weisheit finden konnte.

Plötzlich hörten wir Mama brüllen.

»Hau ab«, rief sie.

Papa machte Anstalten aufzustehen, blieb dann aber doch sitzen. Es ging ihn nichts an. Mama hatte in der Vergangenheit schon öfter Liebhaber angebrüllt. Wenn es wirklich nicht anders ging.

Dann hörten wir sie laut und deutlich rufen: »Du Schwein.«

Daniel hüstelte.

Jemand rannte die Treppe hinauf.

»Ja, die Berge«, sagte Papa. Er faltete seine Serviette zusammen. »Die Berge sind etwas Überwältigendes. Die Berge sind ...«

Papa fuchtelte mit den Händen durch die Luft. Er suchte

nach einem Wort, doch wir halfen ihm nicht, wir hätten es übrigens auch nicht gekonnt.

Jemand rannte die Treppe wieder hinunter.

Wieder hörten wir Mama brüllen, und dann eine klägliche Männerstimme, die ich nicht zuordnen konnte.

Mama kam ins Wohnzimmer gestürmt. In der Hand hatte sie eine Pistole.

Zuerst sagte Papa nichts, er schaute sie nur an, dann sagte er: »Constanza.«

»Dieses Schwein«, sagte Mama.

Der Griff der Pistole war aus Elfenbein. Mama hatte es mir einmal erzählt: Der Kolben war ihr wichtiger als die Pistole selbst. Ich weiß noch gut, wie oft ich mit Mama vor dem Schaufenster des Waffengeschäfts in der Dorotheer Gasse gestanden hatte. »Jetzt schau dir diesen Griff an«, hatte sie gesagt. »Schau ihn dir an, Marek. Siehst du's?«

»Ja, Mama«, sagte ich dann, »ich sehe es.« Obwohl ich nicht viel sah, Pistolengriffe interessierten mich nicht so besonders.

Mama richtete die Waffe auf den Kronleuchter und schoß.

So eine Pistole machte mehr Krach, als ich vermutet hatte.

Daniel begann zu kreischen.

Papa hielt sich die Ohren zu.

Der Kronleuchter kam nicht herunter, und Mama stand da, die Waffe in der Hand, als ob sie öfter so dastehe, als sei es ihre Gewohnheit, so alle vierzehn Tage auf einen Kronleuchter zu schießen.

»Weiteressen, Jungs«, sagte Papa, »nicht hinsehen.«

Doch ich wollte nicht weiteressen. Es gab Grenzen. Wenn Mama auf den Kronleuchter schoß, konnte man nicht von uns verlangen, daß wir ungerührt weiteraßen, doch Papa war ein Mensch, der sich durch nichts aus dem Feld schlagen lassen wollte, nicht einmal durch Kugeln.

Ich beschloß, das Eßzimmer zu verlassen. Hier wollte ich nicht mehr als Zeuge dabeisein.

In der Eingangshalle stand der junge Herr Hobmeier, er hielt seinen Hut in der Hand, und sein Gesicht glänzte vor Schweiß. Zuerst hatte ich ihn nicht erkannt. Er sah anders aus als früher, schien dicker geworden, feister.

»Marek«, sagte er und streckte die Hände nach mir aus.

In dem Moment erklang wieder ein Schuß.

Die Tür zum Eßzimmer wurde aufgerissen. Papa kam heraus, seinen Teller in der Hand. Daniel und Pavel folgten ihm. Papa machte die Tür wieder zu und schloß sie ab.

»Sie schießt auf die Möbel«, sagte er, »die Frau ist von allen guten Geistern verlassen.«

In dem Moment bemerkte er Herrn Hobmeiers Sohn.

»Herr van der Jagt«, sagte Herr Hobmeier junior, »guten Abend, ich störe doch nicht?«

Papa begleitete Hobmeier junior schweigend hinaus, danach sagte er: »Jeder ist ab und zu mal unbeherrscht.«

Mindestens eine halbe Stunde blieb Mama im Eßzimmer eingeschlossen. Als der Arzt kam, eine vorbereitete Beruhigungsspritze in der Tasche, stand sie immer noch mit der Pistole mitten im Zimmer. »Dieses Schwein«, sagte sie, »dieses Schwein.«

»Ganz ruhig«, sagte der Arzt, »ganz ruhig«, und nahm ihr die Waffe ab. Wir brachten sie in ihr Schlafzimmer; als der Arzt schon längst wieder fort war, saß ich immer noch an ihrem Bett.

Nach Schliersee

Kaum eine Woche nach dem Zwischenfall mit der Pistole fuhren Mama und ich nach Bayern. Ich hatte ein paar Tage von der Schule freibekommen. Papa war froh, daß überhaupt irgend jemand Mama ins Arabella Sheraton Alpenhotel begleiten wollte.

Er sagte: »Ich wär ja gern selbst mitgefahren, aber ich kann hier nicht weg, wir stecken mitten in der Fusion.«

Wir alle wußten, daß er lieber gestorben wäre, als Mama ins Arabella Sheraton Alpenhotel zu begleiten. Doch Höflichkeitslügen sind eigentlich keine Lügen, wie Papa immer sagt.

Edwin, Papas Chauffeur, fuhr uns. »Wenn wir früh morgens losfahren«, hatte er gesagt, »bin ich abends wieder zurück in Wien.«

Am Tag vor unserer Abfahrt hatte Mama drei Paar Wanderschuhe gekauft, denn der Arzt hatte gesagt, daß Wandern ihr guttun würde, und Papa hatte im Büro eigens eine Liste mit Ratschlägen geschrieben, wie wir uns in den Bergen zu verhalten hatten.

»Die Anstrengungen beim Wandern langsam steigern«, hatte er geschrieben, »jeden Tag ein paar Kilometer mehr.« Und etwas weiter unten: »Am Anfang keine zu starken Steigungen.«

Vielleicht war Liebe eine Frage der Gewohnheit und hatte Papa sich nach all den Jahren einfach an Mama gewöhnt, vielleicht hatte er auch Angst vor der Stille im Haus, wenn sie nicht mehr da wäre.

Mama hatte eine Unmenge Gepäck. Sie sagte: »Ich kann zum Abendessen doch nicht im selben Kleid erscheinen, in dem ich schon mittags gegessen habe.«

Sie hatte es schon immer gemocht, sich mindestens dreimal am Tag umzuziehen, aber jetzt, da der Tod ihr auf den Fersen war, wechselte sie ihre Kleidung noch häufiger.

Papas Chauffeur war auf Mama nicht besonders gut zu sprechen; er war ein prinzipientreuer Mensch, und für Fremdgehen hatte er noch weit weniger Verständnis als für Kriminelle aus Afrika. Für Fremdgehen von Dritten, wohlgemerkt, sein eigenes Fremdgehen war eine ganz andere Sache.

Während der Fahrt sagte er nicht viel. Genau wie Mama. Zweimal fragte er: »Stört die Musik?«

Mama sah zum Fenster hinaus. In Wien hatte es geregnet, doch kurz vor Kufstein hörte es auf, und durch einige Wolkenlöcher sah man den blauen Himmel.

Die Berge sahen trübselig aus.

Ich habe die Berge nie gemocht.

Ab und zu zeigte Mama auf etwas, ohne daß ich verstand, was sie meinte, und einmal fragte sie, ob die Ohrringe, die sie drin hatte, nicht zu groß für ihre Ohren waren.

Ich sagte, das sei nicht der Fall.

»Ich mag keine großen Ohrringe«, sagte Mama mit Nachdruck.

Wir standen im Stau, und der Chauffeur sagte ein paarmal: »Die können alle nicht fahren.«

Er hatte einen speziellen Chauffeurkurs absolviert, um

Fahrer zu werden, und die meisten anderen Verkehrsteilnehmer fanden in seinen Augen keine Gnade.

Mama lutschte ein Fruchtbonbon, und ich dachte daran, wie seltsam es ist, sein Leben mit einer Mutter zu verbringen, von der man nichts weiß. Obwohl es schon viel weniger seltsam ist, wenn man bedenkt, daß diese Mutter von mir auch kaum etwas wußte.

Ich hatte nie das Bedürfnis empfunden, viele Fragen zu stellen. Fragen konnten weh tun oder besser gesagt: Sie konnten Antworten hervorrufen, die man lieber nicht hören wollte.

Ein Mensch braucht nicht alles zu wissen. Wir wissen ohnehin schon zuviel.

Hinter Kufstein, kurz vor der Grenze, schlug der Chauffeur vor, noch schnell anzuhalten und eine kleine Erfrischung zu uns zu nehmen.

Ich bestellte Kaffee mit einem Stück Käsekuchen, Mama wollte ein Mineralwasser.

»Mit Zitrone, bitte«, sagte sie, als das Wasser kam, »ich möchte es mit einem Stück Zitrone.«

Doch von Zitronen hatten sie in diesem Autobahnrestaurant noch nie etwas gehört.

»Dann gehen wir eben wieder«, sagte der Chauffeur, der Scherereien befürchtete.

Eine Furcht, die nicht unbegründet war.

Papa hatte Mama mal gefragt: »Warum mußt du bloß immer Scherereien machen, warum kannst du nirgendwo hinkommen, ohne sofort wieder einen Auftritt zu inszenieren?« Sie hatte ihn angesehen, wie sie Leute oft ansah, schon ihr Blick konnte einem das Gefühl geben, ein minderwertiges Wesen zu sein. »Bis zu meinem letzten Atemzug werde ich Scherereien machen, das ist das einzige, was ich in diesem Leben noch vorhabe«, sagte sie. Papa faltete schweigend die Hände, als ob ihm klar sei, daß Mama fest vorhatte, dieses Versprechen zu halten; dann ging er nach oben ins Bad, um sich die Hornhaut an den Füßen zu entfernen. Denn wie gesagt: Das machte er immer sonntags. Sonntag war Hornhauttag.

»Ohne Zitrone will ich das Wasser nicht«, wies Mama den Kellner zurecht. »Nehmen Sie es wieder mit!«

»Aber die Flasche ist schon offen«, sagte der Mann mit hoher Stimme.

»Nehmen Sie das Wasser wieder mit, sonst schreie ich«, sagte Mama.

»Ich muß noch pinkeln«, sagte ich.

Auf der Toilette betrachtete ich mich im Spiegel. Irgendwo gab es noch Dancing Queen Andrea und die *Amour fou*, doch irgendwie waren sie mir aus dem Blickfeld geraten.

Ich brachte mein Gesicht näher zum Spiegel.

Hemingway hatte einen Bart. Es hatte auch Surrealisten mit Bart gegeben, auch wenn diese Bärte weniger berühmt geworden waren als der von Hemingway.

Ich würde nie einen Bart bekommen. Höchstens einen Schnauzer.

Ich pinkelte nie mehr am Pissoir, ich ging immer in eine Kabine. Selbst wenn es dort stank.

Der Blick eines anderen sorgte dafür, daß mein Urin nicht frei strömen konnte.

Das Arabella Sheraton Alpenhotel bestand aus einem Haupt- und einem Nebengebäude. An einem See.

Sonst war an dem See nicht viel zu entdecken.

Ein paar Häuser, ein Café, eine Bushaltestelle, ein kleiner Souvenirstand.

Der Chauffeur brachte die Koffer zur Rezeption.

Mama sah sich um und sagte: »Hier halte ich es nicht lange aus.«

Sie knöpfte ihren Wintermantel zu. Die Sonne schien und wärmte sogar ein wenig, aber der rauhe Wind war stärker.

»Schau mal nach«, sagte sie, »wann die Busse fahren.«

Ich ging zur Bushaltestelle und studierte den Fahrplan.

»Es gehen fünf Busse pro Tag«, sagte ich.

»Wenn ich Maler wäre, würde ich hier malen wollen.«

»Ja«, sagte ich.

»Aber ich bin kein Maler.«

Sie trug eine Mütze, eine Pelzmütze.

Daniel, der ein Herz für Tiere hatte, sagte immer: »Du könntest doch auch Kunstpelz tragen.«

Auch Mama hatte ein Herz für Tiere, aber sie mochte nun einmal nichts Künstliches.

Der Chauffeur sagte: »Man erwartet Sie an der Rezeption, Frau van der Jagt.«

Die Rezeptionistin war ein freundliches Mädchen in einer rotbraunen Uniform.

»Sie brauchen nur noch zu unterschreiben«, sagte sie.

Mama sah mich an. »Siehst du«, sagte sie, »sie denken, daß ich gar nichts mehr kann.«

»Die Sauna wird gerade umgebaut«, sagte das Mädchen.

»Ich mag sowieso keine Saunen«, sagte Mama, »ich finde das unhygienisch.«

Das Mädchen lächelte freundlich und fuhr unbeirrbar fort: »Dafür ist das Schwimmbad geöffnet, bis sechs Uhr abends.«

Als sie von dem Schwimmbad anfing, mußte ich an mein langsam verschwindendes Geschlecht denken. Wegen des verschwindenden Geschlechts hatte ich mit dem Schwimmen aufgehört. Nicht daß ich ein großer Schwimmer gewesen wäre, aber immerhin.

Die Rezeptionistin gab uns zwei Schlüssel. »Zimmer 109 und Zimmer 110«, sagte sie, »ich wünsche Ihnen einen angenehmen Aufenthalt.«

»Ich halte es hier nicht lange aus«, sagte Mama, »das weiß ich schon jetzt.«

»Wenn wir etwas tun können, um Ihren Aufenthalt angenehmer zu gestalten«, sagte das Mädchen, »brauchen Sie es nur zu sagen.«

Die Stimme der Rezeptionistin klang nicht mehr so sicher wie zu Beginn.

Wir warteten auf den Fahrstuhl.

Die Koffer kamen mit dem Personalaufzug.

Der Chauffeur wartete im Foyer auf uns.

»Bitte«, sagte der Mann, der uns die Zimmer zeigen sollte, »nach Ihnen.« Wir stiegen ein.

In einem Buch hatte ich mal gelesen, daß manche Leute Kaffeebohnen kauten, um einen frischen Atem zu bekommen.

Seitdem kaute ich Kaffeebohnen.

Wir mahlten unseren Kaffee selbst. Papa mochte keinen

fertig gemahlenen Kaffee, und so mahlte jeden Morgen das Dienstmädchen Kaffee für uns. Von Hand.

Wenn ich heute an jene Zeit zurückdenke, ist es vielleicht das, was ich am meisten vermisse: das Geräusch der Kaffeebohnen in der Kaffeemühle, den Duft frisch gemahlenen Kaffees, und Papa, der schnüffelnd durchs Haus läuft wie ein Haschhund, der glaubt, endlich etwas gefunden zu haben.

Mama fand es eine schreckliche Gewohnheit. Kaffeebohnen zu kauen, meine ich.

Sie kaute auch nie Kaugummi. Ab und zu sprühte sie sich etwas in den Mund, und alle zwei Wochen ging sie zum Zahnarzt zur Kontrolle.

Im Fahrstuhl sagte Mama: »Nimm die Bohne aus dem Mund, Marek, so was ist schlimmer als Kautabak.«

»Und«, sagte der Mann vom Hotel, »hatten Sie eine gute Reise?«

»Nimm die Bohne aus dem Mund, Marek«, wiederholte Mama.

Eine von Mamas größten Stärken war das Ignorieren von Menschen. Obwohl ich mich auch schon gefragt habe, ob sie sie tatsächlich ignorierte oder nur einfach nicht sah, weil sie von irgendeinem Detail – zum Beispiel einem Ohrring, einer Streichholzschachtel oder einer Kaffeebohne – zu sehr in Beschlag genommen war.

»Die Reise verlief reibungslos«, sagte ich.

Papa hatte die Zimmer reserviert. Mama kümmerte sich nicht um Zimmer. Sie lehnte sie höchstens ab.

Zimmer 109 wurde aufgeschlossen.

Mama betrat den Raum und lief sofort zum Balkon.

»Ich will höher«, sagte sie.

»Wie meinen, gnä' Frau?«

»Höher«, sagte sie, »höher«, und zeigte nach oben.

»Das Hotel hat fünf Stockwerke, wie hoch möchten Sie?«

»So hoch wie möglich«, sagte Mama.

»Ich kann Ihnen Zimmer 312 anbieten«, sagte der Mann, »aber dann haben Sie keine Zimmer nebeneinander.«

»Die Leute da können doch umziehen«, sagte Mama. »So umständlich ist das doch nicht?«

Der Mann legte den Kopf schief.

»Im dritten Stock kann ich Ihnen keine Zimmer nebeneinander anbieten«, sagte er. »Im zweiten würde es gehen.«

»Nein, das ist mir zu weit unten«, sagte Mama, »ich brauche Luft.«

Dann setzte sie sich aufs Bett, um zu überprüfen, ob es gut federte.

»Marek«, sagte sie, »nimm die Bohne aus dem Mund.« Und ohne Pause: »Du kannst froh sein, wenn du ohne Rükkenschmerzen hier wieder rauskommst.«

»Wir haben einen Physiotherapeuten im Haus«, sagte der Mann, der sie vielleicht nicht verstanden oder nur das Wort »Rückenschmerzen« aufgeschnappt hatte.

»Nein, danke«, sagte Mama, »wir brauchen zwei Zimmer nebeneinander, und zwar im höchsten Stockwerk. Ich bin leidend.« Die letzten Worte hatte sie mit Nachdruck, fast drohend ausgesprochen.

Der Mann vom Hotel wich zurück und schaute besorgt drein. Offensichtlich wollte das Hotel lieber keine Gäste beherbergen, die leidend waren.

»Ach so«, sagte er.

Ich mußte daran denken, wie Herr Georgi einmal gesagt

hatte, daß Sterbende schon nach Tod riechen, lange bevor der Tod überhaupt eintritt, und dann, wie Mama mir immer die Zukunft geweissagt hatte, als ich noch in der Grundschule war. Ich wußte nicht mehr genau, was für eine Zukunft das gewesen war, nur noch, daß sie einmal gesagt hatte, ich würde ein berühmter Ballettänzer werden, daß mein Körper älteren Damen Trost spenden würde und daß diese älteren Damen sich mit dem nahenden Ende würden versöhnen können, nachdem sie mich hatten tanzen sehen.

»Brauchen Sie einen Arzt?« fragte der Mann.

»Nein, keinen Arzt«, sagte sie, »Ruhe.«

»Wenn Sie heute noch mit dem zweiten Stock vorliebnehmen möchten, können wir Ihnen ab morgen den dritten Stock anbieten.«

Mama setzte sich aufs Bett, sie öffnete ihre Handtasche und holte ein Armband heraus.

»Hilf mir, Marek«, sagte sie.

Ich mußte ihr das Armband schließen.

»Das ist noch von Oma«, sagte sie.

Der Mann vom Hotel zog sich diskret zurück, als sei das Schließen eines Armbands eine Handlung, bei der er lieber nicht anwesend sein wollte.

Dann stand Mama auf, ging in den Vorraum und sagte: »Sehen wir uns das andere Zimmer doch mal an.«

Es war lange her, daß Mama mit ihrer Familie verreist war, das letzte Mal, glaube ich, als ich neun war.

Danach fuhr sie nur noch mit Liebhabern in Urlaub. Der Rausch der Verliebtheit konnte selbst dem Unausstehlichen noch einen märchenhaften Glanz verleihen.

Wir fuhren mit dem Fahrstuhl in den zweiten Stock.

Im Fahrstuhl schnalzte der Mann vom Hotel mit der Zunge, wahrscheinlich waren es Nerven, die er nicht unter Kontrolle hatte.

Zum Glück war Mama zu beschäftigt, um die schnalzenden Geräusche zu hören.

Der Mann hielt die Zimmertür im zweiten Stock für sie auf, und Mama ging entschlossen hinein.

Sie setzte sich in einen Sessel am Fenster und betrachtete das Zimmer.

Der Mann vom Arabella Sheraton Alpenhotel rieb sich die Hände.

»Morgen«, sagte er, »habe ich zwei Zimmer für Sie im dritten Stock. Nebeneinander.«

»Morgen kann schon zu spät sein«, sagte Mama.

Der Mann betrachtete das Zimmer, als suche er etwas, das sich noch verbessern ließe. Als er das nicht fand, zog er die Gardinen noch etwas weiter auf und sagte: »Hier haben Sie auch eine sehr schöne Aussicht. Schauen Sie nur.«

»Ja, sehr schön«, sagte Mama.

»Sofort morgen früh können Sie umziehen«, sagte der Mann, »es ist wirklich nur für eine Nacht.«

»Nehmen wir das erst mal«, sagte ich.

»Sie können auch auf dem Zimmer frühstücken«, sagte der Mann.

»Ich frühstücke nicht«, sagte Mama, »nur einen kleinen Grapefruitsaft.«

»Sie nehmen das Zimmer also?« fragte der Mann. Er flüsterte beinahe. »Es ist wirklich nur für eine Nacht.«

In Mamas Nähe wurde früher oder später jeder unterwürfig.

»Das hier ist schlimmer als ein Pflegeheim«, sagte Mama.

Auch ich bekam ein Zimmer im zweiten Stock. Für eine Nacht. Mama hatte sich damit abgefunden. Früher hätte sie Zeter und Mordio geschrien, im mancher Hinsicht war sie viel milder geworden.

Der Chauffeur hatte Mamas letztes Gepäck aufs Zimmer gebracht. Er sah sich kurz um, dann wünschte er mir viel Glück und machte sich auf den Heimweg nach Wien.

Mama sagte: »Ich leg mich für einen Moment hin.«

Ich blickte auf den See vorm Fenster, der Spitzingsee hieß. Hier war ich also: mit Mama an einem See in den bayrischen Alpen. Der Ballettänzer, der ich hatte werden sollen, der Ballettänzer, der ältere Damen mit dem Leben versöhnte, weil seine Bewegungen so graziös waren, dieser Ballettänzer saß zusammengesunken im Lehnstuhl auf seinem Zimmer und blickte über den Spitzingsee. Ich konnte mich noch gut erinnern, mit welcher Abscheu Mama mich angesehen hatte, als sich herausstellte, daß mein Talent fürs Ballett eher mäßig war. Als die Dame von der Ballettschule sagte: »Er kann doch auch ein Hobby draus machen, etwas, das er nebenher betreibt«, hatte Mama mich sofort von der Schule genommen.

Es gibt viele verschiedene Arten zu scheitern, doch scheitern in den Augen der Frau, die einen zur Welt gebracht hat, ist eine der bittersten Arten, die ich kenne.

Papa rief an, um zu fragen, ob wir eine gute Reise gehabt und ob wir den Schliersee schon gesehen hätten. »Alles ist gut gelaufen«, antwortete ich, »aber den Schliersee haben wir noch nicht gesehen.«

Um ungefähr halb sechs Uhr abends, ich lag angezogen auf dem Bett, es war schon stockdunkel, rief eine Hotelangestellte bei mir an und sagte, daß meine Mutter am Swimmingpool sitze und auf keine Frage antworten wolle.

Ich sagte: »Meine Mutter meditiert öfter mal.«

»Aha«, sagte die Frauenstimme am anderen Ende der Leitung. »Es sieht aber trotzdem so aus, als ob es ihr nicht gutgeht.«

»Okay, ich schau mal nach«, sagte ich.

Ich lief die Flure entlang, die genauso waren wie alle Flure in dieser Art Hotels. In jedem Hotel sehen sie gleich aus, genau wie die Zimmer. Selbst die Angestellten gleichen einander wie Ameisen.

Ich kam am Fitnessraum vorbei und an einer Tür, auf der »Massage« stand.

Mama ließ sich ab und zu massieren, aber die meisten Masseure hielten es nicht lange mit ihr aus.

»Bitte Schuhe ausziehen«, stand auf einem Schild. »Swimmingpool nur für Gäste des Arabella Sheraton Alpenhotels.«

Ich zog meine Schuhe aus.

Im Pool schwammen zwei Hotelgäste. Es war schwer zu sehen, welchen Geschlechts sie waren.

Mama saß in einem Liegestuhl, sie trug rote Handschuhe.

Eine Zeitung lag auf ihrem Schoß, und auf dem Stuhl daneben lag ihr Mantel, ordentlich zusammengefaltet.

»Alles in Ordnung?« fragte ich.

Einer der Gäste kam aus dem Schwimmbecken.

Es war ein Mann. Er nahm seine Badekappe ab.

»Alles in Ordnung, Mama?« fragte ich.

Sie zeigte aufs Schwimmbecken, öffnete den Mund, doch es kam kein Laut heraus.

»Ist irgendwas?«

»Tu doch nicht so, als ob ich krank wäre«, sagte sie.

Ich betrachtete die roten Wollhandschuhe, die ich noch nie zuvor an ihr gesehen hatte. Mamas Kaufzwang war so gewaltig, daß sie nicht mehr wußte, was sie alles hatte; darum konnte sie auch nichts finden, und es mußten immer neue Dinge gekauft werden.

Das Dienstmädchen hatte mal gesagt: »Erlauben Sie mir doch, ein bißchen System in Ihre Garderobe zu bringen.« Aber Mama mochte keine Systeme und schon gar nicht in ihrer Garderobe.

Luxus ist eine Form der Wehmut. Der Luxus, in dem Mama schwelgte, trug nichts zu ihrem Glück bei und sollte es auch gar nicht, Luxus war einfach ein Geisteszustand, in dem ihre Liebe offenbar am besten gedeihen konnte.

Der Schwimmer trocknete sich ab.

Ich sah es mit einem Blick: Was er in seiner Badehose hatte, war etwas Unglaubliches. Es sah aus wie ein Vierhundertgramm-Steak.

Mamas Luxus war eine Form von Trauer, für die es keinen Grund zu geben schien und die darum unheilbar war.

Er schien mit dem Schwimmen noch nicht fertig zu sein, denn er legte sich auf einen der Liegestühle.

Der andere Poolgast schwamm einfach weiter.

Der Chlorgeruch kribbelte in meiner Nase.

»Was ist das hier?« fragte Mama.

Die Zeitung rutschte auf den Boden. Es war eine mehrere Tage alte *Herald Tribune.*

»Die Leute schwimmen ein paar Runden«, sagte ich munter, »das scheint gesund zu sein.«

»Ja, das sehe ich«, sagte Mama. »Das schaue ich mir schon seit zwei Stunden an.«

Schlafen war ihr offenbar nicht gelungen.

»Du hättest mich doch anrufen können?«

Sie zuckte mit den Schultern. »Und in der Zeitung stand auch nichts«, sagte sie.

»Du hättest dir ein Buch von mir leihen können.«

»Soll das gleich wieder in Arbeit ausarten?«

»Was?« fragte ich.

Sie bewegte die Finger auf und ab, als spiele sie Klavier.

Es waren wirklich ganz reizende Handschuhe.

»Nein«, sagte ich, »in Arbeit soll das jetzt nicht ausarten.«

Ein Bademeister in weißer Dienstkleidung betrat das Schwimmbad.

Er trug Turnschuhe, die auf den Fliesen seltsame Geräusche machten.

Er ging eine Runde um das Schwimmbecken. Der letzte Gast machte Dehn- und Streckübungen im Wasser.

Mama fragte: »Wie geht's dir eigentlich?«

Das Wasser schwappte über den Rand.

»In einer halben Stunde wird das Schwimmbad geschlossen«, verkündete der Bademeister mit lauter Stimme.

»Jetzt zieh doch die Handschuhe aus«, sagte ich, »es ist doch viel zu warm hier.«

Einen Moment betrachtete Mama ihre Handschuhe, und wenn man nur darauf achtete, wie sie ihre Hände in den Handschuhen reckte und streckte, hätte man denken können, sie sei ein Mädchen, das etwas Neues zum Anziehen bekommen hatte und sich so sehr darüber freute, daß es die Neuerrungenschaft auch im Bett noch anbehalten mußte.

Der Bademeister verließ das Schwimmbad.

»So«, sagte Mama, »wir sind wieder *entre nous.*«

Ich nahm ihre Hand, um ihr die Handschuhe auszuziehen. Die Handschuhe erregten Aufsehen. Der Bademeister hatte schon ein paarmal bedenklich in ihre Richtung geschaut. »Gehen wir essen«, sagte ich.

Mama hatte kleine Hände, und durch die Handschuhe hindurch fühlte ich, wie warm sie waren.

»So kann ich den Speisesaal nicht betreten«, sagte Mama, »was soll ich anziehen? Ich hab doch nichts dabei!«

Der letzte Gast kam nun auch aus dem Schwimmbecken. Es war eine übergewichtige Frau.

»Du hast so viel eingepackt«, sagte ich. »Es ist bestimmt was Hübsches dabei, das du anziehen kannst.«

Sie schüttelte den Kopf, und plötzlich konnte ich mir nicht mehr vorstellen, wie sie es je geschafft hatte, Kinder zur Welt zu bringen.

»Gehen wir«, sagte ich, »das Schwimmbad schließt gleich.«

»Hast du mit deinem Vater gesprochen?« fragte sie plötzlich.

»Ja«, sagte ich, »er hat alle Hände voll zu tun mit dieser Fusion. Er läßt dich grüßen.«

Sie hob die Zeitung vom Boden auf.

Der männliche Gast lief an ihr vorüber.

»Gibt es eigentlich viele Erbkrankheiten in unserer Familie?« fragte ich.

Mama sah mich an.

Sie schüttelte den Kopf.

»Die meisten sind ganz einfach gestorben«, sagte sie.

Ich fragte: »Und haben sie sich alle fortpflanzen können, oder waren welche dabei, die das nicht konnten?«

»Alle haben sie sich nicht fortgepflanzt«, sagte Mama, »Gott sei Dank nicht.«

»Aber konnten sie es nicht, oder wollten sie nicht?«

»Das weiß ich nicht«, sagte Mama, »was macht das für einen Unterschied?«

Mama sah sich um, als erzähle sie Dinge, die andere nicht hören durften.

»Eine Erbkrankheit«, flüsterte Mama, »was für komische Fragen du stellst, Marek, dein Opa ist mit seinem Pferd verunglückt. Ein Ast hat ihn enthauptet.«

»Ich dachte, er wäre vor einen Baum gestürzt.«

»Nein, er wurde enthauptet«, sagte Mama, »im Sarg war sein Kopf ganz lose.«

»Wir müssen gehen«, sagte ich.

»Ich hab im Sarg nachgesehen«, sagte Mama fast tonlos, »ich war ein sehr neugieriges Kind, ich hab in fast alle Särge geguckt.«

Ich brachte Mama auf ihr Zimmer. All ihre Koffer waren geöffnet. Der Inhalt einiger Koffer lag auf dem Bett.

»Die Schränke sind zu klein«, sagte sie.

Ich öffnete die Schränke. Vor noch nicht allzu langer Zeit

hatte ich mich in einem Schrank in Fräulein Oertels Zimmer versteckt. In diesem Schrank hätten vier Leute sich verstecken können. Ich stellte mich hinein.

Manche Leute denken, daß all diese Details zusammen etwas bedeuten, ja, mehr noch, daß all diese Details zusammen eine Geschichte ergeben: ein Kleiderschrank, in dem man sich versteckt, Dancing Queen Andrea, Fräulein Oertels Mutter, Professor Hirschfeld, der seine Untersuchungsergebnisse auswertet, und dann noch ich, der Nachhilfelehrer, der einem Schwerbehinderten Wissen verkauft. Und ich verkaufe es nicht einmal, ich tue nur so. Und das alles zusammen soll etwas bedeuten. Aber es bedeutet nichts, bestenfalls daß das Leben auf einen Wutanfall hinausläuft.

Schließlich zog Mama ein schwarzes Kleid mit Blumenmuster an.

Sie wollte umziehen, in ein Zimmer mit größeren Schränken, und wenn sie das nicht hatten, dann in ein anderes Hotel. Und sie brauchte ein großes Schließfach für ihren Diamantenkoffer. Ich überredete sie, zuerst etwas zu essen.

Wir irrten durch die Gänge des Hotels. Vor manchen Türen blieb sie stehen. »Vielleicht«, sagte sie, »haben sie hier größere Schränke?«

»Nein, Mama«, sagte ich, »alle Zimmer sind genau gleich eingerichtet.«

Als wir nach einer Viertelstunde im Speisesaal ankamen, sagte Mama: »Wir hätten auch auf dem Zimmer essen können.«

Von früheren Urlauben, als wir noch gemeinsam verreisten, wußte ich, daß wir oft auf dem Hotelzimmer gegessen hatten. Bei Mama wußte man nie, wann es wieder schieflief.

»Was hast du eigentlich gemeint, als du gesagt hast, du hättest in fast alle Särge geguckt?« fragte ich.

Wir gingen durch den Speisesaal, und Mama drückte meine Hand.

»Ich war ein unmögliches Kind«, flüsterte sie.

Der Speisesaal hatte Aussicht auf den See, aber es war schon dunkel. Vom See jedenfalls war nichts mehr zu sehen.

Auf den Tischen lagen lachsfarbene Tischdecken.

Ein Kellner mit rotem Bart brachte uns an einen Tisch am Fenster, wo er eine Kerze für uns anzündete.

Viel Betrieb war nicht gerade im Speisesaal des Arabella Sheraton.

Der Kellner mit Bart war Slowene. Er brachte uns einen Cocktail, auf Kosten des Hauses, wie er sagte. Doch Mama antwortete, daß sie für alles selbst bezahlen wollte.

»Dieser Bademeister...« sagte Mama, als der Cocktail vor uns stand.

»Was ist mit ihm?«

»Hast du gesehen, wie er mich angesehen hat?«

Sie schlug die Weinkarte auf und klappte sie sofort wieder zu.

»Such du uns eine Flasche aus«, sagte sie.

»Vielleicht ist ein Glas auch genug?«

Im Hintergrund erklang freundliche Weihnachtsmusik, obwohl Weihnachten noch mindestens vier Wochen entfernt war.

»Ich habe meinen Eltern das Leben zur Hölle gemacht«,

sagte Mama plötzlich tief zufrieden, »und dann wurde mein Vater von einem Ast enthauptet.«

Ich dachte an Dancing Queen Andrea und an einen Slip mit Bärenmuster. Die Abwesenheit einer tieferen Bedeutung ist genauso schwer zu begreifen wie die Unendlichkeit. Dann mußte ich auch an Fräulein Oertel denken und an ihre Mutter, und um genau zu sein: besonders deren Arme.

»Haben Sie schon gewählt?« fragte der Mann aus Slowenien.

»Noch nicht«, sagte Mama und starrte nach draußen, wo nichts zu sehen war.

»War es schlimm für dich, als dein Vater verunglückte?« fragte ich.

Mama flüsterte: »Sie haben hier überhaupt nichts.«

»Wie meinst du das?«

»Zu essen. Es ist nichts dabei. Alles nur ekliges Fleisch.«

»Sie haben aber auch Lachs«, sagte ich und zeigte auf die rechte Seite der Karte, wo »Fischgerichte« stand. Die meisten Fischgerichte waren durchgestrichen, der Lachs jedoch nicht.

Dann sagte sie: »Ja, das war schlimm, der Unfall. Ich durfte danach nie wieder reiten.«

Mama war ein Star

Am ersten Tag im Arabella Sheraton Alpenhotel unternahmen wir nichts. Mama schlief bis zwei Uhr, und bis sie sich endlich in Schale geworfen hatte, war es schon wieder Zeit zum Abendessen.

Auch an jenem Abend bediente uns der Slowene, der noch freundlicher war als am Tag zuvor.

Mama sagte zu ihm: »Ich brauche einen größeren Schrank.«

Der Slowene versprach, die Sache in Ordnung zu bringen. Und tatsächlich, noch am selben Tag bekamen wir ein zusätzliches Einzelzimmer. Das Management hatte gesagt, es sei kein Problem, wenn Mama die Schränke dieses zusätzlichen Zimmers benutzen wollte. So nahmen wir drei Zimmer in Beschlag. Ich hoffte, daß es dabei bleiben würde.

Der zweite Tag stand im Zeichen des Bademeisters.

»Er schaut mich dauernd an«, sagte sie.

»Aber Mama«, sagte ich, »alle schauen dich doch an.«

Am dritten Tag wollte sie wandern.

Wir standen früh auf. Mama suchte in dem kleinen Radio, das sie auf Reisen immer mitnahm, einen klassischen Sender und hörte tief beglückt etwas von Bach. Sie konnte sich nicht entscheiden, welche Schuhe sie anziehen sollte. Drei Paar hatte sie schon an- und gleich wieder ausgezogen.

Es war ein klarer, jedoch kalter Tag.

Sie legte Lippenstift auf. Man wußte nie, wem man in den Bergen begegnete.

An der Rezeption hatte sie alle Wanderkarten der Umgebung gekauft, die sie vorrätig hatten. Und auch eine Panoramakarte.

»Ich will auf die Brecherspitz«, hatte sie gesagt.

»Warum das denn?«

»Die sieht gut aus«, sagte sie, »wenn ich schon wandern gehe, will ich auch richtig wandern. Wir sind doch nicht umsonst in die Berge gefahren?! Wenn ich bloß über ein paar Hügel schlendern wollte, hätte ich grad so gut in Wien bleiben können.«

»Wir können auch nach Schliersee laufen, das ist nicht so weit, und es ist doch schöner, zu einem Dorf zu wandern als auf so einen Berg?«

Mama schüttelte entschieden den Kopf. Sie wollte auf den Gipfel, so wie sie ihr ganzes Leben immer auf den Gipfel gewollt hatte. Obwohl – einmal war ihr ein berühmter Maler aus Frankreich ins Netz gegangen, und damals sagte sie beim Essen: »Ruhm allein hat für mich doch ein bißchen zu wenig Sex-Appeal.«

Ich band meine Schuhe zu. Wanderschuhe kamen mir übertrieben vor, ich lief in meinen normalen.

»Dein Opa ist auch immer gern gewandert«, sagte Mama.

»Sollten wir nicht was zu essen und zu trinken mitnehmen?« schlug ich vor.

»Nein«, sagte Mama, »damit schleppen wir uns nicht ab, wir finden unterwegs schon was.«

»Auf der Brecherspitz ist bestimmt kein Restaurant«,

sagte ich, aber Mama weigerte sich kategorisch, etwas zu essen mitzunehmen. Zu guter Letzt gab ich nach.

Wir verließen das Hotel um neun Uhr morgens. Die Frau an der Rezeption rief uns hinterher: »Eine schöne Wanderung.«

Mama trug ihre roten Handschuhe und eine rote Mütze.

Ihre Kondition war viel besser, als ich gedacht hatte.

Mama wanderte, als trainiere sie für die Weltmeisterschaft im Schnellwandern oder als sei sie unterwegs zu einem Liebhaber, auf den sie keine Minute länger warten wollte. Ich hatte Mama noch nie so schnell laufen sehen, bis auf die seltenen Fälle vielleicht, wenn sie zu einem Liebhaber wollte, dessen sie sich noch nicht sicher war. Der meisten Liebhaber war sie sich schon nach einer halben Stunde sicher.

Wir liefen den Spitzingsee entlang bis zum Spitzingsattel. Mama bat mich immer wieder, ihr die Wanderkarte zu zeigen.

»Wo sind wir?« fragte sie.

Jedesmal zeigte ich es ihr. »Lieber Gott, wie langsam das geht«, sagte sie dann. »Der Bademeister sagte, von der Brecherspitz hätte man eine herrliche Aussicht.«

»So, sagte der Bademeister das?« fragte ich.

Wenn das Leben etwas ist, das man verneinen kann, dann ist Schreiben ganz bestimmt eine Verneinung, eine der subtilsten und hinterhältigsten Verneinungen des Lebens überhaupt. Doch das ist natürlich nicht der Grund, warum ich mit dem Dichten aufgehört und meinen Gedichtband *Der Zwerg und andere Gedichte* nicht einmal vernichtet, sondern einfach irgendwann verloren habe. Zwischen alten Zeitungen und Zeitschriften, die wahrscheinlich nie wieder von irgend jemandem gelesen werden, aber die ich zuletzt doch mal lieber aufhob.

Ich habe rechtzeitig eingesehen, daß ich mittelmäßig bin. Obwohl – was heißt schon rechtzeitig? Professor Hirschfeld fragte sich, ob es nicht besser sei, sein eigenes Mittelmaß nie zu erkennen und statt dessen davon auszugehen, daß man irgendwann noch einmal ein Meisterwerk hervorbringen werde.

Mittelmäßig als Ballettänzer, mittelmäßig als Dichter, mittelmäßig als Philosoph, ein glatter Versager als Liebhaber und natürlich auch mittelmäßig als Schriftsteller. Wenn ich mich letztlich doch dazu entschlossen habe, über meine Kahlheit zu schreiben, so nicht, weil ich heimlich hoffe, daß der eine oder andere doch noch eine Spur von Talent darin entdeckt oder – Gott bewahre! – von Genialität, um mich damit zuletzt doch noch von meiner Mittelmäßigkeit zu befreien, so wie die Brecherspitz sich an jenem Tag hell und klar aus dem Spitzingsee herausgearbeitet zu haben schien. Es liegt einfach daran, daß die Eitelkeit sich als stärker herausstellte als mein Wissen um meine Fehler.

Ich hoffe wenig, das ist mein Grundsatz, weil Hoffnung zu Schmerz führt und das Leiden unnötig verlängert.

Professor Hirschfeld hatte unrecht. Man darf nicht leben, als habe man irgendwann noch ein Meisterwerk hervorzubringen.

Jeder hat das Recht, sich mindestens einmal im Leben selbst anzuklagen. Ich trete von meinem Recht nicht zurück.

In meinen Gedichten habe ich übermütig geschrieben: »O ihr scheinheiligen Lakaien, ihr dient dem Mittelmaß in einem ausgestorbenen Palast.«

Als Herr Georgi es las, setzte er ein Ausrufezeichen neben die Zeile. »Ein Ausrufezeichen«, sagte er, »bedeutet, daß es mir gefallen hat.«

Ein Ausrufezeichen, ha!, neben so einer Zeile – zum Piepen ist es, zum sich Ausschütten. Der Übermut ist mir wie eine Fischgräte im Hals steckengeblieben. Ich bin selbst ein scheinheiliger Lakai, und wenn ich früher dachte, daß mein Gebieter, mein Herr und Meister die *Amour fou* sei, so habe ich jetzt der Realität ins Auge gesehen, im blendendhellen, gnadenlosen Licht eines Swimmingpools. Ich bin Nachhilfelehrer, und mein Herr und Meister heißt »Gerade noch so durchgekommen«; vor ihm knie ich im Staub, für ihn rackre ich mich ab, für ihn sprenkle ich mir noch etwas After-shave hinter die roten Ohren.

Es war Mittag, als wir die Untere Firstalm erreichten, in 1318 Metern Höhe. Ich war erschöpft, aber Mama schien vor Kraft und Gesundheit zu strotzen, obwohl sie ein paarmal über Höhenangst geklagt hatte. »Ich kann nicht runtersehen, Marek«, hatte sie gesagt.

»Dann laß es halt«, sagte ich, »du wolltest doch in die Berge.«

Es waren nicht viele Wanderer unterwegs, am Anfang waren uns noch ein paar Leute mit Hunden entgegengekommen, aber je weiter wir uns vom Spitzingsee entfernten, um so weniger Leuten begegneten wir, und irgendwann sahen wir überhaupt niemanden mehr.

»Sollten wir nicht besser zurückgehen?« fragte ich. »Untere Firstalm, das ist doch auch schon eine schöne Leistung.«

»Ich will zur Brecherspitz«, sagte Mama, »der Bademeister hat gesagt, daß die Aussicht von da was ganz Besonderes ist.«

Ich hatte Hunger und Durst.

Wir tranken eiskaltes Wasser aus einem Bergbach.

»Hier ist alles noch sauber«, sagte Mama, aber ich sah vor allem, wie rot unsere Hände von dem kalten Wasser wurden.

Ein letztes Mal sagte ich: »Gehen wir zum Hotel zurück, Mama«, aber sie lief schon wieder weiter.

Sie mußte zur Brecherspitz, koste es, was es wolle.

Zehn Minuten später erreichten wir die Obere Firstalm, und eine halbe Stunde darauf waren wir am Freudenreichsattel. »Wir sind fast da«, sagte Mama.

Sie lehnte sich gegen einen Baum. Auch sie keuchte jetzt ein wenig.

»Dein Opa«, sagte sie, »war der Geiz in Person. Das Personal kriegte verschimmelten Käse aufs Brot.«

»Und warum hast du nie was deswegen gesagt?«

»Ich kannte es nicht anders«, sagte sie und lief schon wieder weiter, als müsse sie an einem einzigen Tag die Versäumnisse von Monaten und Jahren wiedergutmachen, in denen sie nur auf dem Bett gelegen oder im Sessel gesessen hatte.

»Und deine Mutter?« fragte ich.

»Die war noch geiziger – als dein Opa tot war, bekam das Personal nicht mal mehr verschimmelten Käse.«

»Eigentlich kommst du also aus einer sehr geizigen Familie?«

»Das stimmt«, sagte sie, »und ich glaube, daß ich darum auch einen geizigen Mann geheiratet habe, aber das war ein Fehler.«

Mama sprang den Berg hinauf wie eine Gemse, und ich lief hinter ihr her.

Der Weg wurde immer schmaler. Auf der linken Seite war der Berg, auf der rechten das Tal, und irgendwo ganz weit entfernt hörte man einen Bergbach plätschern.

»Warum willst du das eigentlich alles wissen?«

»Na ja«, sagte ich, »wenn wir doch hier zusammen wandern, können wir uns genausogut unterhalten.«

Wir konnten nicht mehr nebeneinander gehen.

»Geh du vor«, sagte sie.

Ich begann mir Sorgen zu machen, daß wir nicht mehr vor Einbruch der Dunkelheit zu Hause wären.

»Hast du keinen Hunger?« fragte ich.

»Nein«, sagte Mama, »körperlich fühle ich mich ausgezeichnet.« Aber ich sah, wie sie immer mehr auf der Hangseite des Wegs zu laufen begann und sich immer öfter an Zweigen festhielt. Auch fand ich es ein schlechtes Zeichen, daß wir schon seit mindestens drei Stunden keinen anderen Wanderern mehr begegnet waren.

»Wo sind wir?« fragte Mama.

Ich blieb stehen und kramte zum x-ten Male die Wanderkarte hervor.

»Hier«, sagte ich, »irgendwo hier, wo genau, weiß ich auch nicht. Wie spät ist es?«

Mama sah auf die Armbanduhr. »Fast zwei schon.«

Vor uns führte der Weg immer steiler hinauf, rechts von uns ging der Abgrund immer steiler hinab, alles schien steiler zu werden.

»Wir müssen auf der anderen Seite der Brecherspitz absteigen«, sagte ich, »dann sind wir nicht mehr weit von Schliersee, und von da können wir ein Taxi nehmen oder einen Bus.«

»Ja«, sagte Mama.

Bei jeder Kurve dachte ich: »Jetzt sind wir am höchsten Punkt«, aber jedesmal sahen wir nur das immergleiche: Bäume und einen Weg, der sich langsam den Berg hinaufschlängelte. Das ferne Plätschern des Baches wurde immer leiser, bis es irgendwann ganz aufhörte.

»Halt dich gut fest, Mama«, sagte ich, »es ist glatt hier.«

Ich sah mich um. Sie lächelte. Ich sah braungrüne Flecken auf ihren Handschuhen, von Moos und nassen Zweigen, an denen sie sich festgehalten hatte.

Es waren Wolken aufgezogen. Sie sahen nach Schnee aus.

»Das ist eine lange Wanderung, was?« sagte ich gespielt fröhlich, und ich mußte an die Zeit denken, als ich beschlossen hatte, im Entengang durch Wien zu laufen, und an den Zwerg, der ich nicht geworden war.

Wir kamen zu einem Schild. »Brecherspitz 0,5 km.«

»Wir schaffen es«, sagte ich, »fünfhundert Meter, das ist ein Klacks.«

»Kurze Pause«, sagte Mama.

Sie zog die Handschuhe aus und schneuzte sich die Nase.

»Aber nicht zu lange«, sagte ich, »wir müssen vorm Dunkelwerden in Schliersee sein oder wenigstens auf der großen Straße.«

»Ach«, sagte sie, als mache ich einen lächerlichen Vorschlag. »Was für eine Stille.«

»Ja«, sagte ich.

»Dein Vater ist früher auch immer gern in den Bergen gewandert.«

Sie blickte nachdenklich drein.

»Marek«, sagte sie, »wenn ich tot bin...«

»Das darfst du nicht sagen, Mama, du stirbst nicht, die Ärzte haben es doch gesagt. Du stirbst nicht.«

Ich sprach lauter, und ich hörte das Echo meiner eigenen Stimme.

»Marek«, sagte sie, »wenn ich tot bin...«

»Hör auf damit«, rief ich, »ich will das nicht hören, du bist morbide, du denkst schon seit Wochen nur noch ans Sterben, ich will nichts mehr davon hören, stirb, oder laß es bleiben, aber red nicht die ganze Zeit darüber.«

Das Echo klang jetzt noch lauter. Wie in einer Echohöhle.

Sie zog ihre Handschuhe wieder an. »Marek«, sagte sie, »du mußt mir versprechen, daß du nie herauszufinden versuchst, wer dein Vater ist.«

Ihre Stimme blieb echolos. Sie sprach zu leise, ihre Stimme war zu zart für ein Echo.

»Wie meinst du das?« fragte ich.

»Na«, sagte sie, »wie ich es sage – gehen wir weiter.«

»Wie meinst du das?« fragte ich noch einmal, jetzt etwas lauter.

»Marek«, sagte sie, »tu doch nicht so, als hättest du nichts gewußt, alle wußten es, ganz Wien hat davon geredet, stell dich doch nicht dumm.«

Braungrüne Flecken waren auf ihren Handschuhen. Das geht nie mehr raus, dachte ich. Schade drum.

»Wie meinst du das, ich soll mich nicht dumm stellen?« rief ich. »Ich hab mich nie dumm gestellt. Wenn jemand sich dumm gestellt hat, bist du das. Du. Nicht ich. Hör auf, mein Leben kaputtzumachen.«

Mama ging weiter.

Ich zog an ihrem Mantel. Sie drehte sich um.

»Ich dachte, wir hätten es eilig«, sagte sie.

»Wie meinst du das, hab ich gefragt?« brüllte ich.

Nie wieder habe ich ein so schönes Echo gehört wie dort am Berg, fünfhundert Meter entfernt von der Brecherspitz.

»Bald wird es dunkel«, sagte sie, »wir müssen weiter.«

Sie wollte sich abwenden, doch ich zog immer noch an ihrem Mantel.

»Hör auf, mein Leben kaputtzumachen«, rief ich, »hör auf damit, ein für allemal: Hör – damit – auf!«

Ich schüttelte sie am Kragen hin und her. Der Stoff riß, und ich schüttelte.

Professor Hirschfeld sagt, ich müsse tief in meinem Gedächtnis graben.

Ich habe tief in meinem Gedächtnis gegraben. Ich habe mich als Achtjährigen in der Ballettschule gesehen, ich habe Milena und Andrea gesehen und die alte Frau Oertel, die mich anstarrt, während ich erkläre, daß ich die Tempel reinigen will, ich habe Max gesehen und seine Mutter. So tief und noch tiefer habe ich in meinem Gedächtnis gegraben, und immer noch war Professor Hirschfeld nicht zufrieden.

Müßte ich eine Karte meines Gedächtnisses zeichnen, dann würde es eine Stadt mit einem eindeutigen Zentrum. Das Zentrum ist ein großer Platz, auf den alle Straßen zulaufen. Der Platz liegt in fünfhundert Metern Entfernung von der Brecherspitz. Kaum zehn Kilometer von der österreichischen Grenze entfernt.

Ich muß jetzt über Details sprechen, über die Grauzone zwischen Rutschen und Stoßen. Wo hört Ausrutschen auf und beginnt das Stoßen? Obwohl das Resultat von beiden das gleiche ist: abstürzen.

Ich muß mit Mamas Lachen beginnen.

Mama lachte. So laut, so fröhlich, so ausgelassen, wie ich sie selten hatte lachen sehen.

Sie wiederholte: »Ganz Wien hat es gewußt, ganz Wien hat darüber geredet. Tu nicht so, als ob du nichts wüßtest. Ich hab es dir schon so oft erzählt – seit du ein kleiner Junge warst, habe ich es dir erzählt.«

Das war eine Lüge. Und Mama lachte. Als höre sie einen guten Witz, als sei das alles nur zum Lachen.

Ihr Lachen hatte sehr wohl ein Echo, ihr Lachen war nicht so zart wie ihre Stimme, und durch dieses Echo schien es, als ob alle lachten, die Berge und die schneeträchtigen Wolken und die kahlen Bäume und die Blätter auf dem Boden, als lachte alles und jeder.

Ich konnte nicht mitlachen. Im entscheidenden Moment, in fünfhundert Metern Entfernung von der Brecherspitz, ließ mein Humor mich im Stich.

Ich verstand die Pointe nicht, irgendwo mußte sie sein, aber ich konnte sie nicht entdecken.

Offensichtlich ist Humor nicht universell, was für den einen zum Lachen ist, kann für den anderen ein Grund sein zu stoßen.

Ja, so war es. Mama lachte, und ich stieß. Vielleicht hob ich sie ja in die Luft, wie ein Ballettänzer, während sie lachte – sie lachte alles und jeden aus. Der Gott der Rache schüttete sich aus vor Lachen.

Meine Mama stand über dem Leben und allen Lebenden, nur einmal, einen kleinen Moment kurz vor der Brecherspitz, gelang ihr das nicht. Vielleicht stand sie aber selbst in dem Moment noch über den Lebenden? Vielleicht lachte sie, weil sie wußte, was kommen würde, vielleicht wollte sie, das ich sie hinabstieß, hoffte sie darauf, aber von letzterem will Professor Hirschfeld nichts wissen.

Die offizielle Version lautet: ausgerutscht.

Ich bin der einzige lebende Zeuge, und meine Version lautet: gestoßen. Lachen und stoßen. Mit aller Kraft, die ich in mir hatte, stieß ich sie von mir. Weil sie lachte. Als ich nicht lachen konnte.

Wenn wir an der Unteren Firstalm umgekehrt wären, wenn Mama fünfhundert Meter vor der Brecherspitz nicht gelacht hätte, wenn ich nicht einen solchen Hunger gehabt, wenn ich selbst gelacht hätte, wenn sie früher davon gesprochen hätte – oder nie, aber vor allem: wenn sie nicht gelacht hätte. Wenn, wenn…

Und dann?

Dann wurde ich ganz ruhig, denn ich hörte Mamas Lachen nicht mehr. Auch kein Schreien. Oder Brüllen. Es wurde still um mich.

Ich blickte hinab und sah nichts. Ja, die kahlen Bäume, die Blätter, die Sträucher – die sah ich.

Professor Hirschfeld will wissen, was ich damals dachte, aber ich dachte nichts.

Ich dachte: »Ich muß auf der Wanderkarte nachsehen«, und das tat ich auch.

Dann begann ich zu rennen, soweit man auf dem Weg rennen konnte.

Ich rannte zuerst die letzten fünfhundert Meter bis zum Gipfel und dann auf der anderen Seite wieder hinab, ich rannte, ich fiel, ich rannte. Ohne müde zu werden, ohne Seitenstechen zu spüren, ohne zu denken. Ich rannte.

Alles, was ich war, war ein rennender Körper. Vielleicht war ich ja glücklich, als ich dort die Brecherspitz hinabrannte. Ich fiel und rannte weiter, ich merkte nicht mal, daß ich mir die Hose aufriß, daß ich mich verletzt hatte. Ich merkte nichts. Ich rannte.

Bis ich Neuhaus erreichte, ein Dorf in der Nähe von Schliersee.

Ich rannte durch die Straßen von Neuhaus, es dämmerte. Ich ruderte mit den Armen und rief: »Ein Notfall«, genauso wie ich gerufen hatte, als ich in Herrn Hobmeiers Laden stand.

So lange, bis mir endlich jemand zuhörte.

»Mama«, sagte ich, »sie ist abgestürzt.«

So verrückt war ich also auch wieder nicht. Ich sagte

nicht: »Jemand hat Mama geschubst, jemand hat Mama hinabgestoßen«, ich sagte: »Mama ist abgestürzt.« Was natürlich auch stimmt. Ob wir nun der offiziellen Version folgen oder der des Augenzeugen, das Resultat ist das gleiche: abstürzen.

Der Rest des Tages erscheint mir wie ein Traum.

Ich mußte auf der Karte zeigen, wo es geschehen war.

Ich sagte: »Ungefähr hier.«

Alle waren nett zu mir und bewunderten mich, weil ich so ruhig war und so gut die Karte lesen konnte. In meinem Zustand.

Mit einem Kleinbus fuhren sie mich zum Berg zurück. Dort mußte ich warten, mit einem Polizisten, der sagte: »Um diese Jahreszeit hättet ihr aber auch nicht zur Brecherspitz gehen dürfen! Na, wollen wir mal das Beste hoffen.«

Mama war ein Star, aber einer ohne richtigen Beruf. Nicht viele haben sie glitzern sehen, und noch viel weniger haben wohl gewußt, daß sie im Grunde das Erzeugen von Begehren als ihren Beruf betrachtete.

Es ist ein gefährlicher Beruf, gefährlicher, als in der Oper zu singen oder zu schreiben. Und doch, wenn ich daran denke, wie Mama in Rolf Szlapkas Blumenladen hineinstolzierte, wie schon ihre bloße Anwesenheit Menschen erstarren lassen konnte, dann frage ich mich, ob die Welt ihre Kunst nicht etwas mehr hätte bewundern sollen. Eine Kunst, die aus Versprechen bestand, halben Wahrheiten, Intrigen – ein Spiel, das immer wieder darauf hinauslief, bei anderen den Wunsch auszulösen, von meiner Mama geliebt zu werden, ja mehr noch: den Wunsch, sie von der Unnahbarkeit und dem Unglück zu erlösen, die an ihr klebten. Sie lebte, um Verlangen zu wecken, so wie andere Menschen für ihre Kinder leben oder dafür, Millionär zu werden. Doch über das Verlangen durfte es nicht hinausgehen.

Es dauerte eine Weile, bis sie Mama gefunden hatten, sie mußten im Dunkeln weitermachen, und es dauerte noch länger, bis ich sie wiedersehen sollte, aber schon lange davor hatten sie mir klargemacht, daß Mama nie wieder so schrecklich würde lachen können wie dort oben in fünfhundert Metern Entfernung von der Brecherspitz.

Man gab mir Cognac, und ein Polizeibus brachte mich ins Hotel zurück, wo sie schon alles wußten. Dort bekam ich eine Schlaftablette, so aufmerksam waren sie alle zu mir. Auf meinem Kopfkissen lag ein Zuckerl, ein rosa Zuckerl.

Ich hatte meine Mama in den Abgrund gestoßen, und das Arabella Sheraton Alpenhotel hatte mir ein rosa Zuckerl aufs Kopfkissen gelegt.

O tiefere Bedeutung, ich fordere dich auf: Komm herunter und antworte, versuch dein Glück, mach auch mal in Unsterblichkeit, alles, was du antwortest, ist in Ordnung.

Am nächsten Tag wurde ich gefragt, wie es kam, daß der Stoff von Mamas Mantel gerissen war. Ich sagte, daß ich sie hatte halten wollen, aber daß der Stoff des Mantels mir durch die kalten, klammen Finger gerutscht war. Und das war so plausibel, so wahrscheinlich, das paßte so gut zusammen, daß niemand weiterfragte.

Später am Tag kam meine ganze Familie aus Wien, inklusive Dienstmädchen.

Alle hatten Mitleid mit mir. Ich stand im Mittelpunkt des

Interesses. Immer wieder mußte ich erzählen, wie es geschehen war. Wie Mama unbedingt zur Brecherspitz gewollt hatte, ja, sie fragten sogar den Bademeister, ob er ihr tatsächlich die Aussicht empfohlen hatte. »Ja«, sagte er, »das stimmt, aber ich hab gleich dazu gesagt: Das müssen Sie im Sommer machen oder im Frühjahr.«

Und meine ganze Familie sagte: »Typisch Mama.«

Alles, was ich sagte, war wirklich geschehen, alles stimmte, nur ein paar klitzekleine Details verdrehte ich, bis mir nicht mehr bewußt war, daß ich sie verdrehte, bis meine Version der Wirklichkeit die Wirklichkeit selbst geworden war.

Meine Version war die Version der ganzen Welt geworden. Meine kleine, intime Lüge wurde die Wahrheit der anderen.

Unser Hausarzt in Wien sagte: »Kein Wunder, daß du Alpträume hast, jeder, der gesehen hat, was du gesehen hast, würde Alpträume bekommen.«

Die Geschichte meiner Kahlheit

Dieses Manuskript versteckt sich hinter dem unschuldigen Etikett »Roman«.

Diese Geschichte wird an der offiziellen Version nichts mehr ändern, vor allem, weil niemand ein Interesse daran hat, die offizielle Version zu ändern. Wirklich niemand. Meine Brüder nicht, mein Papa nicht, und die öffentlichen Instanzen haben auch was anderes zu tun.

Wer diese Geschichte liest, wird mir höchstens eine blühende Phantasie vorwerfen und mich schlimmstenfalls für geisteskrank halten. Wer mich sucht, muß unter dem »F« von Fiktion nachsehen, und da herrschen andere Regeln und Gesetze, da gibt es keine offiziellen Versionen, höchstens Papier, auf dem der Autor mit Bleistift am Rand noch ein paar Änderungen eingetragen hat.

Wie fühlt man sich, wenn die eigene Lüge für den Rest der Welt zur Wahrheit wird, einer Wahrheit, die sogar in der Zeitung gestanden hat? Man fühlt gar nichts.

Am Anfang fühlt man sich unbehaglich, aber auch das ist nur von kurzer Dauer.

Wenn meine Lüge für die anderen zur Wahrheit geworden ist, einer Wahrheit, die sie sehen, hören, fühlen und die sie zu Tränen rührt – wie war das dann mit dem, was ich gesehen, gehört und gefühlt habe, und was hatten meine Tränen zu bedeuten?

Unbehagen wird man leichter wieder los als eine gefangene Feldmaus.

Meine Unsterblichkeit liegt nun in der Macht von Professor Hirschfeld, hängt ab von seinem Forschungsprojekt. Wer wollte darin nicht die Hand des Rachegotts erkennen? Als Strafe für den Talentlosen: die Langzeituntersuchung »Träume von Kriminellen« von Professor Hirschfeld. Wenn er lange genug leben würde, hätte er zuletzt vielleicht die Träume von allen talentlosen Kriminellen beisammen, um zu dem bestürzenden Schluß zu kommen, daß der Mangel an Talent an und für sich schon kriminell ist.

Und so komme ich wieder zu Mica zurück und meiner Kahlheit. Endlich. Denn um die ging es mir doch, von Anfang an. Doch Nebensachen werden Hauptsachen und umgekehrt. Zu Mica, die so nett war, im ›Vier Rosen‹ auf mich zu warten, obwohl ich über eine Stunde zu spät war, weil ich meine Verabredung mit Max nicht abzusagen wagte.

Mica, die mich bei unseren Treffen schweigend anstarrte, so daß ich wartete, bis sie zu reden anfinge und mir erzählen würde, was ich mit dem Koffer mit Mamas Kleidern anfangen sollte. Was konnte ich ihr eigentlich sagen, was sie noch nicht wußte?

Auch bei unserem dritten Treffen spielte Mica Akkordeon und trank Wodka, obwohl sie jetzt keine Perücke trug, und ich mußte daran denken, wie Mama mit ihrer eleganten Pistole auf den Kronleuchter geschossen und wie Papa gesagt hatte: »Weiteressen, Jungs, nicht hinsehen.«

Mamas Hände zitterten gewöhnlich, genau wie meine, doch als sie auf den Kronleuchter schoß, zitterten ihre

Hände nicht. Sie war eine elegante Frau, die elegante Waffen liebte, und an jenem Abend saß ich an ihrem Bett. Die Vorhänge waren zugezogen. »Marek«, sagte sie, »von diesen Pillen schießt man ganz komisch.«

»Was für Pillen?« fragte ich.

»Die Pillen, damit ich meine Gefühle beherrsche. Das einzige, was ich davon merke, ist, daß ich von innen überall zittere. Meine Nieren zittern, meine Lunge zittert, meine Leber, meine Gebärmutter, alles zittert. Merkst du das, wie alles zittert?«

»Nein«, sagte ich.

»Mica«, sagte ich, »was willst du von mir?« Und ich mußte daran denken, daß ich einmal etwas Ähnliches gefragt worden war, vor langer Zeit, von einer Dancing Queen aus Luxemburg.

»Ich habe eine Stunde auf dich gewartet«, sagte sie.

»Ich gebe Nachhilfeunterricht«, sagte ich, »ich konnte nicht absagen.«

»Ich will nichts von dir«, sagte sie, und sie schien ihre Worte sorgfältig zu wählen. »Ich war neugierig, das war alles.«

»Was soll ich mit dem Koffer?«

Sie fuhr sich mit der Zunge über die Lippen. Es war keine herausfordernde Geste, es war etwas, das sie offenbar öfter tat, wenn sie nachdachte.

»Otto hat eine Reinigung, und er hatte noch ein paar Kleider von deiner Mutter.«

»Dann hat er die aber lange behalten«, sagte ich.

»Otto ist ein sentimentaler Mann«, sagte Mica.

Wie beim letzten Mal stand die Frau mit den Fliegen in den Ohren hinterm Tresen.

»Und du?« fragte ich.

»Ich nicht«, sagte sie, »ich leide schon lange nicht mehr an Sentimentalität.«

»Kurz nach dem Krieg«, erzählte sie, »hat Otto in einem Keller mit einer Wäscherei angefangen, und dann hat er mit chemischen Reinigungen Karriere gemacht. Kannst du dir das vorstellen, Marek? Du hast ihn nicht gekannt, als er achtzehn war, aber daß er es so weit gebracht hat, ist ein Wunder. Als er in Wien ankam, sprach er kaum zwei Worte Deutsch.«

»Für saubere Kleidung gibt es immer Kundschaft«, sagte ich.

Das erzählte sie mir im ›Vier Rosen‹, während ich ihr Akkordeon betrachtete und ihr Gesicht und vor allem: während ich ihr zuhörte. Weil ihre Stimme eine beruhigende Wirkung hatte, sie hatte eine Stimme, die einen dazu brachte, neben ihr einschlafen zu wollen, den Kopf in ihrem Schoß, egal was sie sagte, wenn sie nur immer weiterredete.

»Woher kennst du Otto?« fragte ich.

»Ich bin seine Schwester«, sagte sie, »ich bin mit ihm zusammen aus Odessa gekommen, und zusammen mit ihm hab ich die Wäscherei aufgemacht, aber irgendwann hab ich meinen Anteil verkauft. Das chemische Reinigen langweilte mich allmählich. So fing ich an, Akkordeon zu spielen und Schnaps zu trinken.« Sie lachte, als sei das ein köstlicher Witz. Ein genialer Schachzug. Als habe sie allen ein

Schnippchen geschlagen, indem sie angefangen hatte, Akkordeon zu spielen und Schnaps zu trinken.

»Noch mehr Fragen?«

Ich schüttelte den Kopf.

Mehr wollte ich nicht wissen. Ich wußte schon zuviel.

Kurz darauf kam Otto in die Bar. Vielleicht war er Stammkunde, weil Mica hier spielte. Er sah genauso aus wie am Tag zuvor. Ein kleiner, gebeugt gehender Mann, behängt mit Schmuck. Er setzte sich neben Mica.

Wieder fiel mir die Brosche auf, das Flugzeug mit Diamanten am Heck.

»Was für eine Frau«, sagte er, als Mica für einen Moment auf der Toilette war, »aber ein Glück, daß sie keine Kinder bekommen hat, die hätten das nicht überlebt.«

Die Dame mit den Fliegen in den Ohren brachte Otto etwas zu trinken.

»Ich habe es zu spät gemerkt«, sagte er, »das mit den Skulpturen, meine ich, was ich alles mit Ton machen kann, ich glaube, ich bin mitten in einer zweiten Karriere, einer dritten, wenn man das Zimmervermieten noch dazuzählt.« Er lachte.

Aus seiner Brusttasche holte er einen zusammengefalteten Zettel. »Hier«, sagte er, »eine Einladung zu einer Vernissage von mir. Schau doch mal vorbei.«

»Danke«, sagte ich und steckte die Einladung ein.

»Jemand müßte mal ein Buch über Mica schreiben«, sagte er, »aber ich kann nicht schreiben, ich kann nur Skulpturen machen. Diese Frau ist ein Weltwunder, aber ein Segen, daß sie keine Kinder in die Welt gesetzt hat.«

Er verschluckte sich und bekam einen Hustenanfall. Mica kam zurück und fragte: »Sagt er wieder, daß ich ein Weltwunder bin?«

»Und Sie?« fragte ich ihn. »Haben Sie Kinder in die Welt gesetzt?«

Er leerte sein Glas und stellte es klirrend auf den Tisch.

Er sah Mica an, doch Mica war mit ihrem Akkordeon beschäftigt.

Dann stand er auf.

»Komm doch zu meiner Vernissage, es gibt Musik und was zu trinken.«

Er legte mir kurz die Hand auf die Schulter; dann sagte er etwas zu Mica, das ich nicht verstand, und verließ das ›Vier Rosen‹.

»Ein sentimentaler Mann«, sagte Mica, nachdem er gegangen war, »aber er zeigt es nicht gern. Wenn er heulen muß, schließt er sich auf der Toilette ein. Er wollte dich gern einmal sehen, und wenn es nur ein einziges Mal wäre. Er war doch neugierig.«

Ich sah Mica an. »Macht er schöne Skulpturen?« fragte ich.

Sie zuckte mit den Schultern.

Auch das Wort »Blutsbande« brauchte nichts zu bedeuten, nicht mehr und nicht weniger als das rosa Zuckerl auf dem Kopfkissen im Arabella Sheraton Alpenhotel.

Man kann alles ändern, seinen Paß, seine Haarfarbe, seine Kleidung, seinen Namen, seinen Glauben, seinen Beruf, selbst die Farbe der Augen, aber wie entkommt man seinem Gedächtnis?

»In zwei Wochen bist du glücklich«, sagte Mica und winkte der Dame mit den Fliegen.

Wer hätte nicht in zwei Wochen glücklich sein wollen? Darum fragte ich nicht: »Woher weißt du das so genau?« oder »Wie meinst du das?« oder »Warum in zwei Wochen?« Das Glück kam mir vor wie eine Boa Constrictor, aber auch ich wollte gern einmal von dieser verführerischen Würgeschlange stranguliert werden. Papa hat die Würgeschlange nicht rechtzeitig erkannt, darum meinte er, daß es Mamas Schönheit war, die die Menschen ins Unglück stürzte.

Das eigenartige ist, daß Mica recht behielt. Obwohl ich das erst merkte, als das Glück längst schon wieder vorbei war. Vielleicht hatte Mama recht, vielleicht steht das Glück auf gespanntem Fuß mit der Gegenwart.

Als das ›Vier Rosen‹ in jener Nacht zumachte, nahm Mica mich mit nach Hause. Sie hatte eine schöne Wohnung, ein Überbleibsel ihrer chemischen Reinigungen in Wien. Sie war ein ganz klein wenig betrunken, jedenfalls rempelte sie mich ab und zu an und sagte: »Stell mir mehr Fragen, ich bin verrückt auf deine Fragen.«

Wir sprachen über Otto und über Mama und wie es kam, daß so viele Männer Mama geliebt hatten oder doch dachten, sie zu lieben. Mica glaubte, daß Mamas größte Gabe ihre Abwesenheit war und daß die Leute letztlich diese Abwesenheit liebten, daß es gerade diese Abwesenheit war, die Mama unwiderstehlich machte.

Mama konnte keine Versprechen brechen, denn sie erinnerte sich nie daran, überhaupt etwas versprochen zu haben.

Doch das sind Theorien, die vielleicht nur dazu dienen, den Schmerz zuzuschaufeln, was wohl öfter die Funktion von Theorien ist.

Als ich später in jener Nacht vor Mica stand, nur noch in Kniestrümpfen und Unterhose, und mir klar wurde, was für ein Treppenwitz des Schicksals es war, daß ich jetzt halbnackt vor einer Frau mit Beinbeschwerden stand, einer Frau, die ihr Vermögen mit chemischen Reinigungen zusammengeschuftet hatte, da schien es mir besser, alles zu erzählen. Ich konnte nicht noch mal mit Tempeln kommen, die gereinigt werden sollten.

»Mica«, sagte ich.

»Ja«, sagte sie.

»Bevor wir weitermachen …« sagte ich zögernd und suchte nach den richtigen Worten.

Auch zu Hause trank sie Wodka. Plötzlich schoß mir durch den Kopf, daß Herr Georgi einmal zu mir gesagt hatte: »Zwischen den Beinen einer Frau wächst eine Rose, die gepflückt werden muß.« Ganz ernst hatte er dreingesehen, als er das sagte. Herr Georgi guckte öfter mal ernst.

Mica saß auf dem Sofa. Im Nachthemd. Sie hatte gefragt: »Ist es dir recht, wenn ich schon mal mein Nachthemd anziehe? So redet sich's leichter.«

»Natürlich«, hatte ich gesagt.

Ich zog mir die Strümpfe aus. Das kam besser: keine Strümpfe.

»Es hat mal eine Frau gegeben«, sagte ich, »eine junge Frau, eine Dancing Queen. Als ich sie kennenlernte, war ich auf der Suche nach der *Amour fou,* ich dachte, die *Amour fou* sei die Berufung des Menschen, das einzige, wonach wir streben müssen, verstehst du?«

Mica nickte. Wenn man genug Wodka trinkt, versteht man alles, aber vielleicht verstand sie es wirklich. *»Amour fou«*, murmelte sie, »natürlich, was denn sonst?«

Meine blauen Kniestrümpfe lagen neben Mica auf dem Sofa.

»Wo war ich stehengeblieben?« fragte ich.

»Bei der Dancing Queen.«

»Die Dancing Queen, richtig«, sagte ich, »ich dachte, sie wäre die *Amour fou* in Person, und vielleicht war sie das auch, aber worum es hier geht, ist, daß sie mich auf ein Handikap hingewiesen hat, von dem ich bis dahin nichts gemerkt hatte.«

Micas Augen wurden größer.

»Ein Handikap, o nein!« sagte sie. »Du hast ein Handikap?« Sie machte eine Abwärtsbewegung mit dem Finger.

»Nein«, sagte ich, »das ist es nicht, alles funktioniert, aber das Resultat ist, wie soll ich's ausdrücken, das Resultat ist... minimal. Ein halber Finger.«

»Ein halber Finger«, sagte Mica. »Du liebes bißchen.«

»Ein dreiviertel Finger, wenn man's sehr nuanciert und wohlwollend betrachtet.«

Da begann sie zu lachen. Sie klappte fast zusammen. »Ein dreiviertel Finger«, kicherte sie.

Und ich erzählte, daß ich darum als Zwerg durchs Leben hatte gehen wollen, weil ich glaubte, ein Zwerg zu sein, der im falschen Körper gelandet war, daß ich mich im Entengang durch die Innenstadt von Wien bewegt hatte, um der Zwerg zu werden, der zu sein meine Bestimmung war.

Mica lachte noch lauter. »Köstlich«, sagte sie, »das muß ich Otto erzählen, der mag solche Geschichten.«

Und ich erzählte ihr alles, alles von Anfang bis Ende, nicht einmal meinen Besuch bei Doktor Ahorn verschwieg ich, und zu guter Letzt stand ich nackt vor ihr.

Sie strich mir mit der Hand durchs Haar und sagte: »Ich hab was für dich, ein homöopathisches Mittel, es ist nicht billig, aber es wirkt garantiert.«

Und dort, in jenem Moment, hat Mica mich von meiner Vergangenheit erlöst. Mica sagte, ich brauche keine Angst vor Talentlosigkeit zu haben oder vor einem halben Finger, und ich glaubte ihr, denn sie machte mich glücklich.

Seither klebt an meiner Vergangenheit das unschuldige Etikett »Roman«. Sie ist nicht mehr real, sie gehört nicht mehr nur mir, sie ist öffentliches Gemeingut, wie auch meine Mutter das einmal war, und genauso abwesend.

Mica hat mich auch von meiner Kopfbehaarung erlöst, obwohl letzteres vielleicht etwas weniger eine Erlösung war.

Der allmächtige Gott der Rache spielte seine letzte Karte aus.

Die homöopathischen Mittel, die Mica mir für einen beträchtlichen Betrag verkauft hatte und die mein Gerät ebenso beträchtlich vergrößern sollten, vergrößerten das Gerät um keinen Millimeter. Das ist noch das wenigste. Ich hatte, um ehrlich zu sein, die Hoffnung auf ein größeres Gerät ohnehin schon aufgegeben, genauso wie die Hoffnung, einmal ein großer Dichter zu werden. Ich hatte mich mit dem Unvermeidlichen abgefunden: keinen Büchnerpreis und ein minimales Zwergengerät.

Aber ich dachte: »Man muß alles versuchen, man weiß nie.« So wie ich auch nie vollkommen die Hoffnung aufgegeben habe, die *Amour fou* noch einmal in Wirklichkeit zu erleben.

Doch Micas Pillen hatten eine Nebenwirkung. Eine Nebenwirkung, die nicht auf der Packung stand und auch nicht auf dem Beipackzettel. Mica hat mir hinterher geschworen, daß sie von den Nebenwirkungen auch nichts wußte, daß sie andere Männer kannte, die das Mittel genommen hatten und bei denen das Gerät in die Länge geschossen war wie Salat im Frühling, ohne die geringste Nebenwirkung zu zeigen.

Die Pillen, die natürlich auch nicht homöopathisch waren, haben mich von meiner Kopfbehaarung befreit.

Zuerst spürte ich nur ein Jucken auf der Kopfhaut. Ein Jukken, das immer stärker wurde. Bald blies es mir die Schuppen um die Ohren wie in einem Schneesturm. Ich war gezwungen, Hüte zu tragen.

Zunächst brachte ich es noch nicht in Zusammenhang mit Micas Pillen, die ich dreimal täglich schlucken mußte. Ich hatte mir gerade ein neues Shampoo zugelegt, und ich dachte, daß es daran lag.

Doch dann begann mein Haar auszugehen. Sofort hörte ich mit dem homöopathischen Mittel auf, aber es war schon zu spät. Der Haarausfall ging einfach weiter und war selbst mit kompliziertesten Gegenmitteln nicht mehr zu stoppen.

Laboruntersuchungen haben ergeben, daß es höchstwahrscheinlich Micas Tabletten waren, die den Kahlschlag auf meinem Kopf verursacht haben. Die Firma, die die Tabletten herstellt, hat zumachen müssen, und die Rechtsanwälte haben mich überzeugt, daß eine Klage sinnlos ist: »Das wäre nur rausgeworfenes Geld, Herr van der Jagt«, sagen sie alle. »Glauben Sie uns, nichts als rausgeworfenes Geld.«

Doch was ist der Schrecken der Kahlheit, wenn man glücklich gewesen ist? Und sei es nur für einen Moment, und auch wenn man das erst merkte, als es schon wieder vorbei war.

Auch für Haare gilt: Wenn man sie hat, ist es schön, aber wenn man sie nicht hat, gibt es immer noch Himbeergeist und anderen Schnaps.

Je mehr ich Mica liebte, desto mehr verließen mich meine Haare.

Wenn Micas Körper eine Ruine war – was vielen zufolge tatsächlich stimmt, Eleonore nannte ihn sogar »eine bombardierte Stadt« –, dann jedenfalls eine, in der ich mich tage-, ja wochenlang verirren konnte, eine Ruine, die ich nie wieder verlassen, eine Ruine, in der ich begraben werden wollte.

So wurde ich süchtig nach Mica, bis mir nichts mehr blieb.

Selbst meine Kopfhaut wollte nicht mehr bei mir bleiben. In Fetzen fiel sie von mir ab. Als sei der Würgeschlange des Glücks das Würgen nicht genug, als müsse sie auch den Deckel auf meinem Hirn noch auffressen.

Liebe ist ein Krieg an vielen Fronten. Eine dieser Fronten war meine Kopfhaut.

»In zwei Wochen bist du glücklich«, hatte Mica gesagt. Wie konnte ich an ihren Worten zweifeln?

Keine Zugaben

Die Geschichte meiner Kahlheit hätte auch *Die Geschichte eines verschwendeten Talents* heißen können oder *Die Geschichte eines talentlosen Mannes.* Auch *Die Geschichte meiner Mittelmäßigkeit* wäre ein möglicher Titel gewesen, doch wie sagte Mama gleich wieder? »Wenn du in einem dunklen Zimmer stehst, darfst du nicht erwarten, eine Skizze der Stadt zeichnen zu können.«

Von allen abwesenden Dingen ist meine Kopfbehaarung noch das unwichtigste, und gerade darum schien das herrliche Wörtchen »Kahlheit« mir am besten geeignet.

Daß Mica die *Amour fou* doch noch in mein Leben brachte und ich der *Amour fou* so näher kam, als ich je noch zu hoffen gewagt hatte, sehe ich nicht als Belohnung meiner Anstrengungen oder auch nur als Gerechtigkeit. Die *Amour fou* war keine Dancing Queen aus Luxemburg, sondern eine ältere Dame, die mir ein homöopathisches Mittel andrehte, um die Fischgräte zwischen meinen Beinen zu vergrößern.

Es ist ein Irrtum anzunehmen, daß die Berufung des Menschen das Glück ist. Anzunehmen, daß die Berufung des Menschen die *Amour fou* sei, ist als Irrtum ein wenig kleiner. Doch der größte Irrtum ist wohl die Annahme, daß *Amour fou* zum Glück führt. Das jedoch, beeile ich mich zu sagen, ist noch kein Argument gegen die *Amour fou.* Offenbar gibt es eine Liebe, die nicht zu Glück führt, die nichts mit Glück zu tun haben will und die sich vielleicht trotzdem lohnt. Ich schließe nicht aus, daß Mama das Glück verwarf, weil es sie einengte, vielleicht aber auch, weil sie es einfach eine enttäuschende Angelegenheit fand, das Glück. Mama sagte mal über einen Balletttänzer: »Er tanzt wie ein Wackelpudding – schrecklich, daß niemand das sieht!« Vielleicht war das Mamas traurige Vorstellung vom Glück: ein Tänzer, der tanzt wie ein Wackelpudding – eine Katastrophe, wie ein Grillfest am Sonntag nachmittag, ein Ausflug in die Berge, ein vom Dienstmädchen serviertes Viergängemenü und drei erfolgreiche Kinder.

Was Mama wirklich bewegt hat, weiß ich natürlich nicht, aber ich vermute, daß das Glück für sie mehr Enttäuschungen zu bieten hatte als die Schönheit und daß es genau das war, was Papa meinte, als er sagte, daß Mamas Schönheit die Leute ins Unglück stürzte.

Die Verwüstungen, die sie selbst angerichtet oder zugelassen hat, entstanden auch nicht aus Bosheit oder Gleichgültigkeit. Nur aus einem tiefsitzenden Verlangen nach etwas, das ich *Amour fou* genannt habe.

Das sind keine Entschuldigungen, ich will Mama nicht entschuldigen, und mich selbst auch nicht. Professor Hirschfeld sagt: »Die Wissenschaft beschäftigt sich nicht mit Entschuldigungen, sondern mit zuverlässigen Vorhersagen.«

Anderthalb Monate nachdem Mica zum ersten Mal mein Gerät gesehen hatte, war ich eines Nachmittags zu Besuch bei Professor Hirschfeld. Kurz bevor ich ging, sagte er, daß er seine Suche nach Erkenntnis nunmehr beenden und ab jetzt lieber lang ausschlafen wolle.

Kurz darauf begegnete ich ihm eines Abends in der Nähe des Westbahnhofs. Er war in Gesellschaft einer Frau, die schlecht aussah, selbst für den Westbahnhof.

»Marek«, sagte er, »was für eine Überraschung, wie geht's? Darf ich vorstellen? Das ist Irina.«

Ich schüttelte ihre klebrige Hand.

Professor Hirschfeld holte eine Tafel Schokolade aus der Brusttasche und brach ein Stück davon ab: »Hier«, sagte er, »iß.«

Ich wagte es nicht abzulehnen.

Wir redeten über die Universität, die Seminarreader mit den Zusammenfassungen und die Studenten, doch es war offensichtlich, daß er dem Westbahnhof viel mehr Interesse entgegenbrachte.

»Was tun Sie hier?« fragte ich.

»Das hier«, sagte er und blickte um sich, »das ist mein Revier.«

Nach seinem Forschungsprojekt wagte ich ihn nicht zu fragen.

»Und jetzt?« fragte ich, wie ein Schuljunge, der zum ersten Mal bei seinem Idol zu Besuch ist. »Was haben Sie jetzt vor, was erwarten Sie noch?«

»Wovon?«

Ich zögerte.

»Vom Leben.«

Er sah sich um. Irina nahm Professor Hirschfelds Hand, und so standen sie da wie kleine Kinder auf dem Schulhof.

»Daß es noch ein Weilchen dauert«, sagte er, »und dann aufhört. Und du?«

»Ich auch«, sagte ich. Dann lief ich weg.

»Und keine Zugaben«, rief Professor Hirschfeld mir noch hinterher, »es war schön, aber bitte keine Zugaben.«

Kurz nach meinem letzten Treffen mit Professor Hirschfeld fragte ich Papa endlich, ob er zufällig wisse, wer mein Vater sei. In aller Ruhe, beim Essen, Eleonore war gerade auf Tournee in Afrika. Auch da wollten alte Frauen wissen, wie sie reich werden können.

Papa hatte sich inzwischen mit meinem kahlen Schädel abgefunden, genauso wie er sich früher damit abgefunden hatte, daß ich im Entengang durchs Leben gehen wollte.

Er sah mich an, sehr lange sogar, als sei es mir endlich einmal gelungen, ihn zu erstaunen. Oder schaute er so, weil ich ein ungeschriebenes Gesetz gebrochen hatte? Noch immer weiß ich nicht, ob das, was er darauf zischte, »Drecksjunge« heißen sollte oder »Dreckjude«.

Doch das sind Details.

Wer weiß und entscheidet, wo stoßen aufhört und ausrutschen anfängt? Und wer, wo »Drecksjunge« endet und »Dreckjude« beginnt?

Und was macht es auch für einen Unterschied, wenn das Ergebnis doch dasselbe ist?

Ansonsten ist alles wie gehabt. Und wird immer so bleiben.

Ich gebe weiter Nachhilfestunden. Nicht mehr bei Max. Bei anderen Schülern. Ich bin gefragt. Als Nachhilfelehrer, wohlgemerkt.

Ich habe mich mit meiner eigenen Abwesenheit versöhnt. In der Praxis funktioniert das so: Ich sage mir: »Marek, in zwei Wochen bist du glücklich.« Dann warte ich, bis die zwei Wochen um sind, und dann sage ich mir wieder: »Marek, in zwei Wochen bist du glücklich, in zwei Wochen liegt die Würgeschlange des Glücks um deinen Hals.« Das gibt meinem Leben Struktur.

An Mama denke ich noch oft, und an ihre Versuche, vor dem Leben zu fliehen, was vielleicht auch eine Form von Schönheit ist.

Richtige Autoren, Menschen, die von Beruf Schriftsteller sind, wissen, daß sie gelesen werden. Und wenn es nur ein paar Leser sind, und sei es schlimmstenfalls nur ihr Lektor.

Ich konnte und wollte mich nicht auf Leser verlassen. Nicht noch eine *Amour fou.* Dennoch versuchte ich, mir einen Leser vorzustellen, *einen* Leser muß man sich vorstellen können, sonst wird es eine allzu einsame Angelegenheit. Zuerst dachte ich an Mica, aber auch die gab mir schließlich den Laufpaß, vielleicht war ihr die Kombination von Kahlheit und halbem Finger doch etwas zuviel. Dann an Otto, doch der hatte die meisten Geschichten bestimmt schon von Mica gehört. Zu guter Letzt dachte ich an Professor Hirschfeld, und dann dachte ich nur noch an ihn. Vielleicht war seine Suche nach Erkenntnis auch eine Art *Amour fou,* auch wenn diese Suche am Westbahnhof endete.

Die Abwesenheit hatte dann vielleicht gewonnen, die Abwesenheit von Mama, von Mica, die Abwesenheit meines Talents und nicht zuletzt die Abwesenheit meiner Kopfbehaarung, aber wenn ich Professor Hirschfeld das Manuskript vor die Füße legen würde, egal ob er es nun lesen würde oder nicht, dann konnte ich zum Gott der Rache doch aufschauen und sagen: »Ha!«

Das hier will ich noch erzählen.

Max hat schließlich seinen Tablettenschrank doch noch leer gegessen. Mit meiner Hilfe.

Beim ersten Toten schluckt man noch, danach geht es schon leichter.

Auf dem Begräbnis wurde ich allen als »Maxens Nachhilfelehrer« vorgestellt, und Frau Blumenthal umarmte mich fest, so fest, als wollte sie mich nie wieder loslassen.

»Am liebsten«, sagte sie, »würde ich ihm hinterherspringen, aber wer sagt mir, daß es unter der Erde Leben gibt?«

Ich machte kehrt.

Wenn man nichts gefunden hat, für das es sich zu leben lohnt, muß man wenigstens etwas finden, für das es sich lohnt zu sterben. Aber das finde ich schon noch.

Nächsten Sommer fahre ich wieder nach Schliersee. Allein. Wandern. Ich habe vor, den Zug nach Bayrischzell zu nehmen. Am Bahnhof dort gibt es eine Pizzeria, wo sie besonders gute Pizzen backen. Bayrischzell liegt am Ende der Welt, danach kommt nichts mehr, nur noch Berge und nochmals Berge, und dann, zuletzt, Österreich.